FOLIO POLICIER

Joe R. Lansdale

Les Mécanos de Vénus

Une enquête de Hap Collins et Leonard Pine

Traduit de l'américain
par Bernard Blanc

Denoël

Titre original :

SAVAGE SEASON

Joe R. Lansdale, auteur culte régulièrement récompensé aux États-Unis, est né en 1951 au Texas. Conformément à la tradition américaine, il a exercé de nombreux métiers (charpentier, plombier, fermier...) avant de se consacrer pleinement à l'écriture. Si *L'arbre à bouteilles*, *Le mambo des deux ours* ou *Bad Chili* inauguraient la série d'enquêtes consacrée aux deux Texans atypiques et indéfectiblement potes que sont le Blanc hétéro Hap Collins et le Noir homosexuel Leonard Pine, *Les marécages*, *Juillet de sang*, *Sur la ligne noire*, *Vierge de cuir* ou *Du sang dans la sciure* s'inscrivent davantage dans la veine du thriller, où Lansdale s'est imposé comme un formidable raconteur d'histoires.

Celui-là est dédié à Jeff Banks, avec amitié.

« On peut investir beaucoup d'intelligence dans l'ignorance quand on a vraiment besoin de s'illusionner. »

Saul BELLOW

« Mettez tous vos œufs dans le même panier — ET SURVEILLEZ-LE ! »

Mark TWAIN

1

L'après-midi où tout commença, j'étais avec mon pote Leonard Pine dans le grand champ derrière chez moi. J'avais mon calibre 12 et lui, il lançait les pigeons d'argile.

— Envoie ! criai-je.

Leonard déclencha le mécanisme et une nouvelle cible monta vers le ciel ; je levai brusquement mon fusil et la fauchai en plein vol.

— Mec, lâcha Leonard, tu rates jamais ?

— Seulement quand je le fais exprès.

J'avais remplacé les vrais oiseaux par des morceaux d'argile depuis un bail. Aujourd'hui, je n'aime plus tuer quoi que ce soit, mais j'apprécie toujours autant le tir. Viser, appuyer sur la détente, sentir le recul de l'arme dans mon épaule et regarder la cible exploser en mille morceaux — tout ça m'apportait une satisfaction très particulière.

— Faut que j'ouvre une autre boîte, annonça Leonard. Tous les pigeons sont morts.

— C'est à mon tour de lancer, dis-je. À toi le fusil.

— J'ai tiré deux fois plus que toi et j'ai raté la moitié de ces bestioles.

— C'est pas grave. J'ai les yeux qui fatiguent de toute façon.

— N'importe quoi !

Leonard se redressa, essuya ses grandes mains noires sur son pantalon kaki et vint prendre le .12. Il était sur le point de le charger et moi d'armer le lanceur lorsque Trudy apparut à l'angle de la maison.

On la vit tous les deux en même temps : j'étais en train de me tourner pour saisir une autre boîte de pigeons d'argile et Leonard pivotait pour ramasser des cartouches — et elle était là qui s'avançait vers nous en se dandinant dans le soleil.

— Bordel, grommela Leonard. Voilà les emmerdes qui débarquent…

Trudy avait environ quatre ans de moins que moi, trente-six ans, mais elle en paraissait toujours vingt-six. Elle avait de longs cheveux blonds et des jambes à n'en plus finir — de belles jambes bronzées aux cuisses fermes. Et elle savait s'en servir : elle avait ce genre de démarche qui lui chaloupait les hanches et donnait à ses seins ce charmant petit rebond capable de te foutre un conducteur dans le fossé au premier coup d'œil. Son chandail beige moulant prouvait qu'elle n'avait toujours pas besoin de soutien-gorge et sa jupe noire très courte me rappela la fin des sixties, quand elle portait des minijupes. C'était l'époque où j'avais fait sa connaissance : elle deviendrait une artiste célèbre, et moi, je trouverais un moyen de sauver le monde.

Pour autant que je sache, sa carrière artistique

n'était jamais allée plus loin qu'une table à dessin et l'habillage de mannequins dans des vitrines de magasins. De mon côté, mon sauvetage du monde s'était limité à signer quelques pétitions pour des causes diverses allant du recyclage des canettes en alu à la défense des baleines. Aujourd'hui, je jette mes canettes à la poubelle et j'ignore tout du sort des cétacés.

— Fais gaffe à elle, me souffla Leonard, avant qu'elle ne soit à portée de voix.

— Je ne la quitte pas des yeux.

— Tu m'as très bien compris. Ne viens pas pleurer chez moi si elle te refait le même coup que les autres fois. Écoute bien ce que je te dis.

— Je t'entends.

— Ah ah ! Et une bite dure est sans conscience.

— C'est pas ça, et tu le sais.

— Il n'y a pas de fumée sans feu…

Alors que Trudy s'approchait, son visage éclairé par le soleil de midi, je remarquai que, finalement, ses vingt-six ans étaient loin. Les pores de son nez était un peu plus dilatés que jadis, elle avait des pattes-d'oie autour des yeux et des rides du sourire aux coins des lèvres. Elle avait toujours aimé rigoler et un rien la faisait marrer. Je me souvenais très bien de la manière dont elle se poilait quand elle prenait son pied au lit. À l'époque, son rire était aussi joyeux qu'un chant d'oiseau. C'était le genre de choses dont je ne voulais pas me rappeler, mais ça restait gravé en moi, intact, comme une épine plantée dans mon cerveau.

Quand elle nous sourit, je sentis cette journée

de janvier se réchauffer un peu. C'était un pouvoir qu'elle avait sur les hommes ; elle en était consciente. Femme libérée ou pas, elle ne se privait pas d'abuser de ce talent.

— Salut, Hap, fit-elle.

— Salut, répondis-je.

— Leonard, dit-elle.

— Trudy, murmura Leonard.

— Vous faites quoi, les mecs ?

— Ball-trap, dis-je. Tu veux essayer ?

— Sûr.

Leonard me rendit le fusil.

— Faut que j'y aille, Hap. Je passerai te voir plus tard. T'oublieras pas mon conseil, hein ?

Je fixai son visage sévère, aussi noir qu'une prune, et grognai :

— Promis, je m'en souviendrai.

— Ouais, ouais. À plus, Trudy.

Sur ces mots, il s'éloigna à grands pas à travers la prairie, en direction de la maison devant laquelle il avait garé sa voiture.

— Qu'est-ce qui lui prend ? demanda Trudy. Il a l'air à cran.

— Il ne t'aime pas.

— Ah oui. J'avais oublié.

— Non, t'avais pas oublié.

— Bon, d'accord, j'avais pas oublié.

— Tu veux tirer la première ?

— Je préférerais aller chez toi et boire un café. Il fait un peu frisquet ici.

— T'es pas habillée pour l'hiver.

— J'ai mis des bas. Ça tient plus chaud qu'il n'y

paraît. Mais pas assez. Et puis, ça fait un moment que je ne t'ai pas vu…

— Presque deux ans.

— … Et j'avais envie d'être jolie.

— C'est réussi.

— T'as l'air en forme aussi. Quelques kilos de plus ne te feraient pas de mal, mais tu as bonne mine.

— Toi, t'as pas besoin d'un gramme de plus ou de moins. Tu es superbe.

— C'est la danse jazz. J'ai acheté un disque et je fais les exercices. Les femmes d'un certain âge comme moi ont besoin de ça pour rester en forme.

Je laissai échapper un petit rire.

— OK, femme d'un certain âge. Aide-moi à ramasser tout ça et on rentre.

Elle s'assit à la table de la cuisine, me sourit et parla de la pluie et du beau temps. Je pris le café dans le placard en essayant de ne pas me souvenir de ce qu'on avait vécu ensemble, mais c'était impossible.

Après avoir mis la cafetière sur le feu, je m'installai en face de Trudy. Il faisait bon dans la pièce grâce aux radiateurs à gaz, et j'étais assez proche d'elle pour sentir l'odeur de son savon à la menthe et un soupçon de parfum, dont elle s'était probablement tapoté l'arrière des oreilles, le creux des genoux et le dessous du nombril. Elle se parfumait déjà comme ça, à l'époque, et je me sentis fondre à cette seule pensée.

— Tu bosses toujours dans les champs de roses ? demanda-t-elle.

— On a retourné la terre il y a quelques jours.

Notre patron en a terminé avec cette partie du travail. Il n'aura pas besoin de nous avant un moment.

Elle hocha la tête, passa une main aux ongles longs dans ses cheveux, et je vis briller une petite boucle en or à son oreille. Je ne sais pas ce que ce geste et la vision de ce bijou avaient de spécial, mais cela me donna envie de la prendre dans mes bras, de l'allonger illico presto sur la table et de rattraper ces deux ans de manque d'elle.

Au lieu de quoi, je me rabattis sur un souvenir — l'un de mes préférés. Cette soirée en boîte où elle portait un chemisier rayé noir et blanc et une minijupe… J'avais vingt-trois ans et elle dix-neuf. Sa façon de danser et de bouger quand elle ne dansait pas, son odeur, tout ça m'avait rendu fou de désir.

Ce soir-là, j'ai murmuré quelque chose à son oreille, elle a ri, on a récupéré ma Chevy et roulé jusqu'à notre aire de stationnement préférée sur une colline couverte de pins. On s'est déshabillés l'un l'autre et on a fait l'amour lentement sur le capot de ma voiture réchauffé par le moteur. La lune nous éclairait comme si c'était un lampion d'amour rien que pour nous deux ; on aurait dit que la légère brise d'été agitait un éventail de plumes sur nos corps.

Et à part l'acte sexuel lui-même, je me rappelle surtout que, à ce moment-là, je me sentais incroyablement fort et immortel. La vieillesse et la mort me semblaient aussi folles et improbables qu'une histoire d'ivrogne prétendant s'être promené sur une étoile.

— Comment va… Euh, comment il s'appelle déjà ? Howard ?

Je n'avais pas eu l'intention de poser cette question, mais les mots s'échappèrent de mes lèvres malgré moi.

— Il va bien. On a divorcé. Ça fait un an maintenant. Je crois que je ne suis pas douée pour le mariage. Je t'avais et j'ai tout foiré, n'est-ce pas ?

— Je ne suis pas une grande perte.

— Je t'ai quitté pour Pete, puis j'ai quitté Pete pour Bill, et j'ai plaqué Bill pour Howard. Ça n'a marché avec aucun d'eux, ni avec ceux que j'ai rencontrés en chemin et que je n'ai pas épousés. Aucune de ces relations n'a égalé la nôtre. Et les hommes comme toi sont de plus en plus difficiles à trouver.

Vu que le compliment était un peu lourdingue, je n'y répondis pas. Je vérifiai que le café était prêt et j'en remplis deux tasses.

Quand je lui tendis la sienne, elle leva les yeux vers moi et j'essayai de lui dire quelque chose sur un ton fraternel, mais en vain.

— Tu m'as manqué, Hap..., lâcha-t-elle. Vraiment manqué.

Je posai ma tasse à côté de la sienne, elle se leva, je la pris dans mes bras et on se roula une pelle. La terre ne trembla pas, mon cœur ne s'arrêta pas — mais ce n'était pas loin.

On commença à se tripoter tout en se dirigeant vers la chambre et en semant nos vêtements sur le sol au passage. Sous les couvertures, on se lança de nouveau dans cette lente et agréable danse de l'amour, et elle laissa échapper ce rire que j'aimais tant, ce rire aussi doux et joyeux que le chant d'un oiseau.

Et à ce moment-là, je m'en foutais de me souvenir que même la pie-grièche, le plus prédateur de tous les oiseaux, était capable elle aussi de chanter joliment.

2

Le téléphone sonna vers 2 heures du matin. Je me levai, allai à la cuisine et décrochai. Je pense que Trudy n'entendit rien.

C'était Leonard.

— Cette salope est avec toi ?

— Ouais.

— Putain. Tu t'es encore fait avoir !

— C'est différent, cette fois. Je tire juste mon coup. Tu te souviens de ce que tu m'as dit sur la bite dure sans conscience ? T'avais raison.

— Mon cul ! Ne me sers pas cette merde machiste, tu veux ? C'était juste une façon de parler. Ce n'est pas ce que tu penses et tu le sais très bien. Ça aura toujours de l'importance pour toi. C'est à Leonard que tu parles, monsieur Hap Collins, pas à un connard de négro lambda qui travaille dans les champs de roses.

— Leonard, tu *es* un négro lambda qui travaille dans les champs de roses, et moi aussi. Sauf que je suis la version peau blanche.

— T'as parfaitement compris ce que je voulais dire.

— Tu fais quoi debout à 2 heures du matin, à fourrer ton nez dans mes affaires ?

— Je picole, bordel. J'essaie de me saouler.

— Et ça marche ?

— Je dirais à peu près cinq sur une échelle de un à dix.

— C'est Hank Williams que j'entends en fond ?

— Il n'est pas chez moi en personne, mais oui. *Setting the Woods on Fire.*

— Il chante dans quelle tonalité ?

— T'es pas aussi drôle que tu crois, Hap. Putain, j'aurais préféré que cette pute ne revienne jamais.

— L'appelle pas comme ça.

— C'est pourtant ce qu'elle est. Dès qu'elle se pointe, tu deviens bizarre.

— Comment ça, bizarre ?

— Les yeux écarquillés, un air de toutou obéissant. Tu te mets à ruminer sur le bon vieux temps et tu me sers ce genre d'autosatisfaction à la con qui pourrissait les sixties. Figure-toi que j'y étais moi aussi, mon pote ! En fait, c'est juste les années quatre-vingt, avec en prime les tee-shirts teints à la main.

— Espèce de crétin, tu ressasses autant que moi les souvenirs des années soixante !

— Sauf que moi, je détestais cette époque. Putain, mec, Trudy t'empêche de voir les choses clairement. Elle arrive à te persuader que c'était comme ça en ce temps-là et que ça devrait être pareil aujourd'hui, et tu la crois. Je te préfère quand tu es cynique. C'est plus proche de ce que tu es vraiment. Je t'assure, cette salope est prête à tout pour arriver à ses fins. Elle est aussi fausse qu'un catcheur professionnel.

Elle se tient en équilibre sur un fil, mon frère, et elle veut que tu l'y rejoignes. Et quand le fil se rompra, vous vous casserez la gueule tous les deux. N'y monte pas, Hap.

— C'est une fille bien, Leonard.

— Au pieu, peut-être. Mais dans sa tête, oh là là !

— Non, elle est OK.

— Bien sûr, mec, et les années soixante, waouh, c'était génial !

— Ce coup-ci, c'est pas pareil.

— Et la prochaine fois que je chierai, ma merde sortira sous la forme de petits cubes sentant la rose. Bonne nuit, pauvre con de mes deux !

Là-dessus, il me raccrocha au nez. Je pris un verre dans l'armoire, me servis de l'eau que je bus d'un trait, puis j'appuyai mon cul nu contre le plan de travail et me mis à réfléchir. Je pensai surtout que je commençais à me cailler.

Je retournai dans la chambre pour prendre mon peignoir et contemplai Trudy. La lune illuminait son visage. La couverture avait glissé et révélait son corps splendide ; elle était couchée sur le côté, ses bras enlaçant l'oreiller. Je voyais son épaule douce, la forme de ses seins magnifiques et la courbe de sa hanche. Elle paraissait si innocente après avoir hurlé et gémi un peu plus tôt dans mon lit, puis chanté comme un oiseau.

Sauf que non : elle n'était pas assez innocente pour m'émouvoir encore. J'hésitai à la réveiller, mais n'en fis rien. Je remontai doucement la couverture sur elle, je récupérai mon peignoir sur la colonne de lit puis je retournai à la cuisine et me servis un autre verre d'eau. Je m'installai à table, en face de la fenêtre, et regardai dehors. Les rideaux étaient ouverts et la lune éclairait la prairie où Leonard et moi avions tiré des pigeons d'argile ce jour-là ; au-delà, la ligne des pins ressemblait étrangement aux contours d'une montagne lointaine.

Je restai assis là, à siroter mon eau, perdu dans mes songes. Je me souvenais de Trudy, des années soixante, de ce que Leonard m'avait dit. Je savais bien qu'il avait raison. La dernière fois qu'elle était revenue dans ma vie, puis repartie, je m'étais mis à boire comme un trou ; j'avais même tellement picolé que j'avais foutu la honte aux ivrognes qui squattaient le centre social de l'église. C'était là-bas que Leonard m'avait repêché, trois mois plus tard. Je ne savais ni comment je m'étais procuré l'argent pour acheter tout cet alcool, ni les quantités que j'avais ingurgitées ; je ne me rappelais même pas avoir commencé…

Depuis ce temps-là, je m'étais juré que je ne me laisserais plus jamais prendre. Par Trudy, pas par l'alcool. Et voilà qu'elle était de nouveau dans mon lit. Et là, je pensais à cette fille et à des tas de trucs négatifs, conscient que j'avais succombé une fois de plus à mes vieux démons.

Jusqu'à ce que les choses tournent mal entre nous (et je n'avais aucune idée de quand ni comment ça s'était produit), notre relation ressemblait à un beau rêve. Et, par moments, j'avais vraiment eu l'impression de vivre dans un magnifique délire, en effet.

On s'était rencontrés à la fac de LaBorde. J'avais commencé mes études tardivement car j'étais sans un rond ; j'avais d'abord dû travailler dur à l'aciérie pour gagner quelques dollars. Là-bas, le boulot, c'était une horreur. Il faisait une chaleur d'enfer, on portait un casque, on regardait toute la journée des étincelles jaillir partout et on était assourdis par les cliquetis des tuyaux d'acier.

Mais ça payait bien, et je pensais que ça me permettrait d'aller à l'université, de décrocher un diplôme et de trouver un moyen de gagner ma vie plus facilement que mon paternel — un moyen de mordre, moi aussi, dans une tranche du Grand Rêve américain.

Je me suis très vite plongé dans les études, mais pas dans un domaine qui aurait pu me rapporter de l'argent. Quelque chose dans les bouquins et les cours magistraux allait au-delà de ma lecture habituelle des pages sportives des journaux, des arts martiaux que je pratiquais et des rubriques people de mon magazine TV. La vie ne se résumait pas à une bière avec des potes, une montre en or et une retraite en fin de carrière. C'était les sixties, l'époque du *peace and love* et des bouleversements sociaux — autant de contradictions qui parvenaient à coexister. Les droits des femmes. Les droits civiques. La guerre du Vietnam. Je me suis mis en tête que je pourrais répandre le bien autour de moi, améliorer la condition des personnes défavorisées. J'ai laissé tomber l'école de commerce pour la sociologie, j'ai participé à des rassemblements contre la guerre où j'ai poussé quelques chansonnettes folks, j'ai collectionné les albums des Beatles et je me suis laissé pousser les cheveux.

J'ai rencontré Trudy au cours d'un meeting dans une Église unitarienne. En parcourant du regard toutes ces têtes aux longs cheveux raides et aux coupes afro, je l'ai vue à l'autre bout de la salle, en grande discussion avec une fille au corps piriforme vêtue d'une robe à fleurs évasée qui traînait par terre.

Mon Dieu, qu'elle était belle ! Incroyablement jeune — un archétype d'Ève. Ses cheveux d'or ondulaient jusqu'à sa taille et ses yeux d'un vert intense avaient l'air surnaturels. De fines larmes d'argent pendaient à ses oreilles. Elle portait un demi-chemisier blanc, une minijupe en jean et des sabots en bois. Le petit corsage laissait nus son ventre plat et bronzé, ainsi que son merveilleux nombril ; et de la minijupe dépassaient des jambes si parfaites que Dieu lui-même les aurait fabriquées pour sa propre femme.

Je me suis dirigé vers elle sans me presser et me suis présenté. On a bavardé sans gêne, débitant principalement de stupides banalités, entre autres à propos de la guerre.

On n'a pas tardé à s'enlacer, puis on s'est éclipsés. À cette époque, on vivait tous les deux dans des résidences universitaires dont les gardiennes de dortoirs étaient furieusement opposées à la baise. Alors je l'ai emmenée sur une aire de stationnement qui allait devenir notre paradis privé, et on a fait ce qu'on avait envie de faire depuis l'instant même où nos regards s'étaient croisés. On a généré tant d'électricité sur cette colline de pins que ça m'a étonné qu'on n'y foute pas le feu. Et les amortisseurs de ma vieille Chevrolet ont été soumis à rude épreuve.

Notre relation a duré un certain temps. Ça marchait de mieux en mieux entre nous et c'était de plus en plus chaud. Et, lors d'une nuit qui reste aujourd'hui mon souvenir préféré (elle portait sa tenue zébrée), on a décidé de vivre ensemble.

On a mis notre argent en commun et on a emménagé dans un petit studio dans le quartier bohème de la ville. On y a passé deux mois. Et comme c'était toujours parfait, on s'est mariés. Ce fut une noce toute simple, avec des tas de fleurs et des invités aux pieds nus, célébrée par une femme pasteur encore plus jeune que Trudy.

Bon sang, que cette époque était singulière ! Si vous l'avez ratée mais que vous connaissez quelqu'un qui l'a vraiment vécue et que vous l'accostez tard dans la nuit, peut-être après une ou deux bières, ou quand les gosses sont couchés et la télé éteinte, et que vous lui demandez : « Hé, c'était comment les années soixante ? », il y a de fortes chances qu'il s'exclame : « Putain, c'était magique ! », ou au moins : « C'était spécial ! »

Et pendant un moment, il nous sembla que ça l'était, en effet. *Peace and love*, ce n'étaient pas que de simples mots. On pensait que tous les hommes pouvaient vivre dans un monde de respect mutuel, de cheveux longs et d'entraide. C'était comme si le ciel s'était ouvert et que Dieu nous avait envoyé un rayon de lumière et que, dans son éclat, des tas de trucs merveilleux se produisaient.

L'histoire du moineau, le lendemain soir de notre mariage, est un bon exemple de cet état d'esprit.

On avait lâché notre appart et loué une petite

maison à la périphérie de la ville. C'était une piaule toute de guingois. Le plafond du séjour était trop bas et la plomberie couinait comme une chorale de souris géantes.

Trudy a allumé la lumière de la véranda de derrière, elle est sortie pour aller jeter des épluchures de pomme de terre à la poubelle et elle a trouvé un moineau. Il était faiblard, il dodelinait de la tête et il était incapable de s'envoler. Elle m'a appelé et je l'ai examiné. C'était un oisillon et, pour autant que j'aie pu en juger, il n'était pas blessé. Il semblait malade.

Je l'ai ramassé avec une certaine réticence (j'avais entendu dire que, si les oiseaux sentaient l'odeur d'un humain sur un de leurs congénères, ils le tuaient à coups de bec) et je l'ai ramené à la maison. J'ai mis des morceaux de papier journal dans une vieille boîte à chaussures et l'y ai déposé. Puis je l'ai nourri au compte-gouttes avec du bouillon de bœuf froid.

Dès lors, c'est devenu un rituel. Dès notre réveil et même entre les cours à la fac, on lui donnait du bouillon, on nettoyait sa boîte et on changeait le papier. Le soir, on se penchait sur lui pour le regarder et on faisait de petits bruits en claquant de la langue comme des parents inquiets pour un enfant malade.

À la même époque, j'ai trouvé un boulot à temps partiel dans un restaurant à LaBorde et je ramenais des restes que, d'après moi, il mangerait. Au début, il ne voulut pas y toucher, mais au bout d'un moment il les boulottait directement au bout de mes doigts. Ce qu'il préférait, c'était les nouilles. J'imagine que ça lui rappelait les vers.

Il a repris des forces et commencé à voleter dans la maison.

Il ne sortait pas, même si on ouvrait les portes et les fenêtres. Il préférait rester à l'intérieur de la maison. Il nous aimait. Il venait se poser sur nos épaules et sur nos mains tendues. Il piaillait beaucoup. Du coup, on l'a appelé Piailleur. Il paniquait quand on n'était pas habillés en noir. C'était sans doute parce que je portais un tee-shirt noir et Trudy une robe paysanne noire la nuit où on l'avait sauvé. Il devait avoir établi un lien avec cette couleur.

On était tellement enthousiastes à l'idée d'avoir un piaf apprivoisé qu'on a teint toute notre garde-robe en noir. Et quand, à l'occasion, on achetait de nouvelles fringues, c'étaient toujours des vêtements noirs. Du coup, Piailleur était heureux.

En ce temps-là, une sorte de douce alchimie flottait dans l'air, plus puissante encore que des ondes radio. Ce rayonnement semblait particulièrement intense autour de Trudy et moi. On pensait que ça durerait toujours.

Mais même la pomme la plus parfaite peut dissimuler un ver.

Début 1970, quelques semaines seulement après notre mariage, la guerre du Vietnam faisait toujours rage. Des tas de gens avaient remplacé les petites fumettes innocentes par des pilules et des seringues bourrées de saloperies. La beauté merveilleuse — quoiqu'un peu bébête, il faut bien l'admettre — de Woodstock cohabitait avec la tragédie insensée du massacre de manifestants par la Garde nationale, à l'université de Kent State.

Notre oiseau continuait à voler dans la maison, mais la magie de l'époque s'était peu à peu dissipée. Une sombre prise de conscience avait tout balayé : et si cette magie n'avait été qu'un mirage ? On avait repéré les cartes défraîchies planquées dans la manche du magicien et, avec le temps, son numéro de passe-passe avait perdu de son intérêt.

Les années soixante étaient mortes et enterrées. Avaient-elles jamais existé ?

J'ai commencé à me sentir coupable d'être planqué à l'université, protégé par mon sursis, alors que tant de gens mouraient au Vietnam. Ça ne suffisait plus de demander à tout le monde de vivre dans la paix et l'amour du prochain. Je voulais vraiment m'opposer à cette guerre et cesser de me cacher derrière un sursis. J'étais de ceux qui pensaient que notre engagement initial au Vietnam était une cause juste, mais qu'il était devenu un cauchemar politique. Le gouvernement que nous défendions là-bas, malgré son slogan « Nous sommes une démocratie », s'avérait finalement peu différent de celui que nous combattions. Notre rôle, dans ce pays, était tout aussi futile que l'errance sans fin du Hollandais volant. On prenait une colline, puis on la reperdait. Et les cadavres de soldats américains s'empilaient. Il me semblait qu'on aurait dû savoir quand arrêter les frais.

J'ai eu une longue et sérieuse conversation avec Trudy — c'était le genre de chose qu'elle adorait : une noble cause à défendre. Elle s'est enflammée comme une torche.

Avec sa bénédiction, j'ai décidé de quitter la fac et

de répondre à la conscription. Quand viendrait le temps de rejoindre l'armée et de partir à la guerre, je refuserais. J'irais en prison à la place. Ce serait ma façon à moi de résister.

C'était l'époque où on tirait les conscrits au sort et j'ai été enrôlé dans l'armée presque immédiatement. Je fus déçu que ma convocation ne commence pas par « Salutations ». J'avais toujours entendu dire que c'était le cas.

Je me suis rendu à Dallas, j'ai passé l'examen médical, j'ai été déclaré apte et j'ai refusé de partir.

L'armée m'a proposé des échappatoires, on ne peut pas lui enlever ça. Un officier m'a même suggéré de filer me planquer au Canada. La guerre était allée jusqu'à aigrir des types dans son genre, et il était devenu quasi pacifiste.

Mais je n'ai pas voulu prendre la fuite.

On m'a soufflé aussi de me déclarer objecteur de conscience, mais là encore j'ai refusé. Le statut d'objecteur sous-entendait qu'on était contre toute forme de violence, même s'il fallait se battre pour défendre sa propre vie. Or ce n'était pas ma vision des choses. Si j'avais vécu pendant la Première ou la Seconde Guerre mondiale, j'aurais fait mon devoir. Ces causes étaient justes et ces conflits avaient un but clair. J'étais un idéaliste, pas un lâche.

On m'envoya donc au pénitencier de Leavenworth. Trudy et ses amis me rendaient visite de temps en temps ; ils me disaient de tenir le coup et que j'étais super courageux, et ça me faisait du bien d'entendre ça. Ils m'écrivaient des lettres sympas.

Mais ces bons sentiments n'ont pas duré. Et ils

ne m'aidaient pas à me détendre, la nuit, quand j'entendais mes camarades taulards renifler, tousser, pleurer, péter et s'enculer les uns les autres. Et puis, dans cette taule, il y avait des types qui avaient battu leur grand-mère à mort et qui pensaient que c'était leur devoir de patriotes de me buter pour avoir refusé de flinguer des niakoués. Si je n'avais pas été un gars de la campagne solidement bâti, avec des muscles fabriqués à l'aciérie, je n'en serais peut-être pas sorti vivant.

Trudy a continué à venir me voir, mais ses potes ont disparu les uns après les autres. Elle n'a pas cessé de m'écrire, mais ses copains oui. Elle joignait des coupures de presse à ses lettres pour que je sache ce que devenaient les causes pour lesquelles on se battait, avec des victoires et des défaites.

Et puis ses visites se sont espacées et, finalement, elles ont cessé. Dans son avant-dernier petit mot, elle me répétait que j'étais courageux et elle me comparait à certains héros de la contre-culture. Elle ajoutait que Piailleur était mort et qu'elle l'avait enterré derrière la maison, dans une vieille boîte de crème de maïs. Elle me disait aussi qu'elle avait rencontré quelqu'un, un certain Pete, une personnalité importante du mouvement écologiste, et qu'il y avait un truc entre eux. Dans son ultime lettre, elle m'expliquait que ce quelque chose était devenu une véritable relation et qu'elle avait déposé une demande de divorce. Ça n'avait rien à voir avec moi. Pour elle, j'étais l'homme le plus courageux qu'elle avait jamais connu. La lettre était signée comme toutes les autres avec : « Je t'embrasse, Trudy. »

J'ai donc purgé ma peine. Dix-huit mois au total. J'avais fantasmé longtemps à l'avance sur le jour où on me relâcherait. Je m'étais imaginé que je sortirais par une journée chaude et lumineuse, le poing levé. Trudy serait là, douce et sexy en diable dans une robe courte, flottant au vent, qui me permettrait d'admirer ses longues jambes bronzées ; et, tandis que la bande-son monterait en puissance, une musique calme mais triomphante, elle s'élancerait vers moi et se jetterait à mon cou, avec un baiser qui me laisserait pantois et tremblant de la tête aux pieds. Puis elle m'embarquerait dans une voiture et on filerait loin d'ici.

Mais, à ma libération, il faisait froid et il bruinait. J'ai dû demander à un garde d'appeler un taxi pour me conduire à la gare routière. Entre le prix du taxi et celui du bus, il ne me resta presque plus rien de l'argent que j'avais sur moi au moment de mon entrée en prison, ni du fric que le gouvernement m'avait donné pour le travail manuel abrutissant que j'avais fourni pendant ma peine. Inutile de dire que je n'avais pas envie de lever le poing.

Je suis retourné dans l'East Texas et j'ai décidé que je ne voulais plus aider les plus démunis, vu que j'en faisais désormais partie. J'ai trouvé un boulot comme ouvrier agricole dans les champs de roses près de LaBorde, et c'est là que j'ai rencontré Leonard Pine. C'était un vétéran du Vietnam et un dur à cuire certifié. On n'était pas d'accord sur pas mal de trucs, mais ça ne le gênait pas, car, avec moi, il avait quelqu'un pour polémiquer. C'était un dingue des arts martiaux, la boxe, le kenpo, le hapkido

— ce qui a ravivé mon propre intérêt pour tout ça. Quand j'étais au lycée, avant de rencontrer Trudy, je m'entraînais assidûment dans toutes ces disciplines. J'avais ensuite laissé tomber, je suppose, parce que je sentais que ça ne cadrait pas avec ma nouvelle idéologie *peace and love*, ou une connerie de ce genre. En tout cas, je n'avais pas pratiqué depuis un bout de temps et j'ai été heureux de m'y remettre. Je suis devenu meilleur que je ne l'avais jamais été. Ça m'a aidé à me débarrasser de mes frustrations.

Au bout d'un certain temps, Trudy a commencé à réapparaître dans ma vie. Et quand elle repartait, j'étais un peu plus détruit que le coup d'avant... Elle me redonnait espoir avec ses promesses et ses serments, puis soudain elle me laissait tomber comme une merde. Les mecs qu'elle se trouvait étaient toujours de grosses légumes de tel ou tel mouvement écolo — qu'il s'agisse de soutenir la lutte des cueilleurs de salade ou d'empêcher les bébés phoques de se faire défoncer le crâne à coups de batte de base-ball.

Chaque fois qu'elle me quittait, je promettais à Leonard que j'en avais terminé avec elle. Et, chaque fois, je mentais. Mais après la Grande Biture, même moi j'y avais cru.

Et voilà qu'elle était de retour.

J'étais en train de ressasser tout ça quand elle arriva à poil, passa ses bras autour de mon cou et se pencha pour me mordiller l'oreille. Les odeurs de savon à la menthe et de sexe émanaient d'elle par vagues. Je pris sa main qui reposait sur ma poitrine.

— Je me suis réveillée et tu n'étais plus là, dit-elle.

— J'avais soif.

— Et moi j'ai faim de baise. Reviens te pieuter.

Je me levai, la serrai dans mes bras et l'embrassai. Elle tremblait de froid. J'ouvris mon peignoir et l'enveloppai de mon mieux pour la coller contre moi. Ses doigts coururent sur mes flancs et mes fesses puis se glissèrent sur le devant et emprisonnèrent ma queue.

— Tu n'as pas honte de traiter un vieillard comme ça ? demandai-je.

— Tu ne fais pas vieux, mon chou.

On retourna au lit, mais cette fois elle ne laissa pas échapper ce rire que j'aimais tant. Quand ce fut terminé, elle resta étendue un moment, puis elle sortit doucement du lit, ramassa sa petite culotte et l'enfila. Je détestais ça. J'aimais voir sa chatte. Dissimuler cet entrejambe duveteux avec un slip, c'était aussi barbare que de jeter une serviette de bain mouillée sur la tronche de la Joconde.

— Ça caille, dis-je. Recouche-toi.

— Hap, je n'ai pas été tout à fait franche avec toi.

— Comme si tu l'avais déjà été… Mais cette fois, ne te bile pas. Tu n'as pas eu beaucoup de temps pour me mentir.

Elle se dirigea vers la fenêtre et regarda dehors, le dos tourné. Puis elle me fit face lentement, les bras croisés sur la poitrine.

— Tu es très vindicatif, là.

— J'imagine que je recommençais à y croire. Mais tu viens de me remettre sur le bon chemin.

— Ça s'est toujours bien passé entre nous, n'est-ce pas, Hap ? Au niveau du cul, je veux dire.

— Pendant un certain temps, c'était même au-delà du cul, non ?

Elle ramassa mon peignoir là où je l'avais laissé tomber sur le sol et l'enfila. Elle grimpa sur le lit, croisa les jambes et me fixa.

— Hap, j'ai besoin de ton aide.

— J'ai pas un rond. Il doit me rester tout juste cinquante dollars, au grand maximum, plus peut-être cinquante cents en petite monnaie.

— Je ne suis pas venue te demander du fric.

— Mais tu te pointes toujours quand tu veux quelque chose, non ? Tant que ça n'implique pas une relation permanente avec moi.

— Je ne veux pas me disputer. C'est juste que j'ai besoin de ton soutien. Je ne voyais personne d'autre à qui demander.

— Peut-être que je peux ?

— Je veux que ce soit toi qui le fasses, parce que cette fois tu en profiteras. Le coup que je te propose rattrapera tous les autres.

— Rien ne rattrapera notre bon vieux temps.

— Oui, mais ça pourra presque compenser. (Elle posa sa main sur mon épaule.) Hap, mon amour, ça te dirait de te faire deux cent mille dollars facilement ? Nets d'impôt ?

3

Le lendemain matin, je laissai Trudy encore endormie dans mon pieu et je brinquebalai avec mon vieux pick-up Dodge vert jusque chez Leonard. Il avait une petite maison le long de mon chemin de terre, à quelques kilomètres de là.

Je me garai devant chez lui et sortis dans l'air froid. La porte d'entrée était verrouillée. Je récupérai la clé dans sa cachette sous la véranda et j'ouvris.

Un feu était en train de mourir dans la cheminée et une bonne odeur de café embaumait la piaule. Mon odorat me guida jusqu'à la cuisine, je trouvai la cafetière et m'en servis une tasse. J'appelai Leonard, mais il ne répondit pas.

Je jetai un coup d'œil à l'avancement de ses travaux. Sous son évier, il reconstruisait le meuble attaqué par des termites. Près de celui-ci, il y avait des planches prédécoupées, un marteau, un sachet de petits clous et un autre de clous longs pour les panneaux muraux. Il menait ce chantier par épisodes, quand il avait le temps, et, comme d'habitude, en ce domaine, son travail était d'une excellente qualité.

Personnellement, je n'étais même pas foutu d'enfiler un préservatif sans lire le mode d'emploi, et après j'avais encore toutes les chances de le mettre par le mauvais côté.

Je sortis par l'arrière de la maison avec ma tasse de café pour rejoindre le chenil et la vieille grange. Jadis peinte en rouge vif, elle avait pris une couleur rouille. Grandes portes à battants et grenier à foin. Quant au chenil, des grillages d'acier le divisaient en six enclos hébergeant des chiens d'arrêt à la fourrure tachetée. Au fond de chacun d'eux, la grosse niche qui les abritait contre la chaleur, le froid et le vent possédait une trappe qui s'ouvrait et se refermait au passage des chiens. L'animal qui occupait l'enclos le plus proche de la grange s'appelait Switch — Dieu sait pourquoi — et c'était le chouchou de Leonard. Ce qui ne voulait pas dire que mon pote n'était pas fan de tous ses autres gros bâtards stupides. Il partait chasser avec eux aussi souvent que possible, pas tant pour la chasse elle-même que pour le plaisir de voir courir ses merveilles tachetées.

Quand j'approchai du chenil, ils se mirent à sauter et à aboyer. Je passai mes doigts à travers le grillage des enclos et ils me les léchèrent chacun à leur tour en remuant la queue et en jappant.

En arrivant à celui de Switch, je m'agenouillai et restai avec lui plus longtemps qu'avec ses congénères. Je détestais le favoritisme, mais, bon sang ! celui-là avait quelque chose de spécial. On lisait une sorte de noblesse triste dans ses yeux, comme si, peut-être, il avait vu des choses qu'il aurait préféré ne pas voir, mais qui l'avaient rendu plus sage...

Évidemment, c'était n'importe quoi. Même si les chiens d'arrêt sont intelligents, on sait très bien qu'ils appartiennent à une race passablement stupide. N'empêche que Switch avait de la classe. Et il savait aussi se montrer protecteur envers Leonard. Quand il ne vous connaissait pas et n'était pas tenu en laisse, gare à vos fesses si vous aviez le malheur de vous approcher un peu trop de son maître ! Il était capable de vous sauter à la gorge et de vous arracher le visage sans même un aboiement ou un grognement d'avertissement.

J'entendis des chocs réguliers qui venaient de la grange. C'était Leonard. Il s'entraînait toujours avec assiduité, même si, la veille, il avait picolé jusqu'à point d'heure.

Je terminai mon café, donnai une dernière caresse à Switch et me redressai ; je jetai un coup d'œil à la masse sombre de la forêt au-delà de l'enclos ; au fur et à mesure que le soleil escaladait le ciel, elle semblait grossir et se métamorphoser. Leonard habitait dans un très bel endroit, même si le torrent était un peu trop proche de sa maison et que l'érosion emportait un morceau de ses terres chaque année. Mon pote avait eu beau creuser des tranchées et les remplir de gravier, ça n'avait rien changé. Ça stoppait les ravinements pendant quelque temps et puis, rapidement, les berges s'effondraient derechef car les eaux bouffaient tout. Parfois, en été, on se postait sur la rive escarpée et on déversait des kilos de gravier à la flotte. Ensuite, on s'installait sur la véranda pour gratter les pierres et la boue logées dans les rainures des semelles de nos chaussures.

Quand on était vraiment d'humeur à jouer les Huckleberry Finn, on descendait jusqu'à notre arbre de Robin des Bois — un grand chêne, dans une clairière derrière chez Leonard. On ne savait pas à qui appartenait ce terrain, mais on considérait que cet arbre était à nous. On lui avait donné ce surnom des années auparavant, en souvenir de celui dans lequel Robin des Bois faisait ses discours au cœur de la forêt de Sherwood. On y allait pour discuter et profiter du spectacle de la nature. Parfois Leonard prenait son fusil sous prétexte de repérer les coins à écureuils. Mais on finissait toujours adossés contre notre chêne à causer jusqu'à la tombée de la nuit.

Ma maison était sympa, mais je dois admettre que je préférais celle de Leonard. Je me laissai bercer par la beauté de l'endroit tout en repensant à ce que m'avait dit Trudy la veille. Je réfléchis à un moyen de convaincre Leonard de se lancer dans cette aventure avec moi. Leonard ne faisait pas partie des plans de Trudy, mais que je sois damné s'il n'était pas dans les miens ! J'essayai de me convaincre que je voulais qu'il se fasse aussi un peu de fric parce que c'était mon ami, même si je savais que ça venait aussi de ce que je dépendais de lui pour des tas de choses. Il m'avait sorti de tant de pétrins ces dernières années qu'il était devenu une espèce de guide spirituel.

Dans la grange faiblement éclairée, je vis Leonard qui s'acharnait sur le sac de frappe accroché à un chevron sous le grenier à foin. Il était torse nu et portait un pantalon de survêtement gris, des tennis basses, des chaussettes blanches et une paire de gants de boxe usés. Son visage et son torse musclé me firent penser à du chocolat mouillé ; quand la lumière l'illuminait, les perles de sueur ressemblaient à des furoncles. Le froid lui faisait cracher des panaches de fumée.

Je posai ma tasse de café sur une des planches qui soutenaient la cloison brute et je l'observai. Il ne remarqua pas ma présence tout de suite.

— Eh bien, finit-il par dire, toi, t'as la tête d'un mec qui a tiré son coup.

— Et toi d'un mec qui n'a pas pu. Voilà pourquoi tu t'en prends à ce pauvre sac, pour te venger de tes frustrations.

— Raconte-moi tout. Ou, plutôt, non, ne m'en parle pas. Ça va juste me déprimer.

Il lança une salve de coups combinés contre le sac, puis me gratifia d'un sourire et minauda :

— Contrairement à toi, tu vois, j'ai toutes les femmes que je veux.

— Allez, arrête tes conneries !

— Je pourrais m'en payer un paquet, en tout cas. C'est pas nul, ça ? Elles me veulent et moi pas. Elles font la queue à la porte de ma chambre, et moi, je suis comme je suis.

— Tu devrais peut-être essayer de virer ta cuti ? Ça vaudrait certainement mieux que les branlettes.

— Je ne crois pas que ce serait plus facile. Mais ça ressemblerait au tricot ou au backgammon. Très peu pour moi.

— Je te dis juste que les choses pourraient être plus simples.

Il expédia une nouvelle rafale de coups à son sac, puis me fit un clin d'œil.

— Tu pourrais m'aider, tu sais. Un petit soulagement pour un ami.

— Je suis pas ton ami à ce point-là.

Après une autre série de frappes, il coinça le sac entre ses avant-bras et me sourit.

— Je t'ai mis mal à l'aise, hein ? Je vais te dire un truc, mon pote. Je t'aime bien, mais t'es pas mon genre d'homme.

— Alors là, je suis effondré ! J'ai envie de me cacher dans un coin pour pleurer…

Il balança deux gauches au sac, puis deux droites, puis un revers.

— Viens t'entraîner avec moi. J'aime bien voir suer une face de yaourt.

Je me débarrassai de ma veste et de ma chemise, je m'emparai des gants de rechange pendu à un clou, les enfilai et m'approchai. Je fis quelques touches, lentement, pour m'échauffer et décontracter mes muscles. Au début, comme toujours, je me sentis maladroit. Puis mes muscles commencèrent à se réchauffer et à se détendre, et je trouvai mon rythme ; je me mis à tourner autour du sac et à le frapper quand l'envie m'en prenait. Leonard tournait aussi, de sorte qu'il restait toujours en face de moi, le sac entre nous, et, dès que je terminais une série, il frappait à son tour. On se retrouva très vite à jouer des congas sur ce bon vieux sac de toile.

Quand on s'arrêta, mes mains me faisaient un peu mal à force de serrer les poings, et j'étais légèrement essoufflé. Je retirai les gants et les raccrochai à leur clou, puis j'ouvris et fermai les mains un moment pour relâcher la tension.

— Tu deviens mou, lança Leonard en enlevant ses gants. Tu ne fais pas assez d'exercice.

— À mon âge, je préfère me ménager.

— Un petit combat pour s'entraîner, ça te dit ?

— Sûr.

Il prit les gants de boxe et les protections sur une étagère et me lança une paire de chaque. Je fixai les protège-tibias au-dessus de mes tennis, puis je mis les gants. Comme ils se serraient au niveau du poignet à l'aide d'un élastique, on n'avait pas besoin d'aide pour les enfiler.

Jusqu'à présent, seule la lumière passant par la porte latérale nous éclairait. Leonard ouvrit les deux battants de l'entrée principale et soudain le soleil inonda la grange. Des particules de poussière s'élevaient de la terre battue telles de petites tornades paresseuses.

Leonard s'équipa aussi, sautilla sur place, puis se mit en garde et se dirigea vers moi.

— Tu vas souffrir, tronche de craie.

— J'espère que tu connais une maison de repos pour les négros invalides, parce que t'en auras besoin.

— Tu me traites, là ? Et des insultes racistes, en plus !

— Je dis juste ce que je vois.

— D'ici une minute, tu ne verras plus rien du tout.

Alors, on y alla pour de bon.

On aurait dit que Leonard s'était transformé en huile et qu'il se répandait sur moi. Je me protégeai, mais l'homme-huile se durcit, frappa mes avant-bras et les affaiblit, puis il cogna ma tête et mes côtes en produisant des bruits qui ressemblaient aux sons que faisait le sac lorsqu'on s'acharnait sur lui.

Quand je réussis à l'éloigner de moi, je grommelai :

— Je ne vais pas te mentir, je reconnais que tu ne te débrouilles pas mal.

— Je sais, répondit-il simplement en revenant à la charge.

Je lui laissai croire qu'il m'avait coincé en lui portant un faible direct du gauche ; quand il l'évita, je l'atteignis au ventre d'un mouvement circulaire du pied, assez violent pour lui couper le souffle. J'enchaînai avec plusieurs autres coups, puis je lui assenai un crochet du droit au-dessus de l'œil gauche que je doublai d'une gauche qui ne toucha que son avant-bras. Il riposta, très vite, mais j'avais cassé son rythme, à présent, et il ne faisait que raser mon visage et glissait sur ma poitrine en sueur sans vraiment me faire mal.

Une frappe du pied, cette fois de ma jambe d'appui, l'atteignit au plexus et l'obligea à reculer. J'essayai alors de viser ses flancs de mon autre pied. Il recula rapidement et je le poursuivis. Il me tourna le dos, comme pour s'enfuir. Instinctivement, je me précipitai pour lui porter l'estocade finale. C'est alors qu'il pivota sur sa jambe gauche pour me faire face à nouveau. Sa jambe droite se cambra et l'arête de son pied me heurta un côté du crâne.

Je m'écroulai dans la poussière qui m'emplit les narines.

Je venais de me faire avoir comme un bleu.

Il se pencha sur moi et ricana :

— Alors, comment tu te sens, gueule de yaourt ?

— J'ai connu pire... Mais la grange tourne...

— T'es toujours trop impatient. Je t'ai baisé, dit-il en m'administrant une tape amicale dans le dos. Reste allongé un moment.

— C'est prévu.

Quelques minutes plus tard, il me releva. La grange tanguait encore un peu, mais les choses rentraient lentement dans l'ordre. Il m'aida aussi à ôter mes gants et mes protège-tibias. Je remis ma chemise et ma veste en titubant, puis je récupérai la tasse de café sur la planche. Il passa son bras autour de moi et on regagna la maison.

Leonard mit un album de Patsy Cline en fond sonore et prépara le petit déj'. Assis à la table de la cuisine, je plongeai ma tête entre mes genoux.

— T'as mangé ? demanda-t-il.

— Non.

— Tu t'en sens capable ?

— Ouais.

— Œufs et pain grillé, ça te va ?

— Parfait.

Il gloussa.

— Un gamin blanc en détresse, dis-je. Tu adores ça.

Il cassa un œuf dans la poêle.

— T'es venu me voir pour une bonne raison, Hap. Normalement, tu ne te lèves pas aussi tôt le dimanche. Qu'est-ce qui s'est passé ? Ta nana est déjà repartie ?

— Nan. Mais y a une raison à ma visite, en effet. Un truc important.

Je relevai la tête. Ça ne tournait plus.

— Important à quel point ?

— Tu n'aurais plus besoin d'aller trimer dans les champs de roses. Au moins pendant un bon moment.

Il s'arrêta de déballer le pain et me regarda.

— Combien de temps ?

— Un paquet d'années. Tu pourrais démarrer ta propre affaire. Il m'a semblé comprendre que les types de ton espèce se débrouillaient pas mal dans les merguez, ce genre de choses. Tout ce que tu veux.

— Les merguez, c'est fatigant. Tu sais bien comment on est, nous les nègres. On veut juste des chaussures confortables, une chatte bien étroite à enfiler et un endroit chaud pour chier.

— C'est ce que j'ai entendu dire, en effet.

— Allez, Hap, arrête de jouer au con avec moi. C'est quoi, le deal ?

— Cent mille dollars pour chacun.

— Merde. Qu'est-ce qu'on doit faire, flinguer quelqu'un ?

— Nan. Faudra nager sous l'eau.

4

Je ramenai Leonard chez moi et me garai à côté de la Volkswagen de Trudy, d'un vert décoloré, avec un autocollant Greenpeace sur le pare-chocs.

Elle buvait un café à la table de la cuisine, vêtue d'une de mes chemises beaucoup trop grande pour elle. Avec cet accoutrement et ses cheveux ébouriffés, elle avait l'air d'une gamine — mais beaucoup moins quand elle croisa les jambes et leva les yeux vers moi.

— Je me suis inquiétée pour toi, dit-elle. J'ai pas trouvé de mot...

— Je n'en ai pas laissé. Je pensais être de retour plus tôt.

Elle se décida à remarquer la présence de Leonard.

— Salut, Leonard.

Leonard lui répondit d'un signe de tête.

— Ce que tu m'as raconté hier soir, dis-je, je veux que tu le répètes à Leonard.

À voir son expression, je compris que ça ne lui plaisait pas.

— Je n'ai rien contre toi, Leonard, ronchonna-t-elle. Mais cette histoire, c'est entre Hap et moi. Il n'aurait pas dû t'en parler.

— Je l'ai mis dans le coup et je partage ma part avec lui, affirmai-je.

— Il n'y aura peut-être pas de part du tout si tu continues comme ça, Hap.

— Pas grave. T'auras qu'à te trouver un autre pigeon, dans ce cas.

— Tu es vraiment d'une humeur massacrante le matin, bougonna-t-elle.

— Il contrôle mieux ses glandes dans la journée, intervint Leonard. Et elles ont tendance à tourner en surrégime la nuit.

— Je me passe très bien du son de tes commentaires, Leonard, lança Trudy.

— Je n'avais aucune intention musicale, ici. Peut-être que tu préfé'erais un pa'ler nèg'e plus standa'd ? Ou un petit numé'o de claquettes ?

— Fermez-la, vous deux ! gueulai-je. Cette affaire prend une tournure encore pire que je ne pensais. Je veux que Leonard soit de la partie. Où est le problème ? Ça ne te coûtera pas plus cher et tu auras deux bras supplémentaires. Si j'en crois ce que tu m'as raconté, il nous sera utile. Primo, il a l'expérience de la plongée. On en a besoin. Moi, j'ai déjà été sous l'eau une ou deux fois avec une combinaison, mais c'est à peu près tout.

Elle me tourna le dos pour observer la prairie par la fenêtre. Ma mère faisait la même chose quand elle était fâchée contre moi. Je m'attendis presque à voir Trudy me menacer d'une fessée.

Elle jouait avec sa tasse de café sur la soucoupe.

La lumière extérieure révélait les marques de l'âge sur son visage.

— C'est pour aujourd'hui ou pour demain ? grogna Leonard. Au-delà de deux minutes, les gens qui boudent me fatiguent.

Elle consentit enfin à nous regarder.

— Très bien, mais je n'aime pas qu'on me force la main comme ça, Hap. Tu aurais dû m'en parler d'abord. On est assez intimes pour ça.

— Je ne te l'ai pas demandé parce que je savais que tu dirais non, or j'exige que Leonard nous accompagne. Ce n'est pas pour t'emmerder. Mais il a été à mes côtés dans des moments difficiles — dont tu as souvent été responsable, d'ailleurs. Je veux qu'il profite de ce plan exactement comme toi, si je t'ai bien comprise, tu veux que j'en profite. Si t'as pas envie qu'on bosse tous les deux, pas de problème. T'as qu'à nous virer.

— Faudra que j'explique ça à Howard, murmura-t-elle. Déjà qu'il n'aimait pas trop l'idée que je te branche là-dessus, Hap…

— Te connaissant, je suis certain que t'es capable d'embobiner ce Howard, rigola Leonard. Et je ne le connais même pas, ce pauvre abruti.

— Tu sais quel est ton problème, Leonard ? répliqua Trudy. Tu es jaloux. Tu es amoureux de Hap et tu es jaloux de moi.

— C'est vrai que ce garçon n'est pas mal. Il a un joli petit cul bien rebondi, mais c'est pas mon genre.

— Réconciliez-vous, tous les deux, dis-je. Ça sera plus facile.

— D'accord, je vais garder ma langue dans ma

poche, répondit Leonard, mais entre cette fille et moi c'est une simple relation d'affaires, on n'est pas amis.

— Je ne vois pas comment il pourrait en être autrement, renchérit Trudy.

On s'assit à la table, Leonard contre le mur et moi en face de Trudy. Elle lança un regard noir à mon pote, puis à moi.

— Cent mille dollars, c'est nettement moins que deux cent mille dollars, Hap. Tu es sûr de vouloir partager ?

— Ouaip, et je veux qu'il entende toute l'histoire de tes lèvres. Je ne lui ai rien dit, à part qu'il y a du fric à la clé. Mais une fois qu'il t'aura écoutée, peut-être qu'il ne sera pas partant.

Trudy se leva, se resservit du café, puis revint s'asseoir. Elle but une gorgée et commença son récit.

— Mon dernier mari, Howard, a participé à des tas de combats contre le nucléaire. Il a voyagé dans tout le pays pour parler dans des meetings contre les centrales et organiser la résistance. Une fois, à une manifestation dans l'Utah, il a découpé une clôture pour s'introduire dans un site du gouvernement et endommager des équipements. Il estimait que c'était de sa responsabilité en tant qu'être humain de…

— Épargne-nous le baratin politique, la coupa Leonard. Ça me donne des palpitations. Contente-toi des faits, sans fioritures, tu veux ?

— Très bien, dit-elle.

Elle reprit donc son histoire. C'était assez simple. Le juge décida de faire de Howard un exemple. Il le condamna à deux ans à Leavenworth, mon ancien chez-moi derrière les barreaux, et, plus tard, il réduisit la peine à dix-huit mois pour bonne conduite. Je me demandai si elle l'avait laissé tomber aussi, comme moi, pendant qu'il était en taule, ou s'il avait reçu plus de lettres et plus de visites que moi.

En prison, Howard fit la connaissance d'un certain Softboy McCall, qui se la jouait gangster. Il était au trou depuis longtemps et il n'était pas près d'en sortir.

Quand il apprit que Howard était originaire du Texas, il s'intéressa immédiatement à lui. Vu qu'il était texan, lui aussi. Il venait de Waco, pour être précis.

Softboy devint pote avec Howard. Il lui expliqua pourquoi il avait atterri en prison — pour cette fois-là, du moins. Il avait braqué une petite banque dans l'East Texas (comme s'il y en avait des grosses dans le coin !). Ce jour-là, précisément, elle était bourrée à craquer de pognon. Bien plus que ce qu'un établissement de cette taille était censé conserver dans ses coffres, même un week-end quand les salaires ont été déposés sur les comptes.

De l'avis de Softboy, c'était de l'argent sale planqué là par de gros bonnets. Il a eu confirmation de son hypothèse quand, après le casse, la presse annonça un chiffre bien inférieur à ce qu'il avait effectivement piqué. Softboy prétendait s'être emparé d'un peu plus d'un million de dollars.

Pendant le braquage, il y eut une fusillade avec un garde. La police fut alertée d'une manière ou d'une autre et elle se pointa alors que Softboy et ses deux complices étaient encore sur place. D'autres coups de feu furent échangés. Le garde et un policier furent blessés, les trois voleurs également.

Ils réussirent pourtant à regagner leur voiture et à prendre le large.

La veille du casse, le chauffeur était parti en repérage dans les marécages et il avait trouvé un endroit où planquer un canot à moteur. Ils filèrent donc là-bas.

Pendant le trajet, un des braqueurs mourut de ses blessures. Et une fois sur place, le conducteur rendit l'âme à son tour. Softboy était désormais seul avec le fric.

Il poussa la bagnole dans l'eau pour la faire disparaître, puis il transféra le magot à bord du canot et mit les gaz. Mais il n'alla pas bien loin. Il heurta une souche ou un truc dans le genre et se retrouva à la baille.

Il parvint à regagner le rivage, puis erra dans les bois pendant trois jours, en proie à la fièvre et aux hallucinations. Il ne savait pas s'il tournait en rond ou pas.

Il finit par tomber sur un sentier et le suivit. Il se retrouva sur la route de Marvel Creek. Il s'évanouit dans un fossé, et à son réveil il était à l'hôpital de Marvel Creek avec un flic assis sur une chaise à côté de son lit. Un automobiliste l'avait sauvé et avait appelé la police.

Quand son état s'améliora, les enquêteurs essayèrent de lui faire dire où la barque avait coulé, mais il en fut incapable.

Il n'en avait aucune idée. Il ne se souvenait même pas comment il était arrivé jusqu'au bateau avec ses partenaires. Ce n'était pas lui qui l'avait planqué — c'était son complice qui s'en était occupé. Et, après le braquage, sa blessure le faisait tellement souffrir qu'il n'avait pas fait attention à l'emplacement de ce bateau.

La police fouilla la rivière pendant plusieurs jours, mais ne trouva rien — ni embarcation, ni voiture, ni cadavres.

L'affaire en resta là.

Softboy raconta à Howard qu'il faisait des cauchemars dans lesquels il voyait tout cet argent au fond de l'eau, grignoté par les poissons. Il voulait le récupérer. Si Howard remettait la main dessus, Softboy était d'accord pour le partager avec lui.

Trudy s'interrompit et Leonard ricana :

— Il fait vachement confiance à ses semblables, ce mec, non ?

— Il estimait que Howard était honnête et qu'il pensait la même chose de lui, j'imagine, répondit Trudy.

— Ou alors il voulait juste le lui faire croire, intervins-je. Si tu persuades un mec que tu l'apprécies, il ira te décrocher la lune. Si Softboy réussissait à convaincre ton Howard de retrouver le fric pour lui et de le gérer à sa place, il s'en servirait pour graisser la patte aux matons et aux responsables de la prison. Ça lui rendrait la vie au zonzon un peu plus agréable. Vu sa situation, le jeu en valait la chandelle.

— Trois jours avant la sortie de Howard, reprit Trudy, Softboy a été tué par un détenu avec un couteau fabriqué avec une cuillère. Ils se sont battus pour une raison stupide. Une histoire de dessert, je crois.

— Et donc Howard n'a plus d'obligation envers Softboy, dit Leonard. Il a décidé de récupérer l'argent pour sa pomme. Il t'a embarquée là-dedans, et Hap m'a branché à son tour. C'est bien beau tout ça, mais je vois deux trois petits problèmes, ici. D'abord, j'imagine que Howard a déjà essayé de trouver l'argent ? N'est-ce pas ?

Trudy acquiesça d'un signe de tête.

— Les policiers ont cherché, Howard a cherché, et tout le monde est revenu les mains vides. Qu'est-ce qui te fait croire qu'on pourra faire mieux ?

— C'est là que j'interviens, fis-je. J'ai grandi à Marvel Creek ; je connais le moindre recoin de ces marécages.

— Je parie que des tas de gens qui les connaissent aussi bien que toi ont aidé les flics, rétorqua Leonard. Sans résultat.

— Il y a autre chose, dit Trudy. Softboy a parlé du pont de fer à Howard, mais pas à la police.

— Le pont de fer ? répéta Leonard. Kézako ?

— Quand on était mariés, Hap l'évoquait de temps en temps ; il disait que c'était son coin à lui, dans les marécages… C'était quoi déjà, Hap ?

— Un pont qui n'a jamais été terminé sur un bras de la rivière. Des compagnies pétrolières ont lancé sa construction dans les années cinquante, avant que les puits ne se tarissent. On raconte des tas de trucs sur cet endroit. C'était un rendez-vous pour les amoureux. Il y a cette histoire sur ce gars qui s'est pendu à l'une de ses poutrelles à cause d'une fille, ou quelque chose comme ça. Il paraît que son fantôme y erre encore. On dit que, quand la lune éclaire le pont, on peut voir son corps s'y balancer… On parle aussi d'un couple qui serait allé se garer là-bas ; des types leur seraient tombés dessus et ils auraient violé la fille ; ensuite, ils auraient attaché la roue de secours autour du cou de son copain avant de le jeter à la flotte. Un sacré paquet d'anecdotes, ouais.

— Softboy a expliqué à Howard qu'après le naufrage il s'est retrouvé allongé sur la rive et a vu le pont de fer en aval, ajouta Trudy.

— Le problème, dis-je, c'est qu'il n'est pas sur la rivière. Il enjambe un de ses bras dont je ne sais même pas s'il a un nom. C'est une vraie jungle, là-bas. Peut-être que Softboy était si gravement blessé qu'il s'est éloigné de la rivière sans s'en rendre compte ? En fait, je pense que ses potes et lui ont confondu Marvel Creek et cet affluent ; le seul endroit où celui-ci est assez large et profond pour permettre à un bateau d'y naviguer, c'est le tronçon proche du pont de fer.

— Le fric est sûrement dissous dans l'eau depuis longtemps, à l'heure qu'il est, observa Leonard. On trouvera peut-être quelques pièces de monnaie, mais c'est tout.

— Softboy et ses complices avaient décidé de transporter l'argent en aval de la rivière et de l'enterrer, reprit Trudy. Ils avaient planqué une autre voiture un peu plus loin ; ils avaient prévu de se tirer, puis de revenir récupérer leur pognon quand les choses se seraient calmées. D'après Softboy, ils ont protégé l'argent dans des bonbonnes étanches rangées dans une grosse glacière en aluminium fixée à l'avant du bateau. Il y a donc des chances qu'elles soient toujours là, et l'argent aussi.

— À quand remonte la dernière fois où tu as vu ce pont ? me demanda Leonard.

— Dix-huit, dix-neuf… peut-être vingt ans.

Leonard secoua la tête.

— Putain, mec, ça m'est arrivé de venir te chercher pour aller au boulot et t'étais même pas foutu de te souvenir où t'avais laissé les grolles que tu portais la veille… Alors je ne te vois pas retrouver un truc que tu n'as pas vu depuis vingt ans !

— C'est vrai… Sauf que ces fois-là il n'y avait pas un million de dollars dans mes chaussures.

5

Une fois cette discussion terminée, Trudy annonça qu'elle allait prendre une douche et s'allonger un moment. Comme j'avais passé la plus grande partie de la nuit à réfléchir, à parler et à baiser, j'avais besoin d'une sieste, moi aussi, mais je m'abstins. J'aime à penser que c'était parce que j'étais un mec avec du caractère. Mais, en fait, je n'avais aucune envie de me retrouver tout seul avec Trudy pour l'instant. Je me doutais bien qu'elle allait me pourrir à propos de Leonard, et je ne l'aurais pas supporté. Je ne voulais pas non plus être trop près d'un pieu avec elle. Au lit, elle savait vraiment être très persuasive. Si je la laissais parler assez longtemps et bouger des parties de son corps d'une certaine manière, elle était capable de me convaincre que Leonard devait être fusillé à l'aube.

Quand j'entendis couler la douche, je lui laissai un petit mot : « *Je vais chez Leonard pour les préparatifs du départ. Je serai de retour pour le déjeuner. Si tu veux nous rejoindre…* » Et j'ajoutai un plan pour qu'elle vienne chez Leonard si elle le souhaitait.

Leonard mit quelques vêtements et une édition de poche de *Walden* dans une valise. Il prit un matelas mousse et des couvertures qu'il roula ensemble, puis il récupéra son Remington .30/06 et une boîte de cartouches dans la penderie. Il posa le tout sur le canapé.

— Où est ton .22 pour le tir à la cible ? demandai-je.

— Je l'ai rangé.

— Tu ne crois pas qu'on en aura besoin ? Peut-être que tu connais aussi un endroit où on pourrait acheter des bazookas et des grenades à main, voire quelques mines antipersonnel ? Putain, mais tu fais quoi, là ? On va dans les marécages pour plonger et repêcher du fric. On ne tirera pas sur les biffetons.

— Quand il s'agit de ton ex-femme, j'ai tendance à devenir parano.

— C'est une casse-couilles de première et elle est un peu trop idéaliste, c'est vrai, mais elle ne nous piégera pas.

— Je ne sais pas dans quoi elle est en train de nous fourrer. Je pense qu'elle est du genre à sauter dans le vide sans regarder. Et je ne connais pas ce Howard. Il a des copains ou on est les seuls crétins dans cette histoire ?

— D'après elle, deux autres gars sont dans le coup, des idéalistes aussi. Ils prendront leur part du fric volé aux méchants banquiers capitalistes et le refileront à une bonne cause.

— Sans blague ? Laquelle ?

— La sauvegarde des bébés phoques, j'imagine.

Ou des baleines. Merde, j'en sais rien. Elle ne me l'a pas dit.

— Si je me fais du fric dans cette histoire, je l'investirai aussi dans une bonne cause : moi-même. Les phoques n'ont qu'à se débrouiller tout seuls. Ils n'ont pas de factures à payer, eux.

— Comme je te comprends !

Leonard récupéra sa pipe et sa blague à tabac sur le linteau abîmé de la cheminée, puis il s'installa dans le rocking-chair devant l'âtre. Il sortit une longue allumette d'un crachoir en métal et la posa sur ses genoux. Il bourra sa pipe rapidement et l'alluma en grattant l'allumette sur une brique de la cheminée. Il tira une bouffée et me fixa.

— Comment j'ai pu te laisser m'embarquer dans cette histoire ? dit-il.

— C'est mon joli petit cul rebondi qui t'a convaincu. Putain, Leonard… un joli petit cul rebondi ?

— Ça m'est venu comme ça, juste pour faire chier Trudy.

— Le simple fait que tu sois vivant la fait chier.

— Dans quelques jours, le vieux Lacy va m'appeler parce qu'il a besoin de gens pour bosser dans ses champs, et je ne serai pas là. Je vais gaspiller mes économies à courir après un rêve dans la Sabine. Si je reviens de cette aventure sans un rond et la queue entre les jambes, je risque fort de me faire virer.

— Y a toujours du travail pour les saisonniers. Écoute, sortons de cette vie de merde ! Bougeons-nous pour nous tirer de là, même si c'est pas un truc légal.

— C'est précisément le cas. C'est de l'argent volé.

— Après tant d'années, les assurances ont remboursé la banque depuis longtemps. Et si c'est de l'argent sale qui a été blanchi, y a pas de problème.

— Comment en être sûr ? Peut-être que ce sont des billets marqués ? Ou repérables par une de ces putains de méthodes dont les flics se servent pour suivre l'argent à la trace ?

— On emportera notre part au Mexique. On gérera ça là-bas. On perdra quelques milliers de dollars en changeant discrètement le magot en pesos, mais c'est faisable et personne ne nous posera de questions. On s'y planquera un bout de temps. Cet argent vaudra dix fois plus au Mexique qu'ici. Tu t'offriras des *señores* et moi des *señoritas*. Et on se bourrera la gueule à la bière mexicaine.

— Je ne peux pas laisser mes chiens.

— Putain, d'accord ! C'est moi qui y vais, je change le fric et je t'envoie ta part. Après, tu récupères des dollars, ni vu ni connu. Toi et tes clébards de merde, vous pourrez prendre des vacances et venir me voir. Je leur organiserai des coups avec les petites chiennes mexicaines. Je monterai une affaire là-bas. Les braqueurs de banque font ça tout le temps.

— Dis donc, t'as vraiment carburé sur tout ça ! D'habitude, quand Trudy vient te voir, t'es prêt à rejoindre la Croix-Rouge ou tu t'enchaînes à un arbre pour le sauver de la tronçonneuse…

— Mes convictions en ont pris un coup. Je reconnais que Trudy m'a encore tourné la tête. Et il se peut que, la nuit dernière, elle ait réussi à me faire voir les choses à sa manière. Mais ce n'est plus le cas aujourd'hui.

— Je te l'ai dit, Hap, c'est tes glandes. Tu les contrôles mieux à la lumière du jour. Mais dès que le soleil se couche et que tu te retrouves au pieu entre ses jambes, tu chantes une tout autre chanson.

— Non, parce qu'en même temps elle mène aussi Howard par le bout du nez. Je veux bien qu'elle revienne me voir et je m'illusionne un moment ; mais pas question que je reste là à la regarder nous faire des risettes à tous les deux.

— J'ai pas l'impression qu'elle se contente de vous faire des risettes.

— Je ramasse un paquet de pognon dans cette histoire, et après je me casse.

— Ça ne sera pas facile. Ton cœur saigne pour elle depuis un bon bout de temps.

— Ce cœur a fini par se tarir. À présent, il est sec comme un toast cramé. Si tu ne me crois pas, planque-toi dans les buissons et regarde-moi partir refaire ma vie au Mexique.

Leonard me lança un grand sourire.

— Après t'avoir si souvent traité de chiffe molle, je ne sais pas si j'apprécie ce nouvel aspect de ta personnalité. Ça me rend un peu nerveux. T'es adorable parce que tu te laisses mener par le bout du nez par Trudy. Ça te donne une sorte de charme naïf. C'est comme si j'avais un gros chiot un peu bébête qui n'a pas encore appris qu'il ne faut pas chier sur la moquette.

— C'est gentil de dire ça, Leonard. J'essaierai de m'en souvenir.

On décida de prendre la vieille Buick bleue de Leonard plutôt que mon pick-up pourri. Trudy ferait la route avec nous, ou elle nous suivrait dans sa Volkswagen. C'était comme elle voulait. On chargea la valise de Leonard, son fusil, les munitions et la literie dans le coffre de la Buick, plus une corde et du matériel de camping, juste au cas où.

— On va avoir besoin d'équipement de plongée, dit Leonard. Des scaphandres, je pense. Les combinaisons de néoprène ne sont probablement pas adaptées à un temps pareil. Cela dit, les scaphandres ne sont pas mieux. Ils gardent des poches d'air et t'étouffent.

— T'en connais vachement plus sur ce sujet que je ne pensais.

— J'en connais juste assez pour nous noyer. Mais je sais une chose : l'eau glacée nous engourdira le cerveau. Même si, dans ton cas, c'est probablement une sensation que tu connais déjà… Et je sais aussi que ce sont mes putains d'économies qui vont être englouties dans la location de ce barda.

— Mais tu as ma reconnaissance en échange, Leonard.

— Ça fait une éternité que j'en rêvais.

— En louant ces trucs, on ne révèle pas nos plans ?

— Hap, t'es sympa, mais un peu con. On leur racontera seulement qu'on veut expérimenter la plongée en eau froide. Ils n'en ont rien à foutre qu'on se noie ou qu'on soit transformés en glaçons tant qu'on paie la location, la caution, et qu'on leur rembourse le matériel si on le perd.

— Leonard, tu es mon héros. Quand je serai grand, je voudrais être comme toi. Je peux, hein, dis, je peux ?

— Pour commencer, il te faudra un seau de peinture noire, mais ça ne te rendra pas aussi beau que moi. Et puis ça serait bien que tu sois nettement moins idiot. Allez, viens, faut que j'appelle Calvin pour lui demander de nourrir mes chiens pendant mon absence. Ensuite, je verserai quelques larmes sur mon pognon qui va disparaître pour financer cette idée stupide… À présent, reste près de moi. On ne sait jamais quand je vais sortir une maxime pleine de sagesse.

6

Le lendemain, à mon réveil, le vent hurlait comme une meute de loups dans les combles de la maison et dans les sapins de l'autre côté de la prairie. La nuit, je coupais le chauffage, vu le prix du butane, et ce matin-là la température de la pièce aurait fait frissonner un Esquimau.

Je me levai, j'enfilai ma robe de chambre et me déplaçai à pas feutrés dans l'air froid en soufflant une petite buée blanche.

Par la fenêtre, je vis les arbres et le sol couverts de givre. Et la pluie était mêlée de neige. C'était un temps inhabituel pour l'East Texas. Ici, normalement, on ne savait même pas qu'on était en hiver, car cette saison n'était que la prolongation un peu plus fraîche de l'automne. Mais cette année, c'était différent. Une espèce de blizzard malfaisant s'était levé exactement le jour où je devais me mettre en route pour gagner un paquet de fric… Quelqu'un de plus sage que moi aurait considéré ça comme un mauvais présage.

Mourant d'envie de me recoucher, je me précipitai en frissonnant jusqu'à la cuisine où j'allumai tous les chauffages ; en revenant, je mis aussi celui de la chambre. Et même avec le cul collé contre le radiateur, je fus tenté de me glisser de nouveau sous la couette et de me serrer contre Trudy. Mais l'ambiance risquait fort de ne pas y être très chaleureuse. En tout cas, elle ne l'avait guère été cette nuit-là. Trudy avait baisé avec moi comme si je l'avais payée pour ça et en me donnant l'impression qu'une flopée de clients l'attendaient encore, dont certains plus importants que moi. J'avais essayé de la faire jouir, mais c'était comme tenter de conquérir l'Everest en bermuda. Elle refusait mon amour. Elle voulait juste que je tire mon coup et qu'après je me sente égoïste et malheureux — et c'était exactement ce qui s'était passé. Mais comme je n'ai aucune fierté, j'avais quand même éjaculé. Alors elle s'était dégagée d'en dessous de moi et m'avait tourné le dos. J'avais posé ma main sur sa hanche, mais elle était restée immobile et n'avait pas prononcé un mot. J'aurais pu tout aussi bien caresser le marbre d'une pierre tombale.

Je ressentis soudain une espèce de compassion pour Howard. Tout comme moi, il n'avait aucune chance face à une nana comme Trudy. Pas la moindre. Elle nous tenait tous les deux dans ses griffes avec son intelligence, sa passion et le triangle soyeux entre les jambes. C'était sacrément humiliant, mais c'était la réalité.

Je m'habillai, puis je mis mon manteau et sortis voir si l'eau du radiateur de mon pick-up avait gelé. Non. J'y avais versé suffisamment d'antigel, je m'étais garé du côté sud de la maison avec le pare-chocs avant collé au mur et j'avais couvert le capot avec une vieille couverture de cheval.

Je pris les pinces derrière le siège, j'étalai la couverture sous la voiture et me glissai sous le bloc-moteur pour dévisser le bouchon de vidange du radiateur. Ainsi, si je m'absentais quelque temps, le froid glacial n'aurait pas le dessus sur mon antigel et ne ferait pas éclater mon bon vieux radiateur.

Je remis la couverture sur le capot et la lestai avec deux pierres en cas de rafales de vent, puis je me rendis à la limite de mon terrain, je soulevai le couvercle du compteur d'eau et fermai ce dernier avec ma pince. Je rangeai mon outil à sa place dans le pick-up, puis je regagnai la maison où je verrouillai les fenêtres et la porte de derrière, avant de vidanger les robinets et le chauffe-eau. Quand j'entendis Leonard arriver, je coupai les radiateurs à gaz. La température tomba très vite de plusieurs degrés.

Je récupérai l'équipement que j'avais emballé la veille et le transportai près de la porte d'entrée, dans le salon.

Trudy s'était levée et habillée pendant que j'étais dehors ; tout le temps de mes préparatifs, elle resta assise sur mon canapé miteux à fixer le mur. Elle ne prononça pas un mot. On aurait pu penser qu'elle ne respirait plus.

Leonard arriva, jeta un coup d'œil à Trudy, puis à moi.

— Je sens qu'on va se marrer avec vous deux…, commenta-t-il.

— Trudy, tu prends ta voiture ? demandai-je.

— Je viendrai la chercher plus tard. Je n'aime pas rouler quand il y a du verglas.

— Le moteur de ta Coccinelle ne craint pas le gel, dit Leonard, mais si j'étais toi, je la rentrerais quand même dans ma grange. Des gens, dans le coin, n'auraient aucun scrupule à piquer une bagnole qu'ils n'ont jamais vue.

— Tu as le matériel de plongée ? m'enquis-je.

— Dans le coffre. Je suis allé le chercher hier. Le magasin était fermé. J'ai dû me montrer très convaincant et j'ai même été obligé de graisser la patte au proprio pour qu'il accepte de sortir de chez lui et d'ouvrir sa boutique. Tu me dois cent dollars, Hap.

— Mets ça sur ma note.

— Mec, ton découvert autorisé est dépassé depuis belle lurette… Bon, écoutez, on attend quelques jours avant de se lancer dans cette histoire. Les conditions météo seront meilleures. Le coup de froid sera terminé.

— Howard m'attend, annonça Trudy. Et puis demain, je bosse.

— Tu bosses ? répétai-je.

— Ouais, moi je travaille, figure-toi. Tu sais, ce truc où on se lève le matin pour aller faire des conneries qu'on déteste en échange d'un peu de fric ? Tu pensais que j'étais entretenue, Hap ? Contrairement à ce que Leonard, ici présent, veut te faire croire, je n'ai rien d'une concubine.

Une fois chez Leonard, Trudy gara sa Coccinelle dans la grange. Mon pote prépara sa pâtée spéciale à partir de trois marques différentes de nourriture pour chiens. Il versa les croquettes dans une poubelle en plastique, un peu de chaque variété, petite dose par petite dose, puis mélangea le tout soigneusement.

Pendant ce temps, Trudy alla faire un tour du côté des chenils et je la suivis. Je savais que je devais dire quelque chose — mais quoi ? Elle était passée maître dans l'art de me faire culpabiliser, même quand je n'avais que dalle à me reprocher. Elle avait glissé ses doigts à travers le grillage et grattait le nez d'un chien du nom de Cal ; elle lui roucoulait des mots doux. Le chien buvait ses paroles comme du petit-lait. Et moi aussi, par cabot interposé. Elle était terriblement sexy quand elle émettait ces sons-là, et — pauvre de moi ! — les entendre me donnait envie de lui faire l'amour là, sur-le-champ.

C'était tellement intense que j'étais au bord des larmes.

Leonard sortit de la grange et vint dans notre direction. En chemin, il s'arrêta devant l'enclos de Switch et lui donna ses doigts à lécher.

— Retourne dans ta niche, mon gros, dit-il, sinon tu vas te geler les couilles.

Switch réagissait comme un chiot — il bougeait la queue si fort que tout son corps en était secoué. Je rejoignis mon pote, oubliant Trudy. Elle s'approcha, s'agenouilla brusquement entre Leonard et moi et tendit la main pour caresser Switch comme elle l'avait fait avec Cal.

Le chien, rapide et silencieux comme une flèche, bondit vers elle. Alors que Leonard tirait vivement en arrière le bras de Trudy, Switch écrasa son museau contre le grillage, qu'il attrapa entre ses dents et secoua avant de le relâcher dans un claquement de mâchoires. De la bave éclaboussa le genou de mon jean. Trudy n'avait même pas eu le temps de sursauter.

Leonard lâcha Trudy qui recula en s'écriant :

— Bon Dieu ! Qu'est-ce qui lui a pris ?

— Il est protecteur, dit Leonard. Il n'aime pas voir s'approcher de moi quelqu'un qu'il ne connaît pas. Ce chien-là et les mecs dans mon genre, on est sans doute les seuls représentants de l'espèce masculine à qui tu ne pourras jamais imposer tes quatre volontés.

— Tu te crois drôle, peut-être, Leonard ? siffla Trudy.

— S'il t'avait bouffé ta menotte, non. Mais comme ce n'est pas le cas, oui, je me trouve marrant.

— Tu peux te le garder, ton foutu clébard ! J'espère qu'il va mourir gelé.

— Je sais, et c'est heureux pour vous, que vous ne pensiez pas ce que vous venez de dire, ma petite dame…

Trudy s'éloigna à grands pas.

— Ça tombe bien que tu n'aimes pas les femmes, commentai-je, parce que tu ne sais pas vraiment y faire avec elles.

— Mais non, je les aime, mais pas pour baiser. En revanche, celle-là, c'est vrai, je ne l'apprécie dans aucun cas de figure. Tu penses que les chiens auront froid ?

— Pardi ! Mais avec les niches que tu leur as construites, ils devraient s'en tirer. Ils auront probablement plus chaud que nous, quand on sera là-bas.

Calvin viendra les nourrir ; s'il y a un problème, il le réglera.

— Ouais… T'as sans doute raison.

Finalement, on repartit avec la Buick. Leonard roulait tout doucement sur le verglas. Moi, j'étais à la place du mort, appuyé contre la portière comme si j'envisageais de sauter en marche ; Trudy boudait sur le siège arrière, bras et jambes croisés tel un nœud gordien.

Du gaz carbonique s'infiltrait dans la voiture par une fente du plancher et on avait la tête qui tournait un peu. Les essuie-glaces luttaient vaillamment contre la neige et les pneus presque lisses sifflaient sur le verglas une espèce de marche funèbre. On roula lentement sans beaucoup parler et on arriva à Marvel Creek aux environs de midi et demi.

7

La ville commençait bien avant les limites de l'agglomération. On longea d'abord de chaque côté de la nationale une série de bars miteux qui risquaient de cramer à tout moment, avec des néons en forme de bretzel sur le toit et au-dessus de l'entrée.

Je me souvenais assez bien de deux de ces rades : le Roundup Club et le Sweet White Lilly.

On arriva ensuite au large pont au-dessus de la rivière et au panneau qui indiquait « Population : 5 606 ».

Puis, dans la rue principale, on passa devant des magasins fermés aux vitrines protégées par du contreplaqué et aux portes cadenassées, et des stations-service au sol en béton taché d'huile où des types coiffés de casquettes graisseuses tripatouillaient des gicleurs et des pneus fatigués.

Au fur et à mesure qu'on s'enfonçait dans la ville, le spectacle s'améliorait. On voyait maintenant des boutiques ouvertes et davantage de gens. Malgré ça, ce bled était triste à mourir. Mais bon, quand j'y habitais, ce n'était déjà pas une métropole qui bourdonnait d'activité.

Trudy nous demanda de prendre une route pavée de briques aussi glissantes que de la vaseline. On dépassa la banque, on négocia un virage devant un Food Mart qui, de mon temps, avait été un supermarché Piggly Wiggly où je traînais avec mes potes ; j'y achetais du Coca et des feuilletés aux cacahuètes, en me vantant de bagarres imaginaires et de toutes les chattes que j'étais censé m'être tapées.

On longea en dérapant d'anciennes concessions automobiles abandonnées et le terrain vague où se trouvait jadis le Dairy Queen, un bar à glaces. Le vieux Bob qui le tenait nous préparait des milk-shakes au chocolat avec plus d'eau que de lait. On se retrouva sur la nationale, on traversa une pinède et on finit par tourner sur un chemin de terre détrempé qui aboutissait à une petite maison abîmée par les intempéries ; sa peinture écaillée coulait le long de ses flancs comme la cire fondue d'une bougie. La véranda de devant avait de la gîte à tribord et la cheminée délabrée qui crachotait de la fumée ne tenait debout que grâce à de longues planches pliant sous la tâche. Encrassée par la suie, sa bouche était noire comme l'ombre du diable.

Sur l'herbe morte, à droite de la baraque, étaient garés un minibus Dodge rouge et cabossé et une Volvo jaunâtre dont la vitre avant gauche était remplacée par un bout de carton. Il ne manquait que deux lettres au bout du carton pour former les mots « Montgomery Ward[1] ».

1. Une enseigne représentative de l'Amérique rurale, sorte de La

Leonard coupa le contact, me jeta un coup d'œil et déclara :

— Putain, et moi qui pensais qu'on vivait dans des taudis…

Trudy sortit de la voiture sans un mot. Nous, on ne bougea pas. Elle était encore sur les marches de la véranda quand la porte s'ouvrit sur un grand blond, plutôt beau gosse mais avec un début de bedaine, vêtu d'un jean, d'un sweat-shirt gris et chaussé de vieilles tennis blanches montantes. Il enlaça Trudy et l'embrassa d'une manière plus que cordiale.

— Voilà ce que j'appelle une femme flexible, tu trouves pas ? ricana Leonard. Et tu sais quoi, mec ? Il est vachement plus mignon que toi.

Le type nous regarda. Ce devait être Howard. Il dit quelques mots à Trudy, puis ils s'approchèrent. On descendit avant qu'ils nous rejoignent et on s'appuya contre le capot pour jouer aux gros durs.

— Voici Howard, déclara Trudy.

— Hap ? fit Howard. J'ai beaucoup entendu parler de toi.

On se serra la main.

— Et lui, c'est Leonard, ajouta Trudy.

À voir son expression, Howard tentait de comprendre ce que Leonard venait foutre dans cette histoire.

— Ah, tu as conduit Trudy et Hap jusqu'ici, dit-il. Reste manger avec nous avant de repartir. Je vais nous préparer mes célèbres spaghettis.

Redoute dont le catalogue était souvent l'unique lecture — hormis la Bible — dans les foyers pauvres. *(Toutes les notes sont du traducteur.)*

— Il est sur le coup, annonçai-je.

— Oh, fit Howard en se tournant vers Trudy.

Elle évita son regard.

— C'est un bon nageur, dit-elle. Hap a refusé de venir sans lui. Comme s'ils étaient mariés, ou un truc du genre.

— On est juste fiancés, précisa Leonard. On en est encore à choisir la vaisselle.

Le visage de Howard s'empourpra légèrement sous le coup de l'irritation. Il considéra Leonard et grogna :

— Alors, tu nages, hein ?

— Comme une putain d'anguille, ouais.

Howard hocha la tête, essayant de se montrer aimable.

— Où est ta voiture, Trudy ?

— Chez Leonard. Je ne voulais pas rouler avec ce verglas.

— Je vois, dit Howard. Et si on rentrait ? Je suis congelé.

— Allez-y, répondit Leonard. Je vais d'abord me fumer une petite pipe. Hap me tiendra compagnie.

— Très bien, fit Howard.

Il prit Trudy par la taille et ils retournèrent vers la maison. Il me sembla qu'il la tenait plus serré que nécessaire.

Ils disparurent à l'intérieur. Leonard sortit son attirail de la poche de son manteau, bourra sa pipe et l'alluma.

— Je sais pas toi, Hap, mais je l'aime bien, ce mec. Il est sympa. On a tout de suite été copains, lui et moi, tu ne trouves pas ?

— Je trouve surtout que tu ne sais pas fermer ta gueule.

— Et j'ai bien vu qu'il t'a immédiatement apprécié aussi. Tout comme toi d'ailleurs. Comment dire ? Une sorte de rayonnement a illuminé vos visages quand vous vous êtes vus pour la première fois, tous les deux. J'imagine que quand on saute la même nana, chacun de son côté, c'est un truc qui arrive.

On resta appuyés contre le capot de la voiture pendant encore cinq bonnes minutes, puis Leonard vida sa pipe et écrasa le reste des cendres avec son pied.

— Eh bien, dit-il, si on les rejoignait, histoire de faire connaissance avec le reste du gang ? J'ai dans l'idée qu'on va les adorer autant que ton Howard…

8

Dans la baraque, l'air était chaud et moite ; une odeur d'encens ne parvenait pas à masquer une vague puanteur.

L'encens s'échappait de la trompe en érection d'un petit éléphant marron en céramique posé au milieu d'une table basse constellée de traces laissées par des verres. Mon nez délicat détermina vite que la pestilence sous-jacente nous arrivait sans doute de la poubelle de la cuisine. La chaleur venait d'un grand chauffage au butane aux grilles défoncées et d'un petit feu dans la cheminée, qui aurait eu besoin d'être nettoyée.

Du papier journal jauni et déchiré recouvrait les murs. Il pelait par endroits, et là où il avait complètement disparu, on voyait des trous dans le bois dont certains étaient colmatés avec du papier toilette.

Je découvris aussi un canapé protégé par une housse dont le motif à fleurs n'était plus qu'un souvenir et un grand fauteuil vert avec des accoudoirs si usés qu'on apercevait le bois par en dessous. Les coussins d'où s'échappait le rembourrage me firent penser à une bête étrange écrasée par une voiture qui lui aurait explosé les entrailles.

Il y avait aussi deux chaises métalliques pliantes aux sièges polis par le frottement des hordes de culs qui s'y étaient posés.

— Bon, dit Leonard. Où sont-ils passés ?

Comme pour lui répondre, Howard entra dans la pièce. J'entrevis derrière lui une cuisine avec un fourneau graisseux, un frigo aux formes arrondies et des murs jaunâtres qui avaient jadis dû être blancs.

Je ne m'étais pas trompé, pour la poubelle. Au moment où Howard avait ouvert la porte, la puanteur avait fait irruption dans le salon comme une petite frappe et avait commencé à bousculer les effluves d'encens. Howard referma, s'immobilisa et resta là devant nous, l'air nerveux et en colère ; il croyait dissimuler ses sentiments, mais c'était peine perdue. Il arborait un sourire forcé et il avait carrément planqué ses mains dans ses poches pour éviter de gesticuler — sauf qu'on les voyait s'agiter dans son pantalon comme des animaux apeurés piégés dans un sac.

— Trudy est allée prévenir les autres, annonça-t-il. Ils vont vouloir faire votre connaissance.

— Je parie qu'ils ne sont pas aussi impatients que nous, répliqua Leonard.

La porte du vestibule s'ouvrit, ce qui évita à Howard de lui répondre. Trudy entra avec une bouffée d'air glacé et un type grassouillet à l'air mollasson dont la coiffure ébouriffée jurait avec sa calvitie naissante. Il portait un tee-shirt en batik, un jean délavé et déchiré aux genoux et des chaussures de travail basses qui laissaient voir d'épaisses chaussettes blanches. Mis à part sa coupe et son accoutrement, il avait l'air assez normal. Ses yeux étaient d'une teinte indéfinie, ses cheveux couleur de merde et son visage plutôt banal.

En revanche, chez le gars qui le suivait, le seul truc banal était ses vêtements — un tee-shirt noir avec une pochette, des jeans et des baskets...

Tout le côté droit de son visage était d'un rouge affreux — conséquence évidente d'une grave brûlure. Son nez, réduit à un moignon, faisait penser à une bougie fondue et ses lèvres n'étaient plus que deux fines lignes de cuir violet. Une excroissance semblable à une verrue remplaçait son oreille gauche. Il était chauve, mis à part une touffe de cheveux au-dessus de son oreille droite suffisamment grande et décollée pour capter Radio Free Europe. Son cuir chevelu avait dû être arraché, puis recousu de manière assez approximative. La peau, à l'arrière de son crâne, faisait des poches comme une tente pour enfants mal pliée.

— Je leur ai expliqué que Leonard et toi, vous étiez avec nous sur le coup, dit Trudy.

— Sauf que moi, je ne refile pas ma part pour sauver les baleines ou ce genre de connerie, répliqua Leonard.

Trudy ne moufta pas. Elle apprenait à ignorer mon pote. C'était mieux ainsi. Elle fit un geste de la main en direction du type potelé.

— Je vous présente Chub[1].

1. En anglais, *chubby* signifie « grassouillet ».

Chub s'avança, me tendit la main. Je la secouai.

— En fait, je m'appelle Charles, fit-il, mais tout le monde m'appelle Chub parce que je suis un peu enveloppé, disons.

Ne sachant quoi répondre à ça, je souris comme un crétin. Chub s'approcha de Leonard et ajouta, en lui serrant la main à son tour :

— Trudy vient de nous parler de son hésitation à t'inclure dans notre affaire et je tiens à t'assurer que ça n'a rien à voir avec le fait que tu sois noir. On ne fonctionne pas comme ça, chez nous. Ici, les décisions se prennent sur la base de chaque individu.

Leonard ironisa :

— Beau discours ! T'as répété devant ta glace ?

Chub lui sourit.

— Je te comprends. J'ai appris, il y a des années, que si on exprime ce qu'on pense et ce qu'on ressent, on est en meilleur état que si on garde tout pardevers soi.

— Chub s'est offert une psychanalyse, intervint Barbecue. Et il ne se passe pas un jour sans qu'il nous le rappelle.

— Ça m'a fait énormément de bien, acquiesça Chub. Quand j'étais ado, j'ai souffert d'être le petit gros, celui qui était toujours le dernier choisi pour l'équipe de foot, qui ne se baladait pas avec de jolies filles à son bras et qui n'était jamais invité à faire une virée en bagnole avec les gars les plus populaires. Et ça a duré jusqu'à l'âge adulte. Mais mon analyse m'a permis de dépasser tout ça et, désormais, je suis capable de m'accepter tel que je suis…

— Moi, j'ai peur que ça soit au-dessus de mes forces ! s'exclama Leonard.

— C'est parfait, reprit Chub. Exprime-toi. Ça ne me vexe pas…

— Avant qu'il ne s'exprime d'une manière qui te vexera, Chub, le coupa le brûlé, laisse-moi me présenter. Je m'appelle Paco.

— Paco comment ? demanda Leonard.

— Juste Paco.

Il ne fit pas un geste pour nous serrer la main et on ne bougea pas non plus. J'étais planté là et je me sentais stupide. Leonard était probablement dégoûté, et avec raison. Ce qui, hier encore, paraissait être une bonne idée semblait à présent un truc puéril et pathétique. La réalité venait de me heurter de plein fouet et j'avais l'impression d'être un gamin à qui sa mère ordonne de ranger son bordel pour venir dîner alors qu'il s'éclate à jouer à l'aventurier.

On resta comme ça pendant un long moment. Leonard finit par briser le silence :

— Personne ne va me demander mon signe astrologique ?

— Je sens beaucoup d'hostilité en toi, Leonard, dit Chub. Je voudrais apprendre à mieux te connaître. Et que tu me considères comme un ami, quelqu'un à qui parler… Laisser sortir les choses peut vraiment soulager toutes ces pressions qu'on a en soi.

— Chub, grogna Leonard, ces conneries psychanalytiques font peut-être de l'effet à un crétin dans ton genre… Mais si tu me fais encore une seule fois chier avec ça, tu vas voir comment je vais soulager ces pressions qui semblent tant t'inquiéter chez moi.

Chub ouvrit la bouche pour répondre, puis il eut l'air d'y réfléchir à deux fois. Ses lèvres se mirent à trembler, comme si les mots étaient des choses vivantes qui essayaient de s'en échapper. Mais il réussit à les retenir. Leonard, lui, avait la tronche de quelqu'un qui n'hésiterait pas à soulager ses pressions.

J'avais pitié de ce pauvre Chub, mais, d'un autre côté, il ne récoltait que ce qu'il méritait. Ce genre de type se baladait en permanence avec un panneau « FRAPPE-MOI » autour du cou et un autre scotché sur les fesses.

— Bon, on ne part pas du bon pied, intervint Howard. Ce n'est pas la peine de se menacer entre nous.

— Alors il n'a qu'à s'exprimer comme les gens normaux, bougonna Leonard. S'il veut jouer au psy, qu'il se parle à lui-même !

— Si on travaille ensemble, reprit Howard, il faut qu'on puisse cohabiter.

— Exact, fit Paco, mais peut-être qu'un bon direct dans les dents, ça lui ferait du bien… Moi aussi, j'en ai marre de lui.

Il se tourna vers Chub et ajouta :

— Encore un seul mot sur le fait que mes cicatrices physiques sont une manifestation de mon état intérieur, ou une foutaise du genre, et je te jure que t'auras droit au même traitement que celui que Leonard vient de te promettre.

Chub mit ses mains dans ses poches et sourit pour nous faire comprendre qu'il était capable d'encaisser tout ce qu'on lui balançait. Tout allait bien pour tout le monde.

— La violence, ça ne marche pas, ici, dit Howard. On s'assoit, on boit un coup ou on fume un pétard et on parle affaires. On dînera un peu plus tard.

— Ça me semble un bon plan, approuva Leonard.

— Trudy, tu m'aides à aller chercher les boissons ? demanda Howard avant de se tourner vers nous. On n'a pas grand-chose. Bière, Coca ou un fond de whisky Dickel. Et un peu d'herbe aussi, si quelqu'un en veut.

Chub n'avait pas soif. J'optai pour une bière. Paco et Leonard pour le whisky.

Trudy me jeta un regard mauvais qui faillit me clouer contre le mur. Merde alors, je n'y étais pour rien ! La grande gueule, c'était Leonard. Moi, j'avais l'impression de m'être montré plutôt sympa, en définitive.

J'essayai de lui sourire, mais elle n'en avait rien à foutre. Elle me tourna le dos et rejoignit Howard dans la cuisine, refermant la porte derrière elle.

Paco s'approcha de Leonard, l'air hilare, et lança :

— Au fait, mon grand, c'est quoi, ton signe astrologique ?

— Je suis né sous le signe du Connard.

— Je veux bien te croire, fit Paco.

Chub souriait de toutes ses dents. Il s'aimait. Il était en phase avec l'univers. Sauf qu'il était tellement crispé que les muscles de ses joues en tremblaient.

J'entendis Howard qui parlait dans la cuisine ; je ne compris pas ce qu'il disait, mais je devinai, rien qu'au ton de sa voix, que Leonard et moi on n'était déjà plus les bienvenus. Ou que Leonard avait merdé pour nous deux. Mais je m'en branlais. Maintenant qu'on était au courant de leur plan, ils étaient obligés de nous garder. Le problème, c'était que je n'étais pas certain que ça vaille le coup de rester.

Ce sentiment d'absurdité me submergea de nouveau, très violemment.

9

Trudy et Howard revinrent avec l'apéro, et je m'assis à côté d'eux sur le canapé. Leonard prit le fauteuil qui dégueulait ses tripes. Paco et Chub rapprochèrent leurs chaises pliantes. Tout en sirotant une bière, Howard répéta ce que Trudy nous avait déjà raconté — selon lui, il s'agissait probablement d'argent blanchi. Puis il commença à faire de grands gestes et nous offrit ses plus belles mimiques : il nous débita un laïus comme quoi l'esprit des sixties ne devait pas mourir ; l'argent qu'on récupérerait permettrait de faire avancer les idéaux de cette époque ; les survivants de ces nobles luttes n'avaient pas à se morfondre sur le bord du chemin ; contrairement aux dinosaures, auxquels notre génération avait été comparée, on n'était pas une espèce en voie de disparition, ni même sur la liste des espèces menacées, mais simplement en état d'hibernation, comme les ours… À présent, le temps était venu de nous réveiller et de saluer un nouveau printemps fructueux !

Howard prétendait s'adresser à Leonard et moi,

mais il était clair que c'était moi seul qu'il essayait de convaincre. Trudy lui avait parlé de mon passé, de mon implication dans « le mouvement », et il pensait qu'il pourrait faire redémarrer mon vieux moteur militant s'il parvenait à trouver les mots justes.

Or c'était peine perdue.

J'étais curieux de savoir ce qu'ils avaient en tête, mais je sentais que ce serait une erreur de franchir l'étape suivante en leur posant directement la question. Ce serait ouvrir une nouvelle boîte de Pandore. Une fois qu'ils estimeraient que j'étais intéressé, ils essaieraient d'injecter leur virus dans mon système sanguin pour me contrôler, et je ne voyais aucune raison de m'infliger cette punition.

La façon dont Trudy me regardait me laissait penser que je la surprenais et la dégoûtais en même temps. Je ne savais pas si c'était à cause de mon manque d'intérêt pour leur cause — quelle qu'elle soit —, ou parce qu'elle comprenait qu'elle perdait son emprise sur moi.

Pendant que Howard déblatérait sur les années soixante, sur ce que ça signifiait pour lui et aurait dû signifier pour nous tous, Chub se contenta de grommeler quelques « Bien dit, mon pote ! », mais la plupart du temps, heureusement, il resta silencieux. Paco bâillait beaucoup, et Trudy continuait à me lancer des regards noirs pour me forcer à rentrer dans le rang. De mon côté, j'affichais un air poli, mais du genre un peu idiot, comme un chien assistant à un exposé sur la physique nucléaire.

Quand Howard entreprit de répéter pour la troisième fois tout ce qu'il avait déjà dit, dans l'espoir sans doute de m'avoir à l'usure, Leonard le coupa :

— Puisqu'on ne parle toujours pas affaires, ici, vous ne m'en voudrez pas si je vous laisse un instant ? Parce que, exactement comme un ours qui sort d'hibernation et sent les premiers frémissements intestinaux du printemps, j'éprouve un besoin urgent d'aller couler un bronze bien gras. Je serai peut-être de retour quand vous vous mettrez à chanter du folk. Je me débrouille bien avec « Si j'avais un marteau ».

— Tu te goures d'époque, dis-je. Ici, c'est plutôt les Beatles et les Doors.

— Bon sang, je n'arrive jamais à m'intégrer ! pleurnicha Leonard. Et pourtant, c'est pas faute d'essayer…

Là-dessus, il partit à la recherche des toilettes.

— Ton ami ne semble guère nous apprécier, murmura Howard à mon intention.

— En effet. Il n'était engagé dans aucun mouvement pendant les sixties, à part celui qui lui permettait d'éviter les balles, quand il essayait de sauver sa peau au Vietnam.

Howard hocha la tête d'un air de dire que ça expliquait certaines choses.

— Il est expert en flingues, je suppose ? ajouta-t-il.

— Ouais, il a reçu une médaille ou deux là-bas. En revanche, il n'est pas très doué pour les bonnes manières et il ne connaît pas les chansons de Bob Dylan. Et j'ai même relevé chez lui quelques lacunes en danse classique et en histoire du marxisme.

— Je ne crois pas que tu aies très envie, toi

non plus, de faire revivre les idéaux des sixties, fit Howard.

— Je ne vois pas pourquoi tu aurais pu penser le contraire. Bon, en fait, je l'imagine un peu, mais quoi que Trudy t'ait raconté sur moi, c'est de l'histoire ancienne. Tout ce blabla sur les années soixante, c'est embarrassant. Tu parles comme un gars qui vient juste de s'échapper de chez papa-maman et qui découvre la fumette et les opinions de gauche en entrant à la fac.

— Mais ces années-là ont été une période positive, une belle époque ! protesta Howard.

— Certains trucs, oui, et d'autres non. Mais c'était ce mélange-là, les sixties. Aujourd'hui, je suis égoïste et fier de l'être. Je ne m'embarque dans votre coup que pour le fric. En plus, j'ai l'impression qu'avec toute ta rhétorique, tu essaies de justifier un truc qui n'est rien d'autre que du vol. Et tu es beaucoup trop cachottier à mon goût. Quand je t'entends, j'ai l'impression qu'il y a plus d'illégalités dans votre histoire que ce que j'en ai accepté en venant ici, et du coup j'ai pas envie d'en être. Pas question que je retourne en prison pour un délire idéaliste quelconque. Ces merdes romantiques ne m'ont mené nulle part ; tout ce que j'y ai gagné, c'est d'être lessivé, sans le sou et blessé jusqu'à l'os. Le fric, par contre, je peux le dépenser et en jouir sans entraves.

« Je le prends et je file dans un endroit avec du soleil, du whisky pas cher et des femmes faciles, déclarai-je en fixant Trudy. Des gonzesses qui ne cherchent rien d'autre qu'une baise torride, là-bas au Mexique, ou sur une île tropicale où tu peux te balader le cul à l'air et la bite qui brinquebale contre ta cuisse et où on ne te demande rien, à part de t'occuper de tes oignons. Les mecs, préparez-vous à lutter pour votre juste cause, quelle qu'elle soit, parce que vous devrez y aller sans nous.

Paco eut un grand sourire, sortit un paquet de cigarettes, en plaça une entre ses lèvres et l'alluma avec un briquet bon marché.

— Ne nous fais pas respirer ton air toxique ! gueula Howard.

— Va te faire foutre, répondit Paco.

Et il souffla sa fumée dans la pièce.

Normalement, j'aurais dû être d'accord avec Howard à ce sujet, mais j'aimais bien le voir en rogne. Je faillis même demander un clope à Paco.

Howard soupira, lança un regard attristé à Trudy, l'air de dire : *Bon sang, un gars intelligent et dans le vent comme moi obligé de se coltiner un tas de brutes ignorantes… Comment faire ?*

— Chaque fois qu'un changement survient, dit Chub, il y a toujours quelqu'un qui plaide pour le statu quo, ou qui décide de s'en aller et de ne pas se prendre la tête, et qui conclut que la meilleure façon de…

Paco lui donna une claque du bout des doigts sur le haut du crâne.

— Va te faire voir ! dit Chub. Tu te comportes comme un gamin, Paco. Si t'es frustré à cause de quelque chose, tu devrais en discuter plutôt que de…

Paco le frappa à nouveau, cette fois avec la paume de sa main, un peu plus fort, et gronda :

— Ferme-la, tu veux bien, Chub ?

— Tu es de quel côté, Paco ? demanda Howard.

— Ouais, renchérit Chub en se frottant la tête.

— Je ne choisis aucun camp, déclara Paco. J'en ai marre des conneries de Chub, c'est tout. Il parle toujours comme s'il avait fait des miracles. Putain, fichez la paix à Hap ! Il n'est pas intéressé. Laissez-les, lui et Leonard, faire leur job et ensuite on fera nos trucs à nous. Eux, ils s'en foutent. S'ils veulent la jouer comme ça, tant mieux pour eux. Vous commencez à ressembler à des évangélistes, les mecs, et je déteste ces enfoirés.

— Amen !

C'était Leonard, de retour des chiottes.

— T'as l'air content de toi, lui lançai-je. J'espère que t'en as pondu de belles.

— Environ quatre. J'ai chié des trucs dignes des Jeux olympiques.

— Je constate que tout ça ne nous mène nulle part, dit Chub. Je vais donc me retirer jusqu'à ce qu'on soit prêts à dialoguer d'une manière raisonnable.

— Je dis les trucs comme je les sens, répliqua Leonard. C'est pas ce que t'aimes, mon gros ?

— Rien ne m'oblige à supporter ça, marmonna Chub.

Il se leva et s'éclipsa par la porte du couloir.

— Je déteste quand ce gars quitte la pièce, dit Leonard. Quand il est là, il illumine tout comme un putain de phare. Mais puisqu'il est parti, je file m'en griller une.

— Je te remercie de ne pas nous enfumer, fit Howard en lançant un regard noir à Paco.

Paco afficha un sourire sur son visage hideux et continua à fumer.

— Ce n'est pas pour votre air que je m'inquiète, lui répondit Leonard. C'est pour le mien. Cet endroit pue la pourriture, même planquée sous cette putain d'odeur d'encens. J'ai suffisamment respiré ça au Vietnam. La pourriture et l'encens.

Là-dessus, il se cassa.

— Je pense que je vais le rejoindre, annonça Paco.

Il se leva à son tour et sortit en refermant la porte derrière lui.

— Moi aussi, dis-je, en le suivant.

— Hap ! intervint Trudy. Faut qu'on discute.

Dieu avait parlé.

— Ah bon ? fis-je.

— Je t'avais dit que ce n'était pas une bonne idée ! lança Howard à sa nénette.

— Tu ne sais pas tout…, rétorqua-t-elle en se levant.

— Je sais au moins que c'est un mauvais plan. Mais peut-être que tu penses avec une autre partie de ton corps ?

— Alors là, venant de toi, c'est la meilleure ! rigola Trudy. J'ai bien vu ce qui te passait par la tête.

— Ouais, grâce à toi !

— Les enfants, intervins-je. On se calme…

Howard se leva et tendit sa bière dans ma direction.

— Toi, j'ai un truc à te dire, gros malin.

— Vas-y vite, pendant que je supporte encore tes discours rasoirs. Ça ne durera pas.

— Tu imagines que tu as le droit de débarquer

ici et de tout diriger. Tu crois que tu peux faire ton putain de cinéma. Eh bien tu te trompes.

— Je ne veux rien diriger du tout, mec. Mais je n'ai pas envie qu'on me mène par le bout du nez.

— Nous, on a des scrupules. L'idéalisme peut te paraître stupide, ou un truc de tapette, ou puéril, ou nostalgique, mais c'est autre chose. Notre lutte est bien plus importante.

— Je suis certain que l'Histoire vous jugera favorablement, me moquai-je. Howard a donné son argent volé pour sauver les baleines. C'était un bon gars. Hap a claqué son fric au soleil avec des femmes et de la gnôle. C'était un méchant. Leonard a acheté tous les albums originaux de Hank Williams qu'il a réussi à trouver. Ouh, le vilain !

— C'est quoi cette putain d'histoire de baleines ? brama Howard. Personne n'a jamais parlé de baleines.

— Ferme-la, dit Trudy. T'es bourré.

— Je n'ai bu qu'une bière !

— T'as tiré trop de tracts et l'alcool à brûler de ta ronéo t'est monté à la tête.

— Écoute, Howard, repris-je. Je ne cherche pas à causer de problèmes ici. Tu penses peut-être que j'essaie de te piquer Trudy…

— Elle est assez grande pour prendre ses propres décisions, répliqua Howard.

— Ouais, mais ça t'emmerde que je l'aie baisée à nouveau, hein ?

— Hap, intervint Trudy. Ne fais pas ça.

— Tu sais pertinemment que je l'ai sautée. Tu crois qu'elle est venue chez moi et qu'on a juste parlé affaires ? On s'est envoyés en l'air jusqu'à ce que les yeux nous sortent de la tête.

— Hap, comme l'a dit Howard, je ne lui appartiens pas. Et à toi non plus.

— Bordel, j'en suis ravi ! crachai-je.

À présent, Howard avait la confirmation de ce qu'il pensait savoir. En théorie, c'était cool, mais en réalité ça le démangeait comme s'il était bouffé par des aoûtats.

— Ce n'est pas grave, murmura-t-il, mais le ton de sa voix manquait de conviction. Elle est adulte. Elle n'est pas enchaînée à moi.

— Mais toi, oui. Et je sais de quoi je parle. À une époque, ces chaînes-là me transperçaient de part en part et s'accrochaient à mes os… Il m'en reste même encore quelques-unes, assez en tout cas pour que je me retrouve à faire le con ici alors que je ne devrais pas. Et c'est pareil pour toi.

— Je dis simplement que tu ne vas pas te pointer ici pour foutre en l'air ce en quoi nous croyons et changer nos plans. C'est tout. Je ne parle pas de nos rapports avec Trudy.

— Je pense au contraire qu'il ne s'agit que de ça. Dès que tu ouvres la bouche, c'est ton cœur et ta bite qui s'expriment à ta place. Et je sais ce que je dis.

— Tu ne sais rien du tout. Toi et cet autre type, vous vous croyez malins, alors que vous n'y pigez que dalle !

— Laissons tomber, grognai-je. J'ai pas envie d'en entendre plus. D'accord, ça n'a rien à voir avec les baleines. Alors faites votre devoir pour les gens, les animaux et le désarmement nucléaire, et passez le bonjour de ma part aux types de Leavenworth.

— Va te faire foutre, mon pote ! cracha Howard.

Il contourna la table basse en titubant légèrement. Le peu d'alcool qu'il avait bu avait vraiment réussi à le saouler. Ou alors il avait picolé avant et s'était fini à la bière. Si j'avais été à sa place, sachant que Trudy était partie rejoindre un de ses ex-maris pendant quelques jours, je me serais mis à boire, moi aussi. Il fut un temps où je le faisais.

Il s'avança vers moi, posa sa main contre ma poitrine et me poussa violemment. Mais il commit l'erreur de ne pas la retirer assez vite et je la bloquai contre moi tout en me penchant en avant. Howard fut forcé de se mettre à genoux. C'était un vieux truc de cour de récré, mais bon sang, c'était lui qui avait commencé.

— Arrête, Hap, cria Trudy. Lâche-le !

J'obéis. Trudy passa un bras autour de lui et voulut l'aider à se relever. Il l'éloigna d'un mouvement d'épaule et se redressa tout seul.

Il pointa un doigt vers moi — mais en veillant à garder ses distances, à présent.

— Essaie de refaire ça quand j'ai pas bu.

— D'accord.

— Putain, écoute-moi, ajouta-t-il. Je suis en train de jouer à ton petit jeu de macho, là. Pas question que je me laisse entraîner là-dedans. Je vais me coucher. J'ai eu ma dose de conneries aujourd'hui.

Sans trop tanguer, il poussa la porte du couloir et disparut. Chub et lui avaient peut-être un endroit spécial pour bouder, là-bas, au fond de la maison ?

Avec quelques vieux vinyles des années soixante à écouter ?

— T'es content ? dit Trudy.

— À moitié.

10

Un chant d'oiseau et le froid me réveillèrent. L'oiseau était pathétique et le froid meurtrier.

J'étais allongé sur la véranda, à l'arrière de la maison. Jadis, elle devait être protégée par une moustiquaire ; plus tard, on l'avait transformée en une sorte de pièce supplémentaire en clouant deux couches de carton sur le côté intérieur du petit grillage. Ça suffisait peut-être en été, mais en hiver — et surtout un hiver comme celui-ci —, ça n'aidait en rien.

Je me demandai qui avait bien pu avoir l'idée de cet aménagement… Le proprio ou les locataires ? Je penchais pour ces derniers. À mon avis, un propriétaire capable de laisser des gens vivre dans un taudis pareil n'était pas du genre à s'emmerder avec une isolation quelconque, même en carton.

Au départ, Leonard et moi, on s'était installés par terre, dans la cuisine. Une fois la porte du four ouverte, la cuisinière réchauffait parfaitement cette petite pièce. Mais je m'étais réveillé en sueur au milieu de la nuit, avec des difficultés pour respirer. J'avais poussé la porte donnant sur la véranda arrière et ça m'avait sauvé, mais l'air de la cuisine était toujours empoisonné par les vapeurs de butane. J'avais réveillé Leonard du bout du pied, je lui avais dit que je finissais la nuit à l'extérieur et que, s'il ne voulait pas passer la journée du lendemain au salon funéraire de Marvel Creek, il avait intérêt à m'imiter.

À présent, j'étais allongé sous des couvertures durcies par le gel, dans un vieux sac de couchage posé sur des cartons écrasés (probablement les restes de la déco intérieure), dont les coins me rentraient dans le dos. J'étais tout habillé. Mes chaussettes étaient encore humides de la suée de la veille. Et mon corps était raide comme du fil de fer.

Je me retournai. Leonard, assis sur le pas de la porte de la cuisine, une couverture sur les épaules, m'observait en frissonnant avec un regard qu'on ne pouvait qualifier que de déplaisant. Il crachait de la buée blanche par la bouche et le nez en respirant. Il plissait les yeux.

— Je t'ai déjà laissé m'embringuer dans des affaires merdiques, Hap, mais celle-ci bat tous les records, ronchonna-t-il. Ces connards sont sérieusement illuminés. Je mérite de me faire botter le cul et de dire merci par-dessus le marché.

— Bonjour.

— Chub est vraiment en orbite et Howard est tellement gavé de tout ce que Trudy lui a fourré dans la tronche qu'il ne sait même plus s'il a besoin de chier ou de vomir.

— Tu n'as rien de désagréable à dire sur Paco ? Ce serait dommage d'en oublier un dans le lot.

— Je suis perplexe, sur celui-là. Il n'a pas l'air d'être partie prenante de cette histoire. Il a les pieds sur terre.

— T'es gentil avec lui juste parce qu'il est sorti sur la véranda fumer une cigarette avec toi.

— Ouais, c'est ça.

— C'est vrai qu'ils sont un peu exaltés, Leonard, mais leurs intentions sont bonnes. Sans les dingues de leur espèce, les Noirs en seraient encore à boire aux fontaines réservées aux gens de couleur et à récupérer leurs plats par une fente dans la porte à l'arrière des restaurants.

— Voilà que tu parles comme notre petit grassouillet, à présent.

— C'est un clown, mais il a bon cœur.

— Allez, branche-moi sur la libération des femmes, maintenant ! Rajoute un paragraphe sur l'oppression des gays avant que des types dans votre genre aient fait bouger les choses. Et raconte-moi comment les gens de ton espèce ont mis fin à la guerre du Vietnam.

— Tout ça est vrai.

— Alors pourquoi tu n'as pas mordu à l'hameçon hier soir, bon sang ? Ils nous ont lancé tous les types d'appâts qu'ils avaient dans leur besace.

— À cause de leur attitude, je pense. Cette façon de se croire meilleurs que tout le monde, c'est une pose. Rien de vrai.

— Je croyais pourtant t'avoir entendu dire que tu les trouvais sincères ?

Je déteste être pris dans mes propres contradictions.

— T'as jamais songé à te baiser toi-même, Leonard ?

— Constamment. Si je voulais avoir une relation avec un mec bien, je me dis que je serais le candidat idéal. Mais ma bite est trop courte, il lui manque environ un centimètre et demi pour que je puisse m'enculer correctement. J'aime quand on me la met bien profond, que ça me remonte jusqu'au foie, tu vois ?

— Bon, t'as fini de te foutre de ma gueule ?

— Presque. Je veux dire simplement que tu ne peux pas être un bien-pensant professionnel. D'accord, la situation s'est améliorée pour les Noirs, les femmes et les homos, mais c'est grâce à eux-mêmes et pas à des couilles molles du genre de cette bande de bouffons. Les Blancs et les hétéros ont donné un coup de main, d'accord, mais une fois que les Noirs ont dit « assez » et se sont fait casser la gueule, et pareil pour les pédés et les féministes. Les Blancs et les hétéros sont toujours au pouvoir et ils auraient pu changer les choses à tout moment s'ils l'avaient voulu.

— Ils ne sont pas tous en position de pouvoir, t'as remarqué ?

— Gardons ça pour la prochaine fois où on passera à *Meet the Nation*.

— Volontiers. J'ai trop froid pour me disputer avec toi et, si je me levais pour te botter le cul, mon pied gelé se briserait.

— C'est plutôt moi qui te le péterais. Maintenant qu'on s'est mis d'accord là-dessus, cassons-nous d'ici avant le réveil de nos sauveurs de la planète.

(Il regarda sa montre.) Il est 6 heures du mat' et j'ai la dalle. D'après Paco, il y a un endroit sympa en ville où prendre un petit déjeuner.

— Peut-être qu'ils ont de quoi s'en offrir un ici ?

— Y a rien dans leur frigo, mis à part un paquet de spaghettis et trois bières. Et leurs placards sont presque vides, hormis quelques cafards.

On sortit sans déranger personne et on prit la voiture de Leonard. Elle finit par démarrer après un affreux suspense avec son starter Bendix. Pendant qu'on roulait, je repensai à Trudy et à Howard, tous les deux dans le même pieu, et je ressentis ce que Howard avait dû ressentir quand elle était chez moi.

Ça me déprimait.

Je les imaginai couchés ensemble. Elle se réveillait et il la sautait, puis elle se lavait la chatte et elle allait bosser (quel que soit son boulot), et lui il partait aussi (s'il avait un travail). Puis je les vis rentrer à la maison après une dure journée de labeur et planifier la récupération de cet argent volé, pour l'utiliser pour quelque noble cause. Ozzie et Harriet[1] tout droit sortis des sixties…

Ça me plaisait. C'était adorable. Ils formaient un beau couple aux nobles idéaux.

J'espérai que ça caillait tellement dans leur chambre que son vagin était pris dans la glace.

OK, foutez-vous de moi. Les vannes pourries d'ado, ça me connaît.

1. Ozzie et Harriet formaient un vrai couple qui vivait sa vie devant les caméras de télévision, dans une sitcom des années 1960-70.

11

En ville, on trouva le petit café — le Bill's Kettle — que Paco nous avait recommandé. Il n'existait pas encore à l'époque de ma jeunesse. À cet endroit, en ce temps-là, une dame vendait des journaux et du tabac. Elle me laissait lire des BD sur les présentoirs sans que je les achète. J'étais le seul à qui elle le permettait.

Le bâtiment de ce café devait être bien plus récent que celui qui, jadis, abritait ma marchande de journaux, et pourtant il paraissait plus vieux. Les murs semblaient ne tenir debout que grâce à la fumée et aux vapeurs de graillon crachées par la cuisine. L'immense vitrine était tellement crade qu'on voyait à peine ce qu'il y avait derrière. Quelqu'un avait tenté de la nettoyer et puis s'était tiré avant de rincer le savon ; on aurait dit le résultat d'une blague de gosses pour Halloween.

À l'intérieur, ce n'était pas mieux. Plancher usé et sale, tables sommairement essuyées. Deux hommes mangeaient ensemble. À notre entrée, ils nous dévisagèrent et nous adressèrent un signe de tête. Au fond, un jeune type fixait le vide en sirotant un café. Une grosse blonde vêtue d'un pantalon stretch vert déjà ancien était assise au comptoir. Elle nous jeta un coup d'œil rapide avant de s'intéresser de nouveau à son petit noir et à sa cigarette. Elle dit quelque chose au maigrichon aux cheveux gras qui se tenait derrière le comptoir. Il rigola comme un leucémique tentant de se remonter le moral.

On s'assit en veillant à ne pas poser nos bras sur la table. La blonde descendit de son tabouret et s'avança avec des menus. Les employés mêlés à la clientèle — c'était vicieux, ce truc.

On commanda et Paco se pointa pile au moment où on nous servait. Aujourd'hui, il avait un pantalon de treillis délavé et une casquette de baseball bleue qui dissimulait une partie de son visage hideux. Personne ne le regarda : tout le monde se donna beaucoup de mal pour faire comme si de rien n'était — et ça se voyait.

Quand il nous aperçut, il nous adressa un sourire sympa. Sa bouche était la seule partie de sa personne qui n'avait pas été trop détruite.

Il nous rejoignit et s'assit à côté de Leonard qui lui fit de la place. On se lança dans les salutations d'usage et les conneries habituelles. La serveuse se repointa, cigarette au bec, et lui demanda ce qu'il voulait, puis elle repartit vers la cuisine.

— Elle n'a même pas pris la peine de t'apporter un menu, remarqua Leonard.

— Je commande toujours la même chose, répondit Paco. Des pancakes. La question qu'elle me pose, c'est juste une sorte de rituel.

À notre grande surprise, la bouffe était excellente.

J'étais en train de saucer les restes de mon dernier œuf avec un morceau de pain grillé quand Paco dit en souriant :

— L'endroit ressemble à des chiottes, mais ce qui sort de la cuisine c'est pure ambroisie. Ils ont un cuistot, là-derrière, qui connaît son métier.

Quand Paco eut fini de manger, je l'interrogeai :

— De quoi vous vivez, toi et les autres ? Trudy est la seule à bosser ?

— Avec ma tronche, je ne trouve pas beaucoup de travail en intérieur, si tu vois ce que je veux dire. Dans un magasin, qui accepterait de m'avoir sous les yeux toute la journée ? Je fais quelques petits boulots ici et là. Je me suis baladé dans la région et j'ai trouvé différents jobs, principalement dans l'agriculture et le jardinage. Il m'est aussi arrivé de faire des trucs pas très légaux, voire pas légaux du tout. En ce moment, disons que je suis entre deux boulots. Trudy, elle, sert des hamburgers au Dairy Palace, à l'est de la ville. N'allez pas manger là-bas. Leur bouffe, c'est de la merde.

« Howard turbine dans une station-service. Il fait le pompiste, change les pneus, répare les crevaisons, conduit la dépanneuse. Il s'entend bien avec le proprio qui a même accepté de la lui prêter. Il a dit à son patron que ça éviterait à sa femme — ils se font passer pour mari et femme, Trudy et lui — de faire le chauffeur. Il pense qu'on pourra s'en servir pour sortir la barque de l'eau, un de ces après-midi.

— S'il y a une barque, intervint Leonard.

— Je refuse d'envisager le contraire, assura Paco. Il y en a une.

— Tu as l'air aussi convaincu que Trudy, remarquai-je.

— Je ne suis pas sûr qu'elle le soit tant que ça… Elle voudrait bien, mais je ne sais pas. Je ne la connais pas aussi bien que Howard ou toi, mais j'ai ma petite idée sur ce genre de nénette. Je l'ai entendue parler de vous deux, j'ai écouté aussi les remarques de Howard, et j'ai l'impression que tu as morflé, Hap. J'en ai tiré quelques conclusions. Je pense que c'est une lâcheuse. Elle aime bien ramasser le petit bois puis gratter l'allumette, mais elle ne veut pas être là quand il commence à y avoir trop de fumée et que ça se met à chauffer. À ce moment-là, elle est déjà loin, elle a filé allumer de nouveaux feux ailleurs et, dès qu'il y en a un qui prend bien, elle s'échappe à nouveau… Elle laisse quelqu'un d'autre s'occuper de l'incendie, se payer la chaleur et la fumée, se faire méchamment brûler. Et elle a du talent pour trouver des types qui joueront aux martyrs pour elle, persuadés qu'elle finira par revenir cramer avec eux.

— Ça fait des années que j'essaie d'expliquer ça à ce clown, dit Leonard. Je reconnais un putain de succube quand j'en vois un.

— Et toi, Paco ? demandai-je. C'est quoi, ton histoire ? T'es un simple militant branché sur leur cause ?

— Moi, je ne suis branché sur rien. Sauf sur moi-même. J'ai juste l'intention d'empocher le plus de pognon possible.

— Je te comprends, approuva Leonard. Mais alors, qu'est-ce que tu fabriques avec ces abrutis ?

— Je suis tout aussi abruti qu'eux. Enfin, je l'ai été. Seulement, aujourd'hui, tout ça ne m'intéresse plus. Je suis dans un camion qui descend une pente à toute vitesse sur une route étroite, et les freins et le levier de vitesse ont lâché. Je veux m'arrêter, mais c'est impossible. Alors j'attends la suite. Soit je me viande dans le ravin, soit je parviens à rouler jusqu'en bas et à m'arrêter tout seul, sans casse…

— Et Chub ? m'enquis-je.

— Sa famille est pleine aux as. Mais il a traîné avec des types peu recommandables. Comme ça, il a eu sa bande. Il a encore dix-huit ans dans sa caboche. Il n'a jamais eu les couilles de s'attaquer au système, il aime juste penser qu'il le fait. Il a toujours été un rebelle du dimanche, mais il s'est mis dans la tête de récupérer ce pognon à tout prix. Il veut s'en servir pour lutter contre l'injustice… Bon, ses parents, là-bas à Houston, l'ont déshérité, mais ils lui ont quand même filé un paquet de fric pour l'aider à devenir toubib. Au fil des ans, il en a claqué la plus grande partie pour des bonnes causes et il en a gardé un peu à la banque pour pouvoir vivre. Il a des tonnes de diplômes. Il s'y connaît en médecine, même s'il n'est jamais devenu docteur. Il ne s'est pas présenté à l'examen final parce qu'il estimait que ce serait entrer dans le système bourgeois. Il est tombé dans l'idéalisme comme d'autres tombent dans la religion ou deviennent des fans de *Star Trek*.

— Je ne comprends toujours pas quel est ton rôle dans tout ça, insistai-je.

— Quand j'aurai l'argent, je n'agirai pas forcément comme ils s'y attendent. Mais je ne vois aucune raison de faire des vagues… tant qu'on n'a pas trouvé cette foutue barque pour les affronter. En bossant ensemble, on réussira peut-être à remonter le magot à la surface. S'ils pensent que j'ai d'autres plans, ils risquent de me larguer au bord de la route, et je ne pourrai pas aller chez les flics me plaindre qu'ils ne m'ont pas refilé ma part. D'ailleurs, même si c'était possible, je ne le ferais pas, vu que j'ai déjà eu mon lot d'emmerdes avec les autorités.

— J'imagine que tu vas nous en parler ? observa Leonard.

— Pourquoi pas ? Puisqu'on est partis pour violer la loi ensemble…

Il alluma une cigarette tout en jetant un coup d'œil autour de lui. La grosse serveuse blonde n'était plus en vue ; elle devait traîner quelque part dans l'arrière-salle. Le type qui tenait la caisse était appuyé au comptoir et regardait dehors à travers la vitrine crasseuse. On était les derniers clients.

— J'ai un casier, reprit Paco. C'est la faute des sixties. Enfin, c'est la mienne aussi, mais c'est pas marrant de s'accuser soi-même, même quand on sait qu'on est coupable. Donc je dirai que c'est la faute des sixties. Vous pourrez toujours affirmer le contraire, si ça vous chante.

« Vers 1968, j'ai eu mon bac et suis entré à l'Université du Texas. Ça chauffait drôlement sur le campus, avec la mobilisation contre la guerre et tout ça. À l'époque, j'avais encore un visage. J'avais rien d'un dieu grec, mais j'étais pas trop moche non plus. Aujourd'hui, je fous la trouille aux corbeaux à cent mètres. Donc en ce temps-là ma gueule n'était pas mal, et je pense que j'étais plutôt cool aussi. Plein d'illusions sur la vie et le reste, comme nous tous en ces années de folie. Mais j'ai commencé à comprendre certains trucs et j'en suis arrivé à la conclusion que tout ce qu'on nous avait raconté sur le monde, sur l'existence, c'était juste des paroles en l'air. Tu agis d'une certaine manière pour obtenir ce que tu veux. Point barre. À présent, ça ne fait plus aucun doute pour moi, mais à ce moment-là j'avais la tête pleine de *peace and love*, de "non à la guerre", de droits civiques et de libération de la femme... Je pensais qu'il suffisait d'aider les gens à ouvrir les yeux pour voir les choses telles qu'elles auraient dû être — et alors ça ferait tilt dans leur tête, comme s'ils étaient frappés par la foudre divine.

« J'ai comme l'impression que tu piges très bien de quoi je parle, Hap. Je sais reconnaître un désabusé des sixties quand j'en croise un.

— Tu l'as bien cerné, assura Leonard.

— Silence dans la salle, dis-je.

— Et donc, en route pour la fac, je suis monsieur J'ai-Tout-Pigé. Vous allez voir ce que vous allez voir. J'ai compris comment marche la société et je vais arracher le capot de la machine pour permettre à tout le monde d'étudier ses rouages. Ensuite, ça ira mieux. On mettra un peu de graisse ici et là, mais à partir du moment où on saura comment ça fonctionne, fini les mystères. On pourra vivre ensemble et s'aimer les uns les autres, pas de problème.

« Sauf que quand j'ai vu ce qui se passait là-dessous, je me suis rendu compte que la mécanique était autrement plus complexe que je croyais. Impossible d'en saisir le fonctionnement d'un seul coup d'œil. Fallait descendre dans la soute, mettre les mains dans le cambouis, jouer au petit garagiste. Modifier certaines de ses pièces pour la simplifier. J'ai pensé que j'en étais capable et qu'après elle fonctionnerait sans à-coups — tout serait rodé, bien huilé, et les choses se dérouleraient comme elles étaient censées le faire. Sans préjugés, sans guerres et sans sexisme. Les gens seraient bons envers les animaux, se prêteraient leurs outils et les portes n'auraient plus besoin de serrures...

Je hochai la tête.

— La paix soit sur toi, mon frère.

— Exactement. J'ai donc décidé de faire équipe avec d'autres bricoleurs. Des gens qui avaient des idées justes, vous voyez ? Et qui étaient d'accord pour entrer dans la chambre des machines avec moi et l'améliorer. Cette analogie venait d'eux. C'est pour ça qu'ils se sont baptisés les « Mécanos ». Pour diverses raisons, on n'a pas tellement entendu parler d'eux, mais ils s'activaient comme autant de fourmis.

— Moi, je les connais, dis-je. Au début, ils ont incité les gens à s'inscrire sur les listes électorales pour promouvoir la démocratie. Après, il y a eu des scissions. Ceux qui ont gardé ce nom de Mécanos me rappellent les radicaux qui ont quitté les Students for a Democratic Society pour aller fonder les Weathermen.

— C'est ça. Les autres ont disparu assez vite, une fois privés de leur leader d'origine, un type assez charismatique. Il était arrivé dans le mouvement comme simple petit Indien, mais il était rapidement devenu le chef de la tribu. Ça avait déplu à d'autres Indiens qui se sont tirés pour former leurs propres tribus, mais les durs à cuire sont restés avec lui. Et c'est donc à lui qu'est revenue la lourde tâche d'organiser les choses et d'assurer la pérennité des Mécanos.

« Alors, ils ont pris leurs clés à molette et ils se sont mis au boulot. Ils se sont dit : “Rien à foutre de toutes ces conneries sur la société démocratique, les vraies solutions aux problèmes se trouvent dans la rue. Il faut démolir certaines choses pour les reconstruire en mieux et différemment.” On est donc passé à la clandestinité. On s'est procuré des armes et on a commencé à attaquer les endroits où, à notre avis, on violait les droits humains ou on soutenait la guerre du Vietnam. Ce n'étaient pas les cibles qui manquaient. On a fait sauter quelques bâtiments du ROTC[1] un peu partout dans l'État, puis on a étendu notre champ d'action à d'autres États. On a beaucoup bougé sans jamais se faire prendre. On était un genre d'adversaires que le FBI n'avait pas encore eu l'occasion d'affronter. Des activistes intelligents dirigés par un chef intelligent. On se battait pour une cause, et il n'y a rien de plus dangereux que des fanatiques. Et on l'était — totalement.

— Vous étiez combien ? demanda Leonard.

1. Le Reserve Officers' Training Corps (ROTC), organisation dépendant de l'armée américaine, est présent dans les collèges, les lycées et les universités pour recruter et former des officiers de réserve, mais aussi pour assurer un endoctrinent patriotique. Lors de la guerre du Vietnam, il était également chargé de veiller à ce que les jeunes n'échappent pas à la conscription.

— Douze, au début. On a recruté quelques types de plus par-ci par-là sur les campus. On a été discrets. Comme on avait été étudiants nous aussi, on savait où aller pour trouver les gens qui partageraient nos idées politiques. On les ferrait, puis on les nourrissait de radicalisme à la petite cuillère. Le meneur des Mécanos était particulièrement doué pour ce genre de baratin. Ce fils de pute se prenait pour un grand philosophe, un maître de l'illumination. C'était d'autant plus facile qu'à l'époque tous les étudiants rêvaient de devenir Che Guevara.

« On était bons. On savait comment falsifier des documents, comment se fabriquer de nouvelles identités. On prenait des petits boulots, on dépensait le moins possible, on déménageait souvent. On restait à proximité des campus ; dans les plus importants, il y a des tas de trucs gratuits dont on peut profiter. Si on est malin et qu'on consomme peu, on se débrouille — en général, en vivant sur le dos des autres. Ça ne nous gênait pas. On estimait qu'on n'arnaquait que la société capitaliste.

Pendant que Paco parlait, je me creusais le ciboulot pour me souvenir d'un nom. Et soudain, ça me revint :

— Gabriel Lane ! m'exclamai-je. C'était le nom du chef des Mécanos. Putain ! C'est toi, pas vrai, Paco ?

— Ouais, c'était moi, il y a longtemps. Maintenant, je suis Paco, et Paco je resterai jusqu'à ce qu'on me retrouve crevé quelque part dans un motel pourri, et qu'on me balance dans une fosse commune.

— Je pense que vous étiez cinglés, les gars, grommela Leonard. De faire ce que vous faisiez.

— Au départ, on luttait pour une bonne cause, mais on a très vite été rattrapés par la réalité et nos valeurs morales n'y ont pas résisté… L'explosion d'une de nos bombes dans une banque capitaliste ou dans un centre de recrutement de l'armée flingue un innocent ? C'est bien triste, on déteste ça, mais voilà, ce sont des trucs qui arrivent… La fin justifie les moyens. On vous zigouillera au nom du *peace and love*.

— De l'avis général, t'es mort depuis belle lurette, fis-je. Si je me souviens bien, t'as perdu la vie au cours d'un de ces feux d'artifice…

— À voir ma gueule, on le dirait bien, plaisanta Paco, mais pourtant, je suis là devant vous ! En train de discourir, de fumer et de rendre votre matinée un peu plus gaie et ensoleillée.

— Ouais, grogna Leonard. Je suis gay. Mais je ne sais pas pour le soleil.

— Gay ? répéta Paco. J'ai bien entendu ce que tu viens de dire ?

— J'enfile des mecs. Ça va, c'est clair, maintenant ?

— Je crois, oui.

— Tu dis que vos actions ont été meurtrières ? repris-je.

— Exact. Vers la fin, on a perdu quelques-uns de nos gars. Les flics — ou les porcs, comme on les appelait à l'époque — ont coincé quatre Mécanos dans une maison à Chicago. J'étais absent, ce jour-là. J'étais sur un coup pour acheter des armes. Deux copains du groupe m'accompagnaient. Je ne sais plus ce que les autres branlaient. Ils ont eu vent de notre planque. Ils ont encerclé la maison et ont flingué quatre des nôtres. Dont Bobbie Remart. C'était une militante de pointe à l'époque. Tout en haut sur la liste du FBI, juste après moi. C'était mon lieutenant, d'une certaine manière. Et aussi ma gonzesse. À partir de ce moment-là, pour moi, la politique a laissé la place aux comptes personnels.

— Ça doit t'empêcher de dormir, ces conneries, intervint Leonard. Moi, j'ai buté des niakoués au Vietnam, c'était censé être mon devoir. J'estimais que je me battais pour mon pays, que c'était nécessaire. Et je le pense encore. Mais je déteste avoir dû faire ça. Vous les mecs… je sais pas.

— Quand je te regarde, dis-je, tu ne me donnes pas l'impression de quelqu'un capable de ce genre de trucs, murmurai-je à Paco.

— Tu rigoles ? J'ai l'air d'un cadavre qu'on aurait réanimé… Mais d'accord, je vois ce que tu veux dire. Écoutez. Vous deux, vous avez roulé votre bosse, vous devriez savoir ça. On ne peut pas se fier aux apparences. Regardez un truc suffisamment longtemps et il commence à ressembler à autre chose. Faites ça avec moi, et vous verrez peut-être quelque chose que vous n'aviez pas vu avant. Mais, en tout cas, mon ancien moi a disparu. Ça, je vous le garantis.

« À l'époque, je pensais que notre cause était juste. Exactement comme toi au Vietnam, Leonard. On se voyait comme des patriotes. Au moins jusqu'à ce que ma Bobbie se fasse descendre. Après ça, j'étais une espèce d'animal empaillé qui bougeait tout seul. Le bien, le mal, ce n'était plus que des mots. Je ne voyais plus la frontière qui les séparait et je ne savais plus si je la franchissais ou non. Pour moi, cette ligne rouge a disparu depuis longtemps et rien ne pourra la rétablir.

« Bref, on se planquait dans cette maison à Chicago, et les Mécanos fabriquaient une bombe pour faire sauter je ne sais plus quoi. Je supervisais les opérations. C'était moi qui leur avais appris toutes ces techniques, vous voyez, et je ne voulais pas qu'ils oublient que j'étais toujours le grand chef. En réalité, c'était Sasha qui bricolait la bombe et les autres jouaient ses hommes à tout faire. J'étais un peu jaloux de la manière dont ils la traitaient. Sasha avait une volonté de fer, elle était nouvelle dans le groupe et, du coup, les Mécanos dépendaient moins de moi qu'avant. Elle commençait à s'approprier une partie de mon pouvoir.

« Je voulais être sûr qu'elle n'oublie pas où était sa vraie place. Je la surveillais — elle s'en sortait bien, elle travaillait prudemment, mais je vous l'ai dit, je devais m'affirmer comme chef et je lui ai balancé quelques reproches sur sa façon un peu trop brusque de travailler. C'est tombé dans l'oreille d'une sourde. Elle me connaissait, moi et mon ego surdimensionné. Et elle savait à quel point la mort de Bobbie m'avait bousillé. Elle avait décidé de reprendre les choses en main. Je m'en rendais compte. Et, en plus, elle en avait les capacités. Le feu sacré de la cause brûlait encore en elle. Elle avait compris que mes jours en tant que chef étaient comptés, que j'étais lessivé, que j'agissais comme un zombie…

« Pas question donc qu'elle me laisse lui donner des leçons. Elle s'est tournée vers moi et m'a répondu que, mes conseils, je pouvais me les carrer où je pensais… Mais, du coup, elle s'est laissé distraire. Les mauvais fils ont dû se toucher. Le monde est soudain devenu aveuglant et brûlant, envahi de cailloux et d'éclats de verre, et je me suis retrouvé projeté avec les gravats. Mon ego et l'explosion venaient de me botter le cul.

« Quand j'ai repris conscience, j'étais au fond d'un fossé, au milieu des décombres de la maison ; mes oreilles bourdonnaient et l'air froid rafraîchissait mes brûlures. La déflagration avait rasé la baraque et, par un putain de miracle, peut-être parce que Sasha se trouvait juste devant moi à ce moment-là, elle m'avait emporté dans un nuage de feu, mais je n'avais été ni brûlé vif ni déchiqueté.

« J'étais encore capable de marcher. J'ai erré sans but un moment, je me suis planqué sous la véranda d'une piaule trois ou quatre jours ; les gens qui vivaient au-dessus de moi n'ont jamais deviné que j'étais là. Quand mes oreilles ont cessé de bourdonner, j'ai entendu leurs déplacements et le son de leur télé. Un chien est venu dormir avec moi. C'est ce que j'ai fait la plus grande partie du temps. Dormir — et souffrir. La douleur était terrible. On était en plein hiver et ça caillait — pas autant qu'ici aujourd'hui, mais quand même. Cette explosion m'avait tellement cramé que le froid m'apaisait, même si en même temps il me faisait trembler et me rendait malade. C'est peut être ça qui m'a sauvé, j'en sais rien.

« Quand j'ai retrouvé assez de forces, je suis sorti de ma cachette au milieu de la nuit, j'ai titubé jusqu'à une cabine téléphonique, j'ai défoncé le capot de l'appareil et j'ai eu la tonalité sans mettre de pièces. Mec, tu me donnes une épingle à cheveux et je suis capable de te faire démarrer un avion à réaction. J'ai appelé un sympathisant qui est venu me chercher. Quand il m'a vu, il a eu un haut-le-cœur et il a vomi.

« Je devais être un sacré spectacle, c'est vrai... La peau passée au barbecue et le haut de la tête fracassé. Le visage incrusté de saleté. Une oreille en moins. Je ressemblais à un steak haché sur pattes. Devant la réaction de ce gars, je me suis dit que j'aurais préféré y passer. C'est encore ce que je pense aujourd'hui.

« Bref, il m'a sorti de là et m'a emmené chez Chub. Chub n'avait pas le matériel pour traiter un cas comme moi. Jusque-là, il avait surtout soigné des blessures par balle chez les nôtres, plus exactement de simples éraflures... Mais j'étais là avec le crâne ouvert et le corps presque totalement brûlé. Et lui, il n'avait que sa petite trousse à pharmacie. Il a fait du mieux qu'il a pu, je lui accorde. Il m'a gardé chez lui jusqu'à ce que j'aille mieux. Sans doute que je devrais me sentir redevable à son égard. Mais non. Je n'ai aucune amitié pour ce gros lard à la con. Il m'a soigné et, en échange, je lui ai donné une cause à défendre. J'estime qu'on est quittes. En fait, depuis ce jour-là, un rien suffit pour que je me considère quitte avec à peu près tout le monde et sur à peu près n'importe quel sujet.

« Chub s'est arrangé pour que je crèche chez d'autres militants du Mouvement, dont Howard. Il vivait à Austin, et moi je voulais retourner au Texas pour finir de récupérer et reprendre la lutte quand je me sentirais mieux. Enfin, c'est ce que je racontais à qui voulait l'entendre. Mais je savais bien que c'était fini. Le beau rêve imbécile s'était évanoui.

« Au cours de l'année qui a suivi, j'ai navigué d'un sympathisant à l'autre, ils se sont occupés de moi, je passais de main en main comme une sorte d'animal de compagnie exotique, le dernier exemplaire d'une espèce en voie de disparition. Le noble héros blessé qui avait perdu son visage en défendant la cause.

« Et puis les planques se sont faites de plus en plus rares. Cacher un fugitif de la vieille époque n'avait plus rien de romantique ; flirter avec les autorités et le danger n'amusait plus personne. Les gens devaient emmener leurs gamins aux entraînements de foot et aller aux réunions de parents d'élèves. Les plus radicaux se faisaient coincer par les flics. Les Weathermen avaient cessé d'exister. Et cette fameuse explosion avait tué tous les Mécanos — sauf moi.

« Oh, il y avait bien encore quelques irréductibles à travers le pays qui auraient été d'accord pour m'héberger, mais ils parlaient beaucoup et ils agissaient peu. En gros, j'étais devenu une relique gênante du passé. Le temps des bêtises était révolu. C'était la fin de la route pour Gabriel Lane.

— Et donc tu te caches toujours des autorités ? demanda Leonard.

— Pas exactement, mais je ne veux surtout rien avoir à faire avec ces connards. Si les gars du FBI pensent que je suis toujours vivant, ils ne le crient pas sur les toits. Il y avait un tel bordel là-bas avec tous ces corps déchiquetés et mélangés qu'ils ont dû estimer qu'on y était tous restés. Mais je ne suis pas le genre à prendre des risques.

Paco porta la main à sa bouche, attrapa ses dents du haut et les posa sur la table. Il avait peut-être un sourire sympa, mais c'était du pipeau. Le trou formé par sa bouche édentée le rendait encore plus horrible.

— L'explosion a pulvérisé mes vraies dents. Chub m'a fabriqué celles-là. Ce gros nigaud est bon en médecine, à la fois humaine et animale, et aussi en dentisterie. Ça, il faut le lui reconnaître. Ces dents-là, je les ai depuis, quoi, au moins vingt ans peut-être… (Il les remit en place en les fixant à ses molaires et poursuivit :) J'ai fait la manche, j'ai lu des bouquins et des articles qui parlaient de ma mort et tout ça, et j'ai constaté que toutes nos actions ne valaient pas un pet de lapin. On a fait exploser quelques trucs, on a tué quelques personnes et je n'ai plus de visage.

— Comment t'es-tu retrouvé dans cette histoire avec Howard et Chub ? demandai-je.

— Le fric. C'est Howard qui m'a contacté. Depuis son séjour en taule, il croit avoir appris des trucs et être devenu un dur super intelligent capable de mener le bon combat. Prêt à ressusciter les sixties, le pouvoir au peuple et toutes ces foutaises. Il pense qu'avec ce pognon il pourra changer les choses.

« Mais il s'est dit qu'il aurait besoin d'un coup de main pour ça. Alors il a téléphoné à des gens qui me connaissaient et il leur a demandé de me prévenir quand ils me croiseraient. Et rien que ça, déjà, c'était pas du gâteau, parce que j'avais tendance à vivre au jour le jour et à ne faire que des petits boulots temporaires qui finissaient vite ou que je quittais tout aussi vite. Bon, finalement, j'entends dire que Howard a quelque chose qui pourrait m'intéresser et qui servirait la cause. Comme au bon vieux temps. Il était également question de fric, et ça, ça me branchait.

« Bien sûr, en réalité, c'est Trudy qui est derrière tout ça. Je le vois bien. Je connais ce genre de nana. Elle entend parler de ce magot par Howard, peut-être une nuit après une bonne séance de baise — ils sont étendus au pieu, ils repensent à des trucs cool, ils se rappellent les sixties, et elle a cette idée. Ensuite, Howard cherche à entrer en contact avec moi, persuadé que c'est son plan à lui. Il appelle Chub aussi, parce qu'il le connaît. On n'est peut-être pas des lumières, mais on est tout ce qui lui reste des années soixante.

« J'écoute ce qu'il a à dire et je comprends qu'il y a en effet moyen de se faire du blé dans cette affaire. Je ne peux pas continuer ces petits boulots de merde, de ville en ville, pour le restant de ma vie. Alors j'accepte. Mais je n'en ai plus rien à foutre de leur putain de révolution.

— Et maintenant on est tous dans le même bain, conclut Leonard.

— Bon, d'accord ! m'exclamai-je. Je mords à l'hameçon. Ils prévoient quoi avec le pognon ?

Paco me sourit de toutes ses fausses dents.

— Faites-moi confiance. Restez en dehors de ça. Faites comme moi, prenez les dollars et tirez-vous. Je vous promets que vous serez foutrement plus heureux comme ça.

12

Le lendemain, le temps s'était un peu éclairci. Il ne faisait pas meilleur, cependant le froid mordait moins. Ça caillait toujours, mais il n'y avait plus de vent ni de gel. Le ciel était plat comme une ardoise et de la couleur du silex taillé. Leonard et moi, on s'offrit un petit repérage en voiture dans les marécages. Je voulais localiser le pont de fer, trouver cet argent et passer à autre chose — échapper à cet hiver bizarre, à Trudy, et ne plus entendre parler des sixties et de la révolution manquée de Paco…

Si la maison où on logeait était située à la lisière de la forêt, ce n'était pas encore la partie marécageuse de Marvel Creek, une vaste étendue de terres inondées, avec de la végétation, de l'eau et des animaux en pagaille. Les limites de ces basses terres avaient changé. La civilisation avait rectifié leurs frontières, goudronné et bétonné leurs pourtours ; et de petites maisons blanches en bois étaient apparues ici et là, ainsi que quelques résidences en dur, à un étage, équipées de panneaux solaires. Dans les jardins, des barbecues aux silhouettes de Martiens attendaient le dégel et le retour de l'été pour raviver le feu de leurs entrailles. Des antennes paraboliques pointaient leur nez vers les étoiles pour y chercher des films et des émissions de télé nullardes. Des chiens, trop gelés pour aboyer et courir après les voitures, nous regardaient passer depuis leurs niches ou le dessous des vérandas.

Mais les marécages étaient toujours là, même si on les avait repoussés un peu plus loin de la ville. Bon, ils ne ressemblaient ni aux Everglades de Floride ni à ceux de Louisiane. Ils n'étaient pas aussi étendus, mais ils couvraient néanmoins une belle superficie, avec de grandes zones boisées et de profondes fondrières. C'était un endroit magnifique, sombre et mystérieux — aussi merveilleux que terrifiant.

On roula jusqu'au bout de la route goudronnée. Les rares maisons qu'on croisait encore n'étaient plus que de simples cabanes et elles semblaient avoir été déposées là par la tornade du *Magicien d'Oz* comme la petite Dorothée. On se retrouva sur un chemin de terre rouge et l'odeur des marécages s'infiltra dans la voiture malgré les vitres fermées : des relents de vase et de végétaux en décomposition, des remugles de poisson venus des eaux sales de la Sabine, une puanteur de charognes retournant à la terre…

L'hiver n'était pas la meilleure saison pour explorer cette zone. Tout était nu. Si les conifères avaient gardé leurs habits de soirée, les chênes et beaucoup d'autres arbres étaient en manches de chemise. Au printemps, les marécages enfilent leurs plus beaux atours et se parent de baies et d'oiseaux aux couleurs vives voletant de branche en branche comme des ornements de Noël qui se seraient échappés de leur boîte. Le feuillage est vert et épais, des kilomètres de lianes se faufilent, tels des anacondas longs et fins, à l'assaut de chaque arbre, recouvrant le sol où se cachent les vrais serpents.

Mais, d'un autre côté, vu l'épaisseur de la végétation et l'abondance des serpents au printemps, il y avait des avantages à ce qu'il gèle ce jour-là à pierre fendre.

Par exemple parce que Leonard et moi, on allait se faire un peu de fric.

Bon, hiver ou pas, l'endroit était impressionnant. Quand j'étais gamin, à Marvel Creek, on prétendait que si tu traînais trop longtemps dans cette zone, il t'arriverait quelque chose de mauvais.

Peut-être. Mais j'ai vécu aussi des tas de trucs sympas ici. J'ai sorti pas mal de poissons de la Sabine et j'ai nagé à poil avec Rosa Mae Flood. Entre seize et dix-huit ans, j'ai garé ma voiture dans le coin et j'ai transformé ma banquette arrière en chambre de motel. J'y ai fait l'amour à Rosa Mae, mais aussi à d'autres filles superbes dont je me souviens avec émotion. Des filles qui m'ont fait me sentir homme, et j'espère les avoir fait se sentir femmes, moi aussi, au moins temporairement…

Les chemins de terre étaient de plus en plus boueux au fur et à mesure qu'on avançait et on roulait avec difficulté. Au bout d'un moment, Leonard grommela :

— Faudrait qu'on se dégote quelque chose de mieux pour venir jusqu'ici. Un 4 × 4 peut-être. Sinon, on risque de s'embourber.

— Eh bien, on n'a qu'à faire demi-tour et filer en ville pour en acheter deux, un pour chacun. On pourrait même essayer d'harmoniser les couleurs, qu'est-ce que t'en penses ?

— Je disais juste qu'on en aura peut-être besoin, c'est tout.

— On ne s'embourbera pas, Leonard. On est les rois du monde. On fait ce qu'on veut, quand on veut.

— Exact.

On continua donc.

J'essayai de retrouver des points de repère, mais en vain. Tout avait changé. Je fus pris soudain de la crainte confuse de ne pas être plus en mesure que Trudy et sa bande de retrouver le pont de fer. Je me demandai si quelqu'un se souvenait encore de l'endroit. Je me rappelais simplement qu'il n'était pas exactement sur la rivière, mais un peu à l'écart, dans les profondeurs des marécages, au cœur d'un secteur qui semblait tout droit sorti d'un film de Tarzan.

— Tu sais où tu vas ? s'enquit finalement Leonard.

— Bien sûr, dis-je. Tu me connais. Je ne me suis jamais perdu, je suis juste…

— … un peu désorienté. Épargne-moi tes salades, d'ac' ? Je vois bien que tu ne sais pas du tout où on est.

— Ça va me revenir.

On roula encore un moment et on prit quelques bifurcations qui finissaient par mourir au milieu des arbres ou sur les berges de la rivière. Certaines pistes étaient si étroites qu'on était obligés de rebrousser chemin en marche arrière et parfois sur une très longue distance. Leonard était aux anges. Son répertoire d'injures était plus vaste que je ne l'avais imaginé, et pourtant je savais qu'il en connaissait un paquet.

Vers midi, on redescendait une colline vers le chemin principal quand on entendit soudain un bruit d'intestins qui se relâchent. La voiture se mit à donner du gîte sur la droite.

On avait crevé.

Leonard tourna le volant dans le sens du dérapage pour tenter de la contrôler, mais elle s'en foutait complètement. Le verglas, sur ces routes boueuses, ne rigolait pas. L'aile arrière droite alla percuter un liquidambar avec un son mat et ma ceinture me coupa le souffle en me cisaillant les côtes.

On descendit.

La bagnole n'était pas trop amochée.

— Elle a presque meilleure allure comme ça…, constatai-je.

— Quand on rentrera, rappelle-moi d'enfoncer la carrosserie de ton pick-up, puisque ça te plaît tellement.

— Pendant que tu remplaces la roue, je vais faire un tour. Ce coin m'a l'air familier.

— Ah, tout d'un coup, le coin t'a l'air familier ! Il y a un pneu à changer et voilà que tu connais les lieux comme ta poche…

— J'ai juste dit que je croyais reconnaître des trucs. Je jette un œil et je reviens.

— Quand ça ?

— Quand j'estimerai que t'as eu le temps de finir le boulot…

L'endroit m'était totalement inconnu, mais bon sang, je déteste les pneus et ils me le rendent bien. J'en veux pour preuve toutes mes jointures blessées au fil des ans et les vifs réflexes que j'ai dû acquérir pour échapper aux crics qui glissent.

Mes compétences mécaniques sont limitées. Je sais regonfler une chambre à air, remplir ou vidanger un radiateur, surveiller les niveaux d'une batterie, vérifier l'huile et en remettre, faire le plein d'essence…

Pour le reste, je suis un ignare de la pire espèce en matière d'automobile.

Je me baladai un peu, dans l'espoir de tomber par hasard sur un coin qui me dirait quelque chose, mais pas de bol. Je retournai à la voiture ; Leonard avait fini de monter la roue de secours et il était en train d'abaisser le cric.

— T'y arrives ? demandai-je.

— Maintenant, je sais pourquoi tu traînes avec un Noir. De cette manière, quand tu crèves, t'as quelqu'un sous la main pour s'en occuper.

— C'est ta bagnole, hein.

— Mais c'est toi qui m'as embarqué jusqu'ici.

— D'accord, je suis démasqué. J'aime avoir un Black sous la main pour changer mes pneus.

— Et servir de chauffeur.

— Exactement, chauffeur aussi. Les gens de couleur doivent savoir rester à leur place.

— T'as raison, pat'won. Moi y en a êt' twès fie' de servir pat'won comme toi.

— En réalité, je ne sais pas comment t'annoncer ça, mais on ne me voit avec des négros que quand je ne trouve pas de serviteurs philippins…

— C'est toi qui serres les boulons, mec. Si tu crois que tu vas t'en tirer comme ça !

Il rangea le cric dans le coffre et me tendit l'araignée. Tandis que je bossais, il lança :

— On pourrait rentrer chez nous… On n'a même pas besoin de repasser chercher nos affaires. On se casse d'ici tout simplement et on oublie toute cette histoire.

— On pourrait, reconnus-je.

Pas question de l'admettre, vu que c'était moi qui nous avais fourrés dans cette merde, mais j'avais plus ou moins pensé la même chose.

— On risque de se retrouver en prison si Howard nous a menti sur l'origine de ce fric, ajouta Leonard.

— S'il y a du fric.

— Ouais, s'il y a du fric.

— Mais on n'embauche pas en ce moment dans les plantations de roses et je ne vois pas quel autre boulot pourrait nous aller, repris-je.

— Les jobs de merde, c'est pas ce qui manque ! s'exclama Leonard. C'est pas comme si on était des ouvriers spécialisés.

Quand j'eus fini de resserrer les boulons, je rangeai l'araignée, calai le pneu crevé entre les bouteilles de plongée et les combinaisons, puis refermai le coffre.

— Je m'en remets à toi, Leonard, dis-je. Quelle que soit ta décision, ce sera OK pour moi.

Il réfléchit un moment, puis :

— Ça te rappelle vraiment quelque chose, cet endroit ?

— Je me souvenais d'un bout de la route par où

on est arrivés, répondis-je. À part ça, on pourrait tout aussi bien être sur Vénus.

— C'est pas très encourageant.

— En effet.

Il reprit ses cogitations puis finit par ajouter :

— Tu sais quoi ? On se donne encore… disons trois jours, histoire de voir si la mémoire te revient. Si tu reconnais un truc familier, on reste sur le coup. Si on trouve le pont, on patiente quelques jours de plus. Si on en a encore envie, et si on ne repère pas rapidement la barque ou des traces de la barque, on rentre à la maison.

— Marché conclu, répondis-je.

13

On regagna Marvel Creek juste avant la tombée de la nuit. On s'arrêta au Bill's Kettle où on avala un hamburger, on acheta un pack de six bières Lone Star à l'épicerie du coin, puis on retourna au Nid à Hippies, comme l'avait surnommé Leonard.

À un moment, on se retrouva à rouler derrière la Volvo couleur jaunisse qu'on avait vue chez nos nouveaux amis. On la suivit jusqu'à la maison et on se gara derrière elle.

Howard en descendit. On ne bougea pas et on but une bière tout en l'observant à travers le pare-brise comme des extraterrestres étudiant une espèce inférieure depuis leur soucoupe volante.

Il portait un bleu de travail légèrement graisseux avec un bout de tissu collé à sa poche gauche. Je ne le voyais pas bien depuis mon siège, mais il y avait sans doute son nom cousu dessus.

Il nous regarda un instant puis disparut à l'intérieur de la baraque.

— On dirait bien que sa journée de boulot n'a pas été très gaie, commentai-je.

— J'arrive pas à trancher, et je suis sûr que ça doit être pareil pour toi, fit Leonard. Est-ce que c'est lui ou Chub que je préfère ?

— Ils ont tous les deux beaucoup de charisme, assurai-je.

On entra à notre tour. Paco, assis sur l'une des chaises pliantes, nous grimaça un sourire de toutes ses fausses dents. Trudy était sur le canapé, jambes et bras croisés. À voir son expression, on aurait dit qu'elle allait casser une noix avec son trou du cul.

Une vague injustifiée de culpabilité me submergea, un peu comme si ma femme venait de découvrir des capotes dans mon portefeuille.

Mais je cessai immédiatement de me sentir fautif dès que Howard et Chub apparurent. Ce dernier ne me dérangeait pas. Vraiment. Il ne pouvait pas s'empêcher d'être un crétin. Howard, en revanche, était un authentique *self-made-man* dans le domaine de la connerie.

Chub se laissa tomber sur le canapé. Howard croisa les bras et se campa au milieu de la pièce, nous fusillant du regard. Ses yeux parcoururent l'assemblée — le prof allait faire un exemple en punissant les deux cancres.

J'avais terriblement envie de lui planter un genou dans les couilles.

— Je pensais qu'on avait un accord selon lequel vous bossiez avec nous ? commença Howard.

— On a oublié de pointer ce matin, ou quoi ? répliqua Leonard.

— Vous n'avez rien à foutre de notre lutte, OK, mais vous avez accepté cette mission. Nous, aujourd'hui, on a eu des choses à faire. Par exemple, assurer nos emplois *straight*.

Leonard me jeta un coup d'œil interrogateur.

— Des emplois *straight*, Hap ?

— Ouais, c'est comme ça qu'on appelait les boulots de merde au temps des beatniks, dis-je.

— Ah, fit Leonard.

— D'une certaine manière, ajoutai-je, l'expression « emploi *straight* » est une dénomination qui date des sixties, mais elle est encore populaire de nos jours.

— Ah.

— Je suis surpris que tu ne l'aies jamais entendue, Leonard.

— J'ai un peu perdu pied, avec le temps.

— Vous n'êtes pas drôles, fulmina Howard. Chub s'est chargé de certains trucs pour nous. Mais on ne savait pas où vous étiez, vous deux. Il y avait des choses à discuter ce matin. Des choses à planifier. Chacun de nous était mobilisé sur cette opération — sauf vous.

— Tu ne nous dis pas ce que Paco a foutu aujourd'hui ? protestai-je.

Le sourire de Paco s'élargit encore. Pauvre gars. Avec la gueule qu'il se payait, sa dentition étincelante lui donnait l'air d'un barracuda desséché au soleil.

— Ouais, et pour moi c'est du favoritisme, râla Leonard. Je déteste ce genre de situation.

— Paco a fait sa part, dans le passé, répliqua Howard. Vous, je ne vous ai pas encore vus à l'œuvre. En revanche, si je me fie à mon odorat, il me semble que vous avez l'art de boire de la bière.

— Mais es-tu capable de savoir combien ? rétorquai-je. Sentir la bière depuis là où tu es, c'est fastoche, mais j'aimerais que tu nous dises combien on en a bu.

— Et quelle marque ? ajouta Leonard.

— Ça ne sert à rien de discuter avec eux quand ils sont comme ça, intervint Trudy. Ils vont continuer ce petit jeu jusqu'à ce que t'en aies marre ou que tu pètes les plombs. C'est impossible de raisonner des cinglés.

— *Cinglés* ? répéta Leonard. C'est pas très poli, ça.

— Prenez rapido vos cliques et vos claques et tirez-vous ! gueula Howard.

— C'est à nous de décider si on reste ou si on part, dis-je.

— Et si on reste, précisa Leonard, c'est pas pour autant qu'on prendra nos ordres chez toi. Toi, t'es juste un mec qu'on connaît pas, c'est tout.

— Par ailleurs, précisai-je, pendant que vous vous inquiétiez de notre emploi du temps, on explorait les marécages à la recherche du pont…

— Et alors ? fit Chub.

— On ne l'a pas trouvé, répondis-je. Mais on s'est donné trois jours. Si on ne le repère pas d'ici là, peut-être qu'on laissera tomber. Alors vous pourrez continuer tout seuls. On ne racontera rien à personne. Vous aurez notre bénédiction.

— Tu as vu quelque chose qui te paraissait familier ? voulut savoir Trudy.

— Non, avouai-je, mais ça faisait longtemps que j'étais pas allé par là-bas. Pourtant, je peux régler ça facilement. Il suffit que je demande à quelqu'un. Un copain de classe, un vieux pote de l'époque… Ça pourrait paraître étrange aux gens d'ici si c'est vous qui posez des questions, vu que vous n'êtes pas du coin. Mais moi, je peux toujours prétendre que je traverse une crise de nostalgie et que je crève d'envie de revoir les lieux de mon enfance.

— Je préférerais pas…, répondit Howard. Sans doute que ça marcherait, mais je pense qu'il vaudrait mieux résoudre ce problème sans en parler à personne.

— D'accord avec toi, répliquai-je. C'était juste une option au cas où ça deviendrait trop difficile. Par contre, si on se casse, vous serez bien forcés d'interroger les autochtones. Et même s'ils vous expliquent comment arriver là-bas, vous ne trouverez jamais. Il vous faudra un guide. Ce qui vous obligera à faire entrer une personne de plus dans votre projet — quelqu'un que vous ne connaissez pas.

— Comme Leonard l'a fait remarquer, ironisa Howard, on ne se connaît pas non plus.

— Vrai, dis-je, mais je sens comme une relation spéciale entre toi, Trudy et moi. On pourrait former une grande famille heureuse, tous les trois.

Howard décroisa les bras. Je vis alors ce qui était écrit sur sa poche de poitrine : FLOYD.

— Les gars, vous tirez un peu trop sur la corde, là, menaça Howard.

— S'il te plaît, ne recommence pas, fit Trudy. Je n'ai pas envie de voir Hap ou Leonard te blesser, Howard.

Il la considéra comme si elle venait de lui trancher les couilles avec un couteau.

— Peut-être qu'il n'aura pas autant de chance ce coup-ci, frima-t-il.

— La chance n'a rien à voir avec ça, déclara Leonard.

— Les mecs, pourquoi vous n'essaieriez pas un bras de fer ? lança Paco.

— Tu ne vas pas t'y mettre aussi, Paco ? s'exclama Howard. Tu finiras par leur ressembler. Tes exploits passés ne te protégeront pas indéfiniment.

— Cette situation me déplaît, déclara Paco en secouant son paquet pour en sortir une cigarette.

— Floyd ? demandai-je.

— Quoi ? s'étonna Howard, avant de comprendre. Bon, c'est juste une chemise…

— Un homme qui n'a pas de respect pour son nom ni pour sa chemise, j'ai du mal à savoir ce qu'il faut en penser, dit Leonard. Il pourrait être n'importe qui et s'en foutre complètement. Moi, j'exigerais d'avoir mon blaze sur ma chemise.

— Moi aussi, ajoutai-je.

14

J'étais sur la véranda de devant à contempler la nuit.

Tout le monde était au pieu, sauf moi. J'étais allé me coucher, mais impossible de trouver le sommeil, car je ruminais des idées noires — et en plus je me les caillais. J'avais la désagréable impression que Trudy et sa bande étaient en train de préparer une connerie. N'ayant aucune idée de ce que ça risquait d'être, j'avais décidé de suivre les conseils de Paco et de ne pas me mêler de leurs histoires. Mais je ne pouvais pas m'empêcher d'y penser. Voilà pourquoi je m'étais relevé, j'avais enfilé mes chaussures et mon manteau et j'étais sorti pour réfléchir.

La nuit était claire et glaciale. La lune ct les étoiles brillaient, leur lumière formant des flaques étincelantes dans la cour et flottant à travers les arbres tels des rubans d'or et d'argent.

J'essayai de localiser Vénus. Autrefois, je savais où regarder pour la voir. Je ne me rappelais plus si elle était visible ou non à cette période de l'année. À une certaine époque, ce genre de connaissances était important pour moi et j'avais même la réponse à quelques-unes de mes questions.

J'avais lu dans un bouquin que les primitifs étaient capables de repérer Vénus à l'œil nu en plein jour et même sous le soleil de midi. De fait, jusque dans les années 1600, les marins y parvenaient aussi et guidaient ainsi leurs navires. Aujourd'hui, cette faculté n'étant plus nécessaire — ou souhaitée —, l'homme moderne ne réussissait plus à retrouver Vénus dans le ciel diurne.

Cette information m'avait bouleversé. Bon sang, et dire que moi je n'étais même pas foutu de situer cette saloperie de planète au beau milieu de la nuit !

Je renonçai à Vénus et laissai mon esprit divaguer. Je m'ouvris à la nuit et à la clarté de la lune en regardant mon haleine qui blanchissait dans le noir. Je n'avais pas envie de penser à autre chose.

J'inspirai à pleins poumons l'air glacé, puis je regagnai la maison. Je balançai mon manteau sur le fauteuil défoncé, m'installai sur le canapé et ramassai un livre que Chub avait laissé traîner sur la table basse. C'était un de ces bouquins qui vous expliquaient que tout le monde pouvait bénéficier des bienfaits de la psychanalyse. Son auteur appartenait au sérail, bien sûr.

Une vieille photo défraîchie, en noir et blanc, marquait une page. Elle montrait un grand gaillard aux cheveux noirs, entre trente-cinq et quarante-cinq ans, plutôt beau gosse, large d'épaules, avec un grand sourire plein de dents blanches. Quelque chose en lui me disait que ce gars avait réussi à placer quelques ballons entre les poteaux et qu'aujourd'hui il remportait des marchés au nez et à la barbe de ses concurrents. À sa droite se tenait une jolie blonde, bien sapée, l'air d'avoir été formée pour devenir reine d'Angleterre — et elle aurait pu si le poste n'avait pas déjà été pris.

Et, entre eux, mal à l'aise comme s'il n'était pas vraiment le bienvenu, il y avait un enfant blond de onze ou douze ans assez gros pour refiler quelques kilos de chair sans en souffrir à deux autres de ses potes. Il souriait, mais d'un air forcé. Il avait la tronche du gosse qui était toujours choisi en dernier pour les matches de foot et qui restait sur le banc de touche, la tronche du minot qui n'en demande pas beaucoup et qui en reçoit encore moins.

C'était Chub, bien sûr, et je me sentis triste rien qu'en le regardant. Je retournai le cliché. Au dos était noté d'une écriture enfantine : *Maman, papa et moi.*

Peut-être que cette photo signifiait vraiment quelque chose pour lui — qu'elle était une relique importante d'une époque heureuse, quand il pensait encore qu'il deviendrait la fierté de ses parents et cesserait d'être un gamin obèse. Ou alors, je me faisais un film et c'était tout simplement un marque-page à la con.

Je venais juste de commencer à lire le bouquin, vu que je m'ennuyais tellement que j'aurais même trouvé amusant de me branler avec une poignée de barbelés, quand la porte du couloir s'ouvrit tout doucement et que Trudy entra dans la pièce.

Elle portait un tee-shirt rouge, rien d'autre — si serré que les bouts de ses seins pointaient sous le tissu comme des balles de .45. Et il s'arrêtait aussi très haut sur ses cuisses et, du coup, on ne voyait que ses jambes interminables. Ses cheveux étaient ébouriffés, elle avait l'air fatiguée et, sans son maquillage, elle paraissait plus âgée. N'empêche qu'elle était toujours canon. Elle me sourit, referma la porte en silence, s'appuya contre le chambranle et murmura :

— Toi non plus ?

— Ça se bouscule trop dans ma cervelle…

Elle indiqua d'un signe de tête le bouquin que je tenais à la main.

— Tu apprends des choses ?

— Tout est anal et sexuel pour ces gens-là. Tu dis que tu as envie de faire caca ou de baiser et t'es catalogué *illico presto*.

— Ah ouais ? J'allais me faufiler dans la cuisine pour me servir un verre de lait. Tu penses que je risque de réveiller Leonard ?

— S'il était hétéro, le simple fait que tu passes à côté de lui dans cette tenue suffirait à le faire sauter en l'air. Je suis d'ailleurs surpris que toute la maison ne soit pas déjà sur pied. Habillée comme ça, tu devrais sonner comme un carillon.

— Tu veux du lait ?

Elle adorait les compliments.

— Volontiers.

Elle revint avec deux petits verres à moutarde, à moitié pleins, m'en tendit un et s'assit à côté de moi. Je ne pus pas m'empêcher de passer mon bras autour de sa taille.

— Pourquoi t'es toujours à emmerder Howard ? souffla-t-elle.

— J'peux pas saquer ce mec. C'est un con.

— Il n'est pas si mal que ça.

— Sans doute, puisque tu couches avec lui.

— Je l'aime bien. À une époque, je l'aimais. Pas comme toi, mais je l'aimais.

— Oh-oh, et voilà, c'est reparti…

J'ôtai mon bras.

— Remets-le, idiot !

Elle croisa les jambes et son tee-shirt remonta bien trop haut. Elle n'avait pas de culotte. Je l'enlaçai à nouveau.

— Tu n'aurais pas oublié quelque chose ? murmurai-je.

— Howard l'a balancée quelque part.

— Ce n'est pas ce que je voulais entendre.

— C'est pourtant la vérité.

— Parfois, un petit mensonge, c'est mieux.

Elle posa son verre sur la table basse et m'embrassa dans le cou.

— Tu comptes te taper tous les hommes présents dans cette maison, cette nuit ? demandai-je.

— C'est censé me mettre en colère ?

— Ouais.

Nouveau baiser dans le cou.

— C'est toi, le seul homme dans cette baraque.

— Putain, Trudy !

— T'aimes bien quand je te dis ça, hein ?

— Si j'y croyais, j'aimerais davantage.

— Je te cite : « Parfois, un petit mensonge, c'est mieux. »

Je souris.

— Allons faire un tour en voiture, Hap.

— Maintenant ?

— Mmh-mmh.

— Vous risquez de vous geler les miches, ma petite dame, roucoulai-je.

— Donne-moi une minute.

Elle se leva. Elle rouvrit la porte avec précaution, se retourna et me sourit avant de disparaître dans le couloir. Je l'imaginai en train de se glisser sur la pointe des pieds dans la pièce qu'elle partageait avec Howard et chercher à tâtons sa culotte et ses fringues…

Un peu plus tôt dans la journée, j'avais visité le reste de la maison, juste pour savoir où j'étais ; leur chambre était exiguë, avec un matelas posé à même le sol et une pile de couvertures entassées dessus, plus des canettes de Coca balancées n'importe où.

À l'autre extrémité du couloir, Paco et Chub étaient installés dans un endroit un chouïa plus grand. Chub avait droit à un matelas défoncé, au beau milieu de la pièce, tandis que Paco occupait un lit de camp dans un coin. Ameublement sommaire : une chaise avec des vêtements empilés dessus et un petit carton avec les livres de Chub, tous sur des sujets conçus uniquement pour être lus sous la menace de la torture.

Trudy réapparut moins de cinq minutes plus tard. Cette fois, elle portait une chemise et un jean, des chaussures de travail noires éraflées et une épaisse veste rouge et bleu. C'était la plus mignonne des bûcheronnes imaginables.

Elle agita un jeu de clés sous mon nez.

— La Volvo, dit-elle.

— Ça va pas faire chier Howard ?

— Bien sûr que si.

J'enfilai mon manteau et on embarqua. Trudy prit le volant. On sortit en marche arrière. La glace, dans l'allée, craqua sous nos pneus. On gagna la nationale et on roula en direction de Tyler, à une vingtaine de kilomètres de là. Le chauffage de la voiture prit son temps pour démarrer et on avait l'impression de rouler dans un camion frigorifique. La route était droite et il n'y avait presque pas de verglas. Les gars de la voirie étaient sans doute passés avec la saleuse. Par endroits, là où la glace était vraiment épaisse, ils avaient balancé du gravier.

Je me blottis contre Trudy, la tête contre son épaule ; elle m'embrassa sur la joue. Elle roulait avec un bras autour de mon cou et je respirais son parfum mêlé à la légère odeur de moisi de sa veste en laine.

Je me sentais bien, mais aussi un peu con. Ma vieille culture macho me disait que les positions auraient dû être inversées. J'espérais que personne ne nous verrait dans cette situation.

On roula comme ça un long moment. Puis elle annonça :

— Je voulais faire un tour avec toi parce qu'il fallait qu'on parle.

— Sur ce que vous, le peuple, avez prévu ?

— *Vous, le peuple ?*

— Tu sais bien, le pouvoir au peuple et tout ça…

— T'es vraiment devenu cynique, hein ? Bon sang, l'ancien Hap Collins me manque.

— Il ne te manquait pas plus quand je purgeais ma peine en prison ?

— T'as jamais digéré ça, hein ?

— Disons que c'est le genre de détail qui pèse sur l'esprit d'un homme.

— Bon, tu m'as vraiment manqué, d'accord ?

— J'ai apprécié la manière dont tu me l'as prouvé…

— J'ai jamais prétendu être parfaite. Je suis désolée que ça se soit passé comme ça, mais ce qui est fait est fait. Je ne peux pas revenir en arrière, alors oublions ça, tu veux ? Et j'ai aucune envie de te parler des projets de notre groupe. Je pensais plutôt trouver le courage de te dire quelque chose sur moi que tu ne sais pas. Un truc que tu dois savoir. En souvenir du bon vieux temps.

— Quel genre de truc ?

— Quelque chose de plutôt horrible.

15

— J'ai tué Piailleur, murmura-t-elle.

— Notre piaf ?

— Oui. Tu pourrais retourner à ta place pendant que je te parle de ça ?

Je m'exécutai.

— C'est compliqué, Hap. Piailleur était notre oiseau, mais c'était aussi le symbole de notre relation.

— J'ai comme l'impression que t'as lu les bouquins de Chub, toi.

— Je réfléchis, je ne fais que ça depuis des années, je cogite. J'essaie de comprendre pourquoi je suis incapable de réussir mes relations amoureuses. Je plonge dedans la tête la première, je suis super motivée pour que ça marche, mais je n'arrive pas à tenir sur la durée. C'était toi, le meilleur. J'ai eu de la chance, là. Mais j'ai foiré avec toi. Comme toutes mes autres histoires. Tu vois, j'ai besoin d'avoir mon preux chevalier vêtu de sa blanche armure. Je sais bien que c'est débile. Qu'il faut apprendre à être soi-même, qu'une femme doit être indépendante et toutes ces foutaises, mais malgré ça, il me faut ce foutu chevalier servant. Et si l'homme qui m'intéresse ne l'est pas, alors j'essaie de le transformer pour qu'il le devienne. Je le lance dans une quête, mais dès que ça s'arrête, je perds tout intérêt pour lui et pour la cause que je lui avais demandé de défendre. Je peux me rebrancher sur cette cause, mais alors pour avancer je dois avoir un chevalier à mes côtés. Parce qu'il ne se bat pas seulement pour la cause, mais aussi pour moi. Sans doute que ça me donne l'impression d'être aimée. D'être importante. Tu comprends ?

— Mais qu'est-ce que ça a à voir avec Piailleur ?

— Je vais y venir. Bon, quand la cause s'empare vraiment de mon chevalier — dans ton cas, c'était la prison —, j'ai l'impression d'avoir été trompée. Comme si ça n'avait plus rien à voir avec moi. Tout se délite. Alors je veux recommencer, me trouver un autre défenseur. Sauf qu'avec toi, c'était impossible, à cause de Piailleur. C'était juste un oiseau, je sais, mais il me donnait l'impression qu'on était toujours liés. Le reste n'avait pas créé d'aliénation — la cause, l'amour qu'on avait partagé… Par contre, ce volatile était le rappel vivant de notre histoire. Il refusait de se tirer. Il était complètement dépendant de moi. Et je ne pouvais tout simplement pas l'abandonner. Il aurait souffert dans la nature ; il n'aurait pas survécu. Mais je n'avais pas envie de commencer une nouvelle vie en l'ayant avec moi. Il me rappelait mes échecs passés. Mes amours, tout ça.

« Alors j'ai rempli la baignoire, j'ai pris Piailleur et je l'ai tenu sous l'eau jusqu'à ce qu'il soit noyé. Ça a été rapide. Il n'a pas souffert. Mais j'y pense toujours. Je porte le fantôme de ce putain d'oiseau comme un poids sur mon âme.

« Pourtant, sur le moment, je me suis sentie bien. Pas à cause de sa mort, mais parce que j'avais pris une décision toute seule. Et sans que j'aie eu besoin de pousser quelqu'un à agir à ma place. Ça aurait dû être un tournant dans ma vie. Mais à l'époque je n'ai pas vraiment compris pourquoi j'avais agi de cette manière. Je savais que je voulais me libérer de quelque chose, mais de quoi ? Tu as été mon premier grand amour ; mais, à une plus petite échelle, avec les garçons au collège, et puis avec deux autres quand j'étais en fac, j'avais déjà mis en place une sorte de schéma récurrent : je modèle un mec pour qu'il devienne quelqu'un de spécial. Et comme c'est un type spécial et qu'il m'aime, alors ça signifie que moi aussi je suis exceptionnelle. Envers et contre tous, on ne forme plus qu'un… ce genre d'imbécillités, quoi. Tu vois, tuer Piailleur, c'était tuer un symbole.

— Je pense que l'oiseau a dû ressentir les choses différemment, dis-je.

— Malheureusement, ce sentiment de liberté n'a pas duré. Je suis retombée dans mes travers. J'ai trouvé un nouveau preux chevalier et je l'ai laissé diriger ma vie. Et quand ça l'a entraîné loin de moi, je me suis remise en chasse, encore et encore… Aujourd'hui, je vois plus clair dans tout ça. Ce que je veux dire, Hap, c'est que je suis prête à tuer un autre oiseau. Et cette fois, cet oiseau, c'est mon ancien moi. Je vais le noyer et devenir une nouvelle personne qui croit en elle-même et en un idéalisme qui ne soit pas seulement un prétexte pour me sentir appréciée et aimée. Je veux être une femme qui n'a pas besoin d'un homme pour lui ouvrir la voie en prétendant combattre et souffrir pour elle, la blonde dame de ses pensées. Une femme qui ne dit plus : « Regardez comme mon homme trace la route. » Parce que, aujourd'hui, *je* suis capable de tracer ma propre route. Et quoi qu'il advienne, de mener les choses jusqu'au bout.

— Putain, Trudy ! T'es engagée dans une opération majeure d'intellectualisation, rien d'autre. Tu n'es pas en train d'apprendre à être indépendante. Tu viens simplement de découvrir à quel point t'as toujours été égoïste, pas plus, et tu te trouves des excuses en faisant de la psychanalyse à deux balles, comme Chub.

— Tu penses ce que tu veux.

On garda le silence un certain temps.

— Ces choses que tu mèneras jusqu'au bout, dis-je enfin. Ça a l'air sérieux.

— Disons que je suis motivée. J'aimerais t'avoir avec nous dans ce projet, mais je n'ai pas besoin de toi comme à l'époque. De Howard non plus, d'ailleurs.

— Pourquoi t'es venue nous chercher, alors ?

— Pour votre aide matérielle. Rien à voir avec avant, quand tu étais mon chevalier servant. Je veux juste croire en quelque chose de si fort que cette foi et ma conviction intérieure me porteront. Comme ces moines qui se sont immolés par le feu pour protester contre la guerre du Vietnam. C'est ce genre de dévouement que je souhaite avoir.

— Ça, c'est sûr, ils étaient très dévoués. Mais ils sont morts brûlés.

— Tout a mal tourné, Hap. C'est pire que dans les années soixante, parce que aujourd'hui plus personne n'en a rien à foutre. Quelqu'un doit faire quelque chose, même si ça revient juste à remuer la soupe… On pourrait amener les gens à réfléchir. Ils sont tous tellement apathiques ! La couche d'ozone est rongée par les polluants des aérosols ? Et alors quoi ? On meurt de faim dans les rues de nos villes ? On s'en branle. Pourquoi le gouvernement devrait-il financer la lutte contre le sida ? C'est une maladie de pédés, non ? Les citoyens ne vont même plus voter, parce qu'ils savent que tout ça n'est que mensonges, Hap.

— N'oublie pas le massacre des bébés phoques, dis-je. Des baleines. Et des moineaux, comme Piailleur.

— J'ai fait ce que je devais, Hap. C'était terrible, mais on a parfois besoin d'affronter des trucs terribles pour progresser. Pour que quelque chose de meilleur puisse naître.

— Trudy, il va falloir que tu deviennes adulte, un jour. Tu ne peux pas prendre sur toi toute la misère du monde. Personne n'en est capable.

— Je suis désolée pour toi, Hap. Il n'y a plus rien en toi pour repousser l'obscurité.

Quand on arriva à Tyler, Trudy fit demi-tour et on repartit dans l'autre sens.

— T'as l'air de vouloir éviter de m'expliquer ce que vous avez prévu quand vous aurez récupéré ce fric, remarquai-je soudain.

— Je pensais te le dire cette nuit, Hap. Mais j'ai

changé d'avis. Tu pourrais décider de tout faire capoter, juste par rancune.

— Je suis peut-être en désaccord avec vous, mais je ne suis pas du tout rancunier.

— Peut-être que si. Tu n'es plus le même. Il se pourrait que tu sois un mec moins bien que ce que je croyais. J'espérais que tu serais avec nous, mais à présent je me dis que tu devrais peut-être te contenter de faire ton boulot et de prendre les choses telles qu'elles se présentent…

Fini les câlins et les embrassades… On n'échangea même plus un mot. Elle alluma la radio. C'était une station qui ne passait que des tubes des années soixante. Percy Sledge, *When a Man Loves a Woman*, puis The Turtles, *She'd Rather Be With Me*. Bonne musique, mauvais timing. C'était déprimant.

À notre retour au Nid à Hippies, j'étais sur le point de sortir de la voiture quand elle posa sa main sur ma cuisse.

— Tu ne peux pas avoir changé à ce point-là, Hap. Tu étais tellement… noble.

Je mis ma main sur la sienne, me demandant soudain si c'étaient ces doigts-là qui avaient tenu notre Piailleur sous l'eau et m'imaginant de quoi d'autre ils pouvaient être capables… Je saisis sa main et l'abandonnai sur le siège entre nous.

— Fais gaffe, Trudy, tu retombes dans les clichés du preux chevalier… Toi aussi, tu as changé. Peut-être que tu as enfin trouvé la volonté et le dévouement que tu as toujours voulu avoir, mais j'ai bien peur que t'aies perdu autre chose du même coup.

— Pour moi, cette perte est un gain.

— Peu importe. En ce qui nous concerne toi et moi, je pense que trop de sang a coulé sous les ponts.

Là-dessus, je descendis de la Volvo et j'entrai dans la maison sans l'attendre. Je regagnai la véranda de derrière, j'ôtai mon manteau, mes chaussettes et mes chaussures, et je m'enroulai dans mon sac de couchage.

J'entendis Trudy franchir la porte du couloir, puis plus rien.

Je restai allongé là, à écouter les ronflements de Leonard et à essayer de m'endormir. J'eus un sommeil agité et entrecoupé. À mon réveil, je me souvins de quelques rêves qui m'avaient hanté.

Des rêves qui auraient dû être drôles, mais qui ne l'étaient pas. Comme cette douce main féminine qui me serrait la gorge et me tenait sous l'eau, dans une baignoire. Ma bouche était ouverte, j'avais un bec à la place de mes lèvres et je crachais des bulles.

Ensuite, je flottais sur le ventre. Mon dos était couvert de plumes et l'eau de la baignoire était rouge sang.

16

Le lendemain matin, je traînai dans mon sac de couchage jusqu'à ce que Trudy et Howard partent au travail. Je n'avais aucune envie de croiser leurs regards — je ne voulais voir ni la déception dans les yeux de Trudy, ni la douleur dans ceux de Howard. Ce crétin s'était probablement réveillé au beau milieu de la nuit, il avait constaté l'absence de sa gonzesse et il s'était imaginé qu'on était en train de baiser comme des bêtes quelque part jusqu'aux petites heures de l'aube.

D'après moi, Trudy n'était pas fâchée qu'il le pense. Personnellement, j'aurais bien aimé que les choses se soient passées ainsi.

Et j'aurais aussi préféré n'avoir jamais appris la vérité sur notre Piailleur.

Quelqu'un était allé faire des courses la veille. Leonard fit donc griller des tranches de pain à la poêle ; on les tartina de beurre et on les accompagna d'un mauvais café réchauffé à la consistance de mélasse.

Dehors, le temps était froid, mais toujours dégagé.

On roula jusqu'aux marécages et on mit en œuvre notre stratégie de recherches.

Notre plan était assez simple : on suivait la route principale et, chaque fois qu'on tombait sur une intersection où la voiture pouvait s'engager, on y allait.

Certaines de ces intersections finissaient par revenir à la route ; d'autres rejoignaient de petits chemins latéraux.

Quand une piste se terminait en cul-de-sac dans la forêt ou sur les berges de la rivière, ou qu'elle était trop boueuse pour que la bagnole puisse y rouler, on continuait à pied, dans l'espoir que je repère un truc familier qui nous mènerait à un affluent où se dresserait ce putain de pont de fer.

En fait, on marcha la plus grande partie du temps. Leonard maudissait les broussailles et les troncs d'arbres pourris qu'il nous fallait franchir et enjamber. À mon avis, c'était surtout pour me foutre la pression, car les randonnées dans les bois ne lui avaient jamais posé problème. Il voulait simplement me rappeler que cette histoire était une connerie et qu'il n'était là que pour me faire plaisir.

J'essayais de l'ignorer et de me concentrer sur les cris des oiseaux et les clapotis de l'eau. Tous ces bruits me rappelaient ma jeunesse, quand je pêchais dans le coin et que je traquais les poissons-chats dans les méandres de la rivière — les « truites de la Sabine », comme on les appelait à l'époque. Gris métal, fins et gracieux, avec des têtes pointues et de larges queues fourchues. Les plus gros restaient au fond ou se planquaient dans les immenses racines des arbres qui se développaient sous la surface. On les nommait « chats de vase » ou « têtes plates ». C'étaient d'énormes silures, couleur de boue, qui pouvaient atteindre cinq mètres de long et peser jusqu'à cinquante kilos, avec une queue étroite et une bouche démesurée, assez large pour avaler un enfant. Et à en croire les rumeurs, c'était déjà arrivé.

Ici, des brochets alligators avaient certainement déjà mordu des gosses ou emporté au fond, pour en faire leur petit goûter, des chiens qui avaient sauté à la baille. Ces carnassiers mesurant jusqu'à trois mètres de long, effilés, racés et agressifs, étaient les barracudas des eaux douces, des monstres conservant dans leurs gènes les souvenirs violents de leurs ancêtres qui s'étaient baladés dans les océans préhistoriques.

Et puis, de temps en temps, on tombait sur le vrai maître des lieux : l'alligator. Je n'avais jamais entendu dire qu'il y en avait beaucoup dans cette section de la Sabine et, dans mon enfance, je n'en avais aperçu qu'un seul, une fois, et de loin. Et puis j'en avais vu un autre, de plus près, mais il était mort, dans la benne du pick-up d'un pêcheur garé devant la quincaillerie du père Coogen.

D'après ce que j'en savais, à cette époque de l'année, ces monstres hibernaient. Du moins, je l'espérais. Rares ou non, il n'en fallait qu'un seul pour vous régler votre compte. C'était le genre de bestiole qui n'hésiterait pas à dévorer un homme en combinaison de plongée, avec bouteilles et tout. Ouais.

En revanche, j'étais certain que les mocassins d'eau — les serpents les plus dangereux des États-Unis — étaient en train de pioncer, et ça me soulageait vraiment de le savoir…

L'hiver, si glacial soit-il, avait donc ses avantages.

On poursuivit nos repérages jusqu'à midi, puis on fit un saut en ville pour acheter du pain, du pâté et des bières, avant de revenir au cœur des marécages, où on trouva une petite route qui se terminait sur le bord de la rivière. On s'installa sur le capot de la voiture et on pique-niqua.

On ne parla pas beaucoup. On contemplait l'eau brune qui coulait devant nous avant de s'étaler dans une zone envahie d'écume sale, là où le lit de la Sabine s'élargissait, un peu plus loin sur notre gauche.

— Au printemps, ce serait bien de venir pêcher ici, dis-je.

— Ouais, grommela Leonard.

Une autre demi-heure s'écoula.

— Bon, faudrait peut-être s'y remettre, proposai-je en finissant ma bière.

— Ouais.

Tandis qu'on marchait le long de la berge, le vent se leva, charriant un froid humide qui montait de l'eau ; le ciel avait viré au gris ciment.

On progressa sur la rive jusqu'à ce que ce ne soit plus que de la boue et du gravier et qu'on ait du mal à avancer sans se casser la gueule. On allait faire demi-tour quand j'aperçus un grand arbre fendu en deux par la foudre ; une moitié noircie reposait sur la berge et l'autre était partiellement engloutie dans l'eau.

Je regardai ça de plus près.

— À une époque, c'était un grand arbre, dis-je.

— Toi y'en a être trop astucieux, bwana ! s'exclama Leonard. Toi, le visage pâle, avoir des putains d'yeux de lynx ! Toi savoir faire la différence ent'e grands arb'es et petits arb'es. Toi visage pâle y en a êt'e un gros malin de fils de pute…

— De mon temps, poursuivis-je, un vieux pneu pendait de cet arbre au bout d'une corde. C'était comme une balançoire au-dessus de la rivière.

— T'es en train de m'annoncer que tu te souviens de ce coin ?

— De là, on sautait à la flotte, et puis on remontait sur la berge et on recommençait.

— On est près du pont de fer ?

— Aucune idée. Je me rappelle juste cet arbre et la balançoire.

— Mais c'est un repère qui pourrait t'aider à le retrouver ?

— Probablement pas. Je ne vois pas le lien entre cet endroit et ce foutu pont. Je sais qu'on avait l'habitude de venir ici, c'est tout. En revanche, le pont de fer se trouve de ce côté de la Sabine, j'en suis sûr. Il franchit à moitié un affluent de la rivière, sur cette rive. Cet arbre m'a remis ça en tête.

— C'est un début, grogna Leonard. Concentrons nos recherches sur cette berge.

— Il n'est pas vraiment proche de la rivière, si je me souviens bien. Il est plus loin sur cet affluent.

— Celui que tu ne peux pas situer ?

— Exactement.

— Bon, bwana, nous quoi faire maintenant ?

— Il reste de la bière ?

— Nan.

— Alors j'imagine qu'on n'a plus qu'à continuer.

17

On reprit donc notre quête, sur des petites routes défoncées qui n'étaient parfois guère plus que des pistes. C'était la fin de l'après-midi, deux heures à peu près avant la tombée de la nuit. On négociait un virage et je regardais par la fenêtre quand, soudain, j'aperçus un poteau rouillé... et — boum ! — une explosion se produisit dans ma tête. Au début, je ne compris pas ce qui venait de se passer. Leonard roulait toujours. Puis, peu à peu, les débris de cette déflagration remontèrent à la surface de ma mémoire et commencèrent à former une silhouette identifiable. Je lui demandai d'une voix calme, malgré mon excitation intérieure :

— Arrête-toi.

— Tu souris, constata Leonard. T'as vu quelque chose, c'est ça ?

— Fais demi-tour.

Il dut encore avancer un bon moment avant de trouver un endroit assez large pour pouvoir manœuvrer. On revint sur nos pas et on se gara à la hauteur du poteau rouillé. On descendit de la voiture et je regardai autour de moi. Mon sourire s'élargit.

— Quand on venait ici, à l'époque, il y avait un panneau métallique accroché à ce poteau, expliquai-je. Il est sans doute tombé quand les boulons ont rouillé ; il doit être enterré sous les feuilles mortes, les aiguilles de pin et quelques années de boue. Il prévenait que ce terrain était la propriété d'une entreprise pétrolière. Je ne me souviens plus laquelle. Quand on se baignait dans le coin, les chasseurs l'avaient déjà transformé en passoire et ce qu'il indiquait n'était plus d'actualité : ladite compagnie avait depuis longtemps perdu son droit de forage sur cette parcelle ; il était revenu au comté, ou à l'État du Texas, ou à quiconque en était propriétaire. Par contre, la petite route ouverte pour les camions et l'acheminement du matériel était encore là, abîmée et couverte d'herbes folles, mais toujours praticable.

— Aujourd'hui, elle a disparu, constata Leonard.

Je jetai un coup d'œil à la zone où, dans mes souvenirs, se trouvait ce chemin d'exploitation. Les arbres y étaient plus clairsemés et relativement jeunes. Par endroits, la terre était mélangée à du gravier qui, de toute évidence, avait été apporté jusqu'ici et avait gêné le développement de la végétation. Et si on prenait la peine d'étudier les lieux avec soin, on devinait encore la voie d'accès qui se faufilait dans les bois jusqu'à la berge.

— Je pense que c'est par ici que Softboy et ses potes sont passés après leur braquage, dis-je. Ils avaient planifié leur casse dans les moindres détails, mais quand ils ont vu de la flotte, ces pauvres crétins ont été persuadés qu'ils planquaient leur barque sur les berges de la Sabine.

— Alors qu'en fait il s'agissait du plan d'eau qu'enjambait le pont de fer ?

— Ouais.

On suivit tant bien que mal le tracé sinueux presque invisible de l'ancienne route en écartant les branchages et en piétinant les broussailles jaunies par le gel. Quand on atteignit la berge, on découvrit que cet affluent était aussi large et profond que la rivière elle-même. On comprenait aisément que quelqu'un ne connaissant pas la Sabine ait pu confondre les deux.

— S'ils ont vraiment foutu une voiture à la baille, comme l'affirme Softboy, ici ça me paraît le meilleur endroit pour le faire, non ? suggéra Leonard.

— Sauf qu'aujourd'hui elle n'est peut-être plus là… Au fil des années, avec les inondations et les courants, même un truc de la taille et du poids d'une voiture peut se déplacer petit à petit sous l'eau.

— Merci pour l'info, monsieur Je-Sais-Tout.

On suivit la berge. Les broussailles devinrent plus épaisses et commencèrent à déborder par-dessus la flotte. On n'avait presque plus de place pour poser les pieds. Parfois, on devait se cramponner à des branches et à des racines et avancer suspendus au-dessus de l'eau jusqu'à ce qu'on retrouve la terre ferme. C'était un vrai parcours du combattant et, malgré le froid, on était en sueur.

Le ruisseau finit par se resserrer jusqu'à être juste assez large et profond pour laisser passer une barque. Je me souvenais qu'il s'élargissait à nouveau au niveau du pont, puis qu'il redevenait tellement étroit un peu plus loin qu'on pouvait sauter par-dessus. Ensuite, il serpentait sur une bonne distance.

Une fois les sous-bois franchis, on arriva là où le ruisseau recommençait à s'étendre. À présent, sa rive était praticable. Des souches immergées et des nénuphars parsemaient l'eau sombre. De grands arbres la surplombaient et la recouvraient de leurs feuillages épais comme du macramé qui dégoulinaient de mousses et de lianes.

Et là, devant nous, un peu plus loin, se dressait le pont de fer.

Un demi-pont, plus exactement — car le financement avait été interrompu en cours de construction. La structure s'affaissait, mangée par la végétation. Les poutrelles en acier, là où elles étaient encore visibles, avaient pris une couleur de rouille.

— Pourquoi édifier ce truc à cet endroit ? s'étonna Leonard. S'ils l'avaient bâti juste un peu plus loin, ils auraient terminé le chantier en un après-midi !

— Je crois qu'ils comptaient agrandir tout le plan d'eau, creuser le lit de la Sabine et de ses affluents pour en faire un gigantesque fleuve. Ils avaient des projets grandioses, comme dirait un prédicateur baptiste. Ils pensaient trouver tellement de pétrole ici qu'ils devraient utiliser des barges. Ils avaient prévu d'apporter les équipements lourds et les machines par la rivière depuis le nord, puis d'évacuer le pétrole de la même façon, mais vers le sud. Et puis tout s'est arrêté avant même d'avoir vraiment commencé. Il y a des forages et des puits abandonnés un peu partout dans ces bois.

— Tu sais quoi ? dit Leonard. Je suis un peu excité, là. S'il y a une bagnole dans ce trou d'eau, il pourrait aussi y avoir une barque avec un paquet de fric à l'intérieur… Trouver cette caisse confirmerait la véracité de l'histoire. Il nous reste une heure avant la tombée de la nuit. Qu'est-ce que t'en penses ?

— Vu qu'on est là, autant le faire maintenant, acquiesçai-je.

On retourna à la voiture et on ouvrit le coffre. Les bouteilles de plongée étaient soigneusement emballées dans de la mousse de latex pour éviter qu'elles se heurtent et nous envoient direct en enfer en explosant. C'était tout à fait possible, car ces bouteilles étaient des putains de bombes.

Leonard s'installa sur le siège arrière et se déshabilla. Avant d'enfiler sa combinaison, il s'enduisit entièrement le corps avec de la graisse en tube pour qu'elle adhère à sa peau. Puis il ressortit de la voiture, fixa les bouteilles sur son dos et mit son masque.

Après, ce fut mon tour.

Je détestais ce passage avec la graisse.

On rangea nos fringues dans le coffre, on prit un rouleau de vingt mètres de filin de sécurité et on descendit jusqu'à la rive, palmes à la main.

Leonard s'attacha et entra dans l'eau le premier tandis que je déroulais la corde au fur et à mesure en lui laissant juste assez de jeu pour qu'il puisse se déplacer.

Il ressortit quelques minutes plus tard et s'ébroua. Il cracha son détendeur et ôta son masque. Son visage était grisâtre.

— Pas de voiture ? demandai-je.

— Rien à foutre de ta bagnole ! Oh putain !

Il s'assit sur la rive, respira profondément plusieurs fois et commença à trembler. Il claquait des dents.

— Plutôt frisquet, hein ?

— Celui qui a appelé ces saloperies « combinaisons étanches » était un petit rigolo. J'ai de l'eau partout à l'intérieur — et bordel, qu'est-ce qu'elle est froide ! Tu peux me croire, mon pote. Mes couilles ont la taille d'un grain de raisin.

— Tu veux dire, avant ou après ton bain ?

— Très drôle ! Écoute, c'est plus profond que tu ne pensais.

— Je me rappelle que ça l'était, dis-je. Je venais pêcher et nager par ici.

— Il y a aussi un léger tourbillon.

— Ça, je ne m'en souviens pas.

— Il n'est pas trop méchant, mais ça peut te surprendre. Il se trouve à peu près à l'endroit où j'ai refait surface. Bordel, je suis gelé jusqu'à la moelle.

— Je ne vais pas rester très longtemps.

— Je m'en doute bien. Je peux te dire qu'ici à l'air libre la température est tropicale comparée à celle de là-dessous. Et il fait noir. Tellement noir que quand tu remontes, t'as l'impression que tout est en feu autour de toi.

— Si t'avais suivi tes cours de sciences nat' au lieu de te branler sous la table, Leonard, tu saurais qu'il faut plus d'énergie pour chauffer un centimètre carré d'eau froide que pour chauffer un centimètre carré d'air froid. Et que l'absence de lumière crée l'obscurité.

— Écoute-moi, gros malin. Au début, tu seras engourdi et un peu désorienté. Si t'as l'impression de ne plus savoir où t'es, ne perds pas ton temps à attendre d'être complètement dans les vapes, remonte direct ou tire sur la corde et je te filerai un coup de main. Là, je ne rigole pas, Hap. Une eau pareille, ça peut te jouer de vilains tours.

— Compris.

Je fixai la corde à mon ceinturon avec un nœud simple, au cas où elle s'accrocherait quelque part. Leonard s'empara de l'autre extrémité, mais resta assis.

Je mis mon masque, plaçai le détendeur dans ma bouche, enfilai les palmes et me glissai dans l'eau.

Pendant une seconde, je ne sentis rien, puis la noirceur et la paralysie s'emparèrent de moi. Le froid traversa ma combinaison comme un rayon cryogène. On aurait dit qu'on m'avait collé un glaçon sur une dent cariée — sauf que là, la douleur touchait tout le corps.

Je dus faire de terribles efforts pour m'obliger à respirer l'oxygène des bouteilles.

Finalement, la vague noire se retira et je sentis des milliers d'insectes glacés courir sur ma peau — c'était l'eau qui pénétrait dans ma combinaison.

Je repris mes esprits tant bien que mal et je nageai vers le fond. Leonard relâchait le filin au fur et à mesure que je descendais.

Je n'eus pas à aller bien loin pour toucher le fond, et pourtant cela me parut durer une éternité.

J'avais l'impression que mon cerveau, mon cœur et mes poumons allaient dégueuler de la glace. Je n'y voyais que dalle. L'eau était boueuse à cause des récentes pluies diluviennes et des inondations dues à la fonte des neiges. Je rampai sur le fond comme un crabe.

Je voulais remonter, mais je n'arrivais pas à en donner l'ordre à mon corps. Respirer à travers le détendeur, me souvenir de l'endroit où j'étais, de ce que je fabriquais là et du fait que l'air libre et la lumière se trouvaient pas très loin au-dessus de moi accaparaient toute ma concentration.

Je finis par me rappeler que j'étais à la recherche d'une voiture. Ah, ah, c'était marrant, une voiture dans la rivière ! Normalement, les bagnoles, on les croisait sur les routes, non ? À une époque, j'en avais une, moi aussi. Aujourd'hui, j'avais un pick-up, mais avant je roulais en voiture. Leonard en possédait une aussi. Des tas de gens en avaient. Ou bien est-ce que c'étaient les voitures qui possédaient les gens ? Voilà une idée intéressante à laquelle réfléchir. Si j'avais eu un bloc-notes et un crayon, je l'aurais peut-être notée pour y repenser plus tard. Mais non, il faisait trop sombre pour écrire et le papier ne servirait à rien, ici. J'allais devoir me souvenir de cette histoire sans rien écrire pour y revenir un de ces jours…

Je sentis une secousse, comme si des fils étaient attachés à mes membres. Je ne compris pas ce qui se passait.

Leonard tirait sur mon filin de sécurité ?

Non. Ça venait de l'autre côté.

J'avais donc une seconde corde fixée à mon ceinturon ?

Non, je ne pensais pas.

Oh, le tourbillon. Je m'en étais rapproché et il m'aspirait.

Fallait cogiter. OK. Je suis sous l'eau. J'ai de l'oxygène. Je suis aussi glacé que le bout de la bite d'un pingouin. Je cherche une voiture. Pouet, pouet.

Le tourbillon m'emportait. Je n'avais plus de force dans les bras et je ne me sentais plus capable de nager. Je me laissai donc filer. Il n'était pas très puissant, mais assez quand même pour m'attirer. J'avais vaguement l'impression qu'il fallait que je fasse quelque chose, mais quoi ?

Puis le fond de la rivière disparut et, au-dessous de moi, le vide m'avala. J'étais juste sur le siphon. Dans ma jeunesse, on jouait à plonger dans les tourbillons et à leur échapper au dernier moment — mais, à l'époque, je n'étais pas aussi engourdi par le froid. Cette flotte était idéale pour mettre des bières au frais. Ensuite ce serait mieux de les boire dans un endroit plus chaud. Devant un bon feu de cheminée, voilà qui serait sympa. Avec quelques amuse-gueules, peut-être. J'aime bien grignoter quelques saletés salées quand je bois de la bière.

Quelque chose m'empêchait de remonter.

La corde. Elle s'était tendue. Leonard me tenait. Il me semblait que c'était bien, mais je n'en étais pas certain.

Mais attendez un peu ! J'étais dans le tourbillon et mes pieds touchaient un truc.

Le siphon n'était pas très profond. Je me demandai quelle taille il pouvait bien avoir. Peut-être que je pourrais installer une table de pique-nique au fond et y poser ma bière bien fraîche et mon sandwich ? Mais pour ça, j'allais devoir attendre l'été. Une seconde ! Impossible de boire de la bière sous l'eau. Ni de manger un sandwich. Le pain se déliterait. Et puis il aurait le goût de la flotte. Et elle était crade par ici…

Putain qu'il faisait sombre ! J'étais resté sous l'eau si longtemps que la nuit était tombée entre-temps ?

Qu'est-ce que mes pieds touchaient ?

Le filin me tirait en arrière. Leonard me remontait.

Bon sang ! Je ne lui ai rien demandé ! Je suis en train de réfléchir, bordel.

J'attrapai mon ceinturon, je le défis et le laissai tomber. Ah, parfait, le filin me fichait enfin la paix !

Je me penchai en avant et j'explorai du bout des doigts ce sur quoi reposaient mes pieds. C'était un machin flexible. Je l'attrapai des deux mains et m'y accrochai. Il se détacha et je commençai à remonter vers la surface.

Voyons voir… Est-ce que j'en avais envie ?

Puis quelque chose me saisit, fermement. Je voulus me débattre, mais j'avais ce truc à la main et ne voulais pas le perdre.

Mais pourquoi donc ? Autant l'abandonner et me défendre contre cette putain d'attaque !

Je pris le temps d'y réfléchir, mais quand je décidai finalement de tout lâcher, j'étais déjà à la surface. Leonard avait passé un bras sous mon menton et il me tirait vers la berge. La lumière du soleil m'aveugla. Il ne faisait pas aussi froid qu'en bas.

J'aperçus des arbres et des bouts de ciel entre les branches. Mes mains étaient engourdies, mais toujours accrochées à mon butin. Largue-le ! pensai-je. Mon cerveau n'avait qu'à ordonner à mes doigts : « Laissez tomber, bande de trouducs ! »

J'y parvins. J'étais allongé sur le dos. Ce putain de truc atterrit sur ma poitrine. Un monstre se pencha sur moi. Non, c'était Leonard. Il retira son masque et cracha le détendeur. Il m'appelait par mon nom, mais il avait l'air très loin. Il appelait aussi quelqu'un d'autre. Un certain Conrad ? Non, attendez un instant. Il disait « connard ». Est-ce qu'il parlait de moi ?

— Réponds-moi, connard ! Ça va ?

— Je crois que oui, soufflai-je.

— T'as détaché le ceinturon et le filin de sécurité.

— J'ai fait ça ?

— Ouais, t'as fait ça.

— J'avais pas les idées très claires là-dessous.

— C'est l'eau, pauvre con. Je t'avais prévenu. Elle est trop froide. Notre équipement n'est pas adapté et on ne sait pas trop ce qu'on fait… Tu vas bien ?

— Mmh-mmh. Mais s'il y a une voiture là-dessous, on ne la trouvera jamais.

— Tu penses ?

Il attrapa le machin posé sur ma poitrine, l'essuya deux ou trois fois avec la main et me le plaça sous le nez.

C'était une plaque d'immatriculation rouillée.

On ôta nos combinaisons de plongée et on prit des Kleenex dans la boîte à gants pour se débarrasser de la graisse qui nous dégueulassait. Ensuite, on se rhabilla et on regagna le pittoresque centre-ville de Marvel Creek. On éclusa quelques Lone Star devant un hamburger au Bill's Kettle. Puis on fit une super folie : on s'offrit une part de tarte au chocolat et du café.

Quand on eut terminé, Leonard déclara :

— Bien sûr, il pourrait s'agir d'une tout autre voiture.

— D'après toi, quelles sont les chances pour qu'il y ait plusieurs bagnoles dans ce bras de la rivière juste à cet endroit ? Ce siphon est assez large et profond pour retenir une caisse des années, même pendant les hautes eaux et les inondations. Et en période d'étiage, je suis prêt à parier qu'il y a suffisamment d'eau dans cette fondrière pour qu'on ne la voie pas.

— Mec, on a juste une plaque d'immatriculation, là, pas une bagnole.

— Elle était accrochée à une bagnole. J'ai réussi à l'arracher parce qu'elle était rouillée.

— Tu sais quoi ? Finalement, cette barque pourrait bien se trouver quelque part dans le coin ! Et avec un peu de bol, l'argent aussi.

— Non, avec une grosse dose de bol. Au fait, je t'ai remercié de m'avoir sauvé la vie ?

— Pas assez pour l'instant. Un peu plus d'humilité de ta part serait sympa, en effet. Je suis descendu là-dedans sans corde et je t'ai remonté en prenant de grands risques pour ma propre vie.

— Grands comment, les risques, à ton avis ?

— Énormes. J'ai dû lutter contre le tourbillon et

le froid, et après contre toi. Je ne connais personne qui soit plus courageux que moi.

— Ni plus modeste.

On continua à déconner comme ça jusqu'à ce que ça nous fatigue. Puis on décida qu'on n'avait aucune envie de retourner au Nid à Hippies pour se les geler en dormant sur une véranda glaciale et à moitié asphyxiés par des vapeurs de butane. On acheta de la bière et du vin bon marché et on prit une chambre dans un motel miteux. On resta éveillés une bonne partie de la nuit à se raconter des craques, plus quelques vérités embarrassantes qu'on espérait faire passer pour des mensonges.

Leonard me parla de sa grand-mère, une femme géniale qu'il adorait, puis de son père qui lui avait mis des roustes jusqu'à ce qu'il soit assez fort, à quatorze ans, pour se défendre en lui bottant le cul. Du coup, son vieux s'était tiré et n'était jamais revenu ; le diabète et les rêves brisés avaient tué sa mère. Il avait alors estimé qu'un passage dans l'armée lui ferait du bien. Il sauta l'épisode du Vietnam. De toute façon, je l'avais déjà entendu et il le savait — mais un ivrogne n'en a rien à foutre de ce qu'il a raconté par le passé, il ne se soucie que du moment présent et de ce qu'il ressent ici et maintenant. Laisser remonter tous ces souvenirs à la surface, c'est comme se remettre un bon vieux disque de blues qu'on a déjà écouté des centaines de fois. On connaît les paroles par cœur, mais ça fait quand même du bien.

Puis il changea de sujet et les souvenirs malheureux devinrent de joyeux mensonges. Il se mit à causer de ses chiens, et surtout de celui — mort depuis longtemps — qui était aussi intelligent que Lassie. Il sautait à travers des cerceaux et il était capable d'aller chercher de l'aide si nécessaire. Un autre coup de rouge et il m'aurait raconté que ce cabot savait conduire et fumait le cigare, voire qu'il se faisait une petite grille de sudoku de temps en temps.

Mais il n'alla pas jusque-là... Il se ramollit et commença à laisser des blancs dans la conversation ; alors, ce fut à mon tour de me mettre à parler de mes rêves perdus. Le futur, qui était devenu notre présent, n'était pas vraiment celui que j'avais espéré...

Il m'écouta attentivement, il était doué pour ça, et il acquiesça à tout ce que je disais. Il me suivait dans mon monologue, connaissait mon baratin, hochait la tête aux bons endroits, tout comme moi je l'avais fait quand il m'avait raconté pour la millième fois l'histoire de sa grand-mère trop gentille, de son père qui s'était tiré et de sa mère qui était morte... Et puis j'évoquai Trudy et le Piailleur, amenant le sujet de manière détournée dans la conversation. J'espérais un peu de compassion. J'estimais que je le méritais.

— Pauvre connard, commenta-t-il. Je t'avais dit que cette salope était un pur poison. Et Paco t'a donné son avis aussi. Tout le monde voit clair dans son jeu, mis à part les crétins qui se pâment d'amour pour elle. Bon, peut-être que si j'étais pas homo, moi aussi je m'y laisserais prendre... Mais vu de mon côté, c'est juste une pute qui sait embobiner les gens avec son baratin. Et toi, t'es qu'un débile de première, incapable de faire la différence entre une envie de baise et le vrai et tendre amour. Sur ce, dors bien.

Ce que je préfère chez Leonard, c'est sa sensibilité. Mais laissez-moi vous dire un truc : son histoire sur ses clébards, c'était la dernière fois que je me la fadais, juré !

Le lendemain matin, les yeux gonflés et la quéquette collante, on rentra au Nid à Hippies pour leur annoncer la bonne nouvelle.

18

Quand on leur eut raconté notre découverte, il fallut encore deux jours pour rassembler tout le matériel nécessaire et pour planifier la suite. Ils se procurèrent des tronçonneuses, des haches et des coupe-coupe, ainsi qu'une barque en aluminium. Et, on ne sait trop comment, Howard réussit à convaincre son patron de lui prêter la dépanneuse le dimanche suivant.

L'opinion qu'il avait de Howard devait être nettement meilleure que la nôtre, à Leonard et moi. Pour ma part, s'il avait été en feu, au pire je ne lui aurais même pas pissé dessus pour le sauver, et au mieux j'aurais éteint les flammes à coups de pied.

Le dimanche, tout le monde retourna donc dans les marécages. Il faisait un froid de canard, le ciel avait un air bizarre et la pluie menaçait. On ouvrit un passage à la dépanneuse. Il n'était pas très large, mais en tronçonnant un arbre ici et là et en taillant dans les buissons, ce puissant camion aux monstrueux pneus réussit à avancer. On monta quelques cannes à pêche histoire d'avoir un alibi, mais à mon avis c'était stupide. Si quelqu'un constatait tout le mal qu'on s'était donné pour faire venir cette dépanneuse jusque-là, voyait nos combinaisons de plongée et nous prenait pour une bande de joyeux pêcheurs du week-end, ça signifiait qu'il était vraiment plus con qu'une brique.

On s'activa, sauf Paco. Lui, il disparut, comme souvent, et personne ne nous donna d'explication. Pour ma part, je m'en branlais.

Faisant mon fier à bras, je préparai ma combinaison de plongée. Je n'avais aucune envie de retourner là-dessous, mais je savais que, dans le cas contraire, ce serait Leonard qui s'y collerait et que je passerais pour une poule mouillée. Il s'était proposé pour y aller en premier et son offre m'avait tenté, mais j'avais affirmé que c'était à moi de commencer. Mon père disait toujours que, si on avait peur de quelque chose, le mieux était de l'affronter le plus tôt possible. De cette façon, on économisait un paquet de nuits blanches. Bien sûr, c'était aussi une attitude qui pouvait te faire tuer… Je me demandai si mon papa chéri avait envisagé cet aspect des choses ?

Je m'enduisis de graisse, j'enfilai la combinaison, puis j'attrapai le crochet de la dépanneuse et le câble de remorquage et je descendis jusqu'à la rive.

Leonard me rejoignit et demanda :

— T'es sûr de vouloir y aller ?

— Bien sûr que je ne veux pas.

— Mais t'y vas quand même ?

— Ouaip.

— Si t'as le moindre problème, je viens te chercher.

— Et comment tu le sauras ?

— Je ne te permettrai pas de rester sous l'eau

très longtemps, bouteilles de plongée ou non. Si tu ne ressors pas rapido, je descends, je te chope par la queue et je te remonte.

— Je sais que c'est ta partie préférée de l'anatomie masculine, Leonard, mais si ça ne te dérange pas, je préférerais que tu me remontes en entier, et pas seulement ma queue.

— Marché conclu.

Je mis mon masque et Howard donna du mou au câble de remorquage. J'entrai dans l'eau et filai directement vers le siphon qui m'aida à le trouver en m'aspirant ; je me laissai porter par lui. Au fond, il faisait toujours aussi noir et ça caillait tout autant. Je dus faire très attention à ne pas m'empêtrer dans le câble. Je paniquai un peu, mais je me concentrai sur ma tâche et nageai dans le courant. C'était moins difficile que la première fois. Je sentais la pression du froid, mais j'avais dû m'enduire de graisse plus correctement que l'autre jour, à moins que ma combinaison n'ait été mieux ajustée, car l'eau ne s'y infiltrait pas.

Une fois au fond, je plongeai la tête la première et je tâtonnai pour trouver ce à quoi la plaque d'immatriculation avait été accrochée. C'était bien un pare-chocs de voiture. Je l'explorai un moment de mes mains gantées. Oui, monsieur, ce que nous avions là était une véritable automobile ! Je fixai un peu au hasard le crochet au châssis, espérant que ça tiendrait, puis j'attrapai le câble et m'en servis pour remonter vite fait. Tout cela ne me prit que quelques minutes, mais quand je crevai la surface, j'eus l'impression d'être resté là-dessous une éternité.

Howard fit démarrer le treuil qui gémit, tendit le câble, s'arrêta, puis gémit à nouveau. Peu après, ma prise apparut. Impossible de dire de quelle couleur cette voiture était autrefois, car elle avait viré depuis une éternité au même gris-vert que le fond de l'eau vaseux et putride. La vitre arrière avait explosé et les restes du verre qui tenaient encore paraissaient fragiles comme des bouts de plastique froissés. Les pneus ressemblaient à des serpillières noires enveloppées autour des jantes. On avait brisé toutes les fenêtres, sans doute pour permettre à cette caisse de sombrer plus vite, et elles crachaient de la boue, dont la texture rappelait la chiasse d'un malade.

Une fois l'épave tirée sur la rive, on se rassembla autour d'elle.

— C'est bien une voiture, déclara Howard, mais est-ce la bonne ?

— Softboy avait des partenaires, répondis-je. Regardons si on trouve des os.

Le temps et les poissons auraient depuis longtemps fait un sort à d'éventuels cadavres, dont les os auraient pu être emportés par le courant ou les carnassiers. Mais si la bagnole était tombée directement dans la fondrière et était restée coincée dans les sédiments de la rivière, les squelettes étaient peut-être toujours là. Sinon, on allait peut-être trouver aussi d'autres preuves dans l'habitacle qui nous permettraient de faire le lien avec Softboy.

Les portières étaient bloquées. Howard en força une avec un pied-de-biche. Quand elle céda, elle dégueula de la boue que Trudy et Howard déblayèrent à la pelle. Ils ne tardèrent pas à tomber sur un crâne. Howard l'essuya avec sa manche et on constata qu'il avait un gros trou sur la tempe gauche et un plus petit sur la droite.

Trudy fouilla à l'arrière du véhicule et trouva bientôt un autre crâne boueux. Elle le souleva avec sa pelle ; Howard s'en empara et le nettoya de nouveau avec sa manche. Celui-ci avait un petit trou sur le front et un trou de la taille d'un poing à l'arrière.

— J'ai comme l'impression que Softboy vous a raconté des craques à propos de ses potes, ricana Leonard. Parce que ce qu'on a là, ce sont des tirs à bout portant. Le petit trou, c'est l'entrée de la balle et le gros l'orifice de sortie. Je pense que c'est lui qui les a achevés. L'argent conduit à de drôles de comportements.

— Pourtant, ça n'avait pas l'air d'être son genre, murmura Howard.

— Les choses ne sont pas toujours ce qu'elles semblent, philosopha Leonard.

— Cela dit, ajouta Howard, il ne m'a pas menti pour la bagnole. Et vous savez tous ce que ça peut signifier.

Du coup, on eut comme un accès de fièvre. Je tentai de repérer l'endroit où la barque de Softboy avait pu couler et je décidai que le mieux était de chercher des deux côtés du pont, là où c'était le plus profond. Leonard et moi, on se relaya pour plonger. C'était quasi abyssal dans cette zone ! Peut-être les types de la compagnie avaient-ils déjà dragué cette partie du marécage en prévision de la grande voie navigable qui n'avait jamais été réalisée ?

On explora le fond et, au début, on devint

fébriles chaque fois qu'on tomba sur un truc. La plupart du temps, c'étaient le genre d'ordures qu'on trouvait habituellement dans les rivières — canettes, bouteilles, emballages en plastique de détergents ou de sodas, toutes sortes de saloperies qui n'avaient rien à faire ici et auraient dû se retrouver plutôt à la décharge. Quand on repérait des objets plus volumineux, on accrochait le treuil et Howard les sortait de l'eau. Des fûts de deux cents litres remplis d'on ne savait quoi, des pneus et des roues, une boîte de vitesses, une tondeuse à gazon et, bien sûr, toujours très populaire, le rocher de forme irrégulière.

Pas de barque. Pas même de débris de barque.

J'avais moins peur de l'eau à présent — et je tentai de ne surtout pas oublier ça. Car l'excès de confiance est le meilleur moyen de donner, petit bout par petit bout, son âme au Diable. La combinaison me serrait un peu. La flotte commençait à s'y infiltrer et je sentais le froid me gagner. On plongea et on replongea. En fin de journée, j'étais épuisé.

On ne trouva ni barque ni argent. Finalement, on ôta nos combinaisons détrempées et on enfila des vêtements secs pour se réchauffer un peu et faire une pause. Paco arriva avec des sandwiches et du café ; Howard et lui s'éloignèrent pour discuter.

Notre fièvre de l'or retombait. Je me disais que cette barque avait coulé il y avait très longtemps et que des tas de choses avaient pu se produire depuis lors ; du coup, je me sentis déprimé. Si elle s'était brisée quand elle avait touché le fond, son contenu avait sans doute été entraîné peu à peu par le courant, et l'argent avec lui… Tout ça avait sans doute déjà rejoint la mer depuis belle lurette.

Trudy m'ignorait. Elle était absorbée par sa tâche — elle inspectait les débris qu'on avait remontés, dans l'espoir de repérer un fragment négligé qui aurait ressemblé à un truc appartenant à une embarcation… Je ne pouvais pas m'empêcher de la regarder ; sa façon de bouger avait quelque chose d'hypnotique.

Elle fit une pause et alla s'appuyer contre un monticule de terre, de plantes grimpantes et de broussailles qui s'élevait juste au bord de l'eau. La façon dont elle se tenait, avec son bassin qui pointait en avant, provoquait des élancements douloureux tant dans mon cœur que dans mon entrejambe. Et je pense qu'elle le savait parfaitement, putain !

Elle bougea ses hanches sans me regarder, d'une manière qui semblait naturelle mais pas tout à fait, et soudain elle se décolla de cette butte en se frottant le dos. Puis elle explora la terre des deux mains pour voir ce qui lui avait fait mal.

— On dirait un os, dit-elle, sans s'adresser à quelqu'un en particulier.

Je m'approchai et je vis le coin de quelque chose qui dépassait de la boue séchée. À mes yeux, c'était un morceau de rocher, mais même si ç'avait été un os de mammouth laineux, je n'avais pas vraiment le cœur à la paléontologie. Je pensai qu'elle faisait ce cinéma uniquement pour m'attirer dans ses parages et me torturer par sa seule présence.

Sans prendre garde à moi, elle se mit à creuser autour de sa trouvaille. L'objet qui apparut était nettement plus excitant qu'un rocher ou un os.

C'était la pale d'une hélice de bateau.

Elle regarda Howard et Paco qui contemplaient le plan d'eau.

— Il y a quelque chose ici ! leur cria-t-elle.

Ils nous rejoignirent, puis Leonard et Chub.

Howard examina sa trouvaille et dit :

— Oh putain, ça veut dire…

— Ça veut dire que c'est une hélice de bateau à moteur, le coupa Leonard. Mais pas nécessairement celle du *nôtre*.

— Comment se serait-il retrouvé ici ? demanda Chub.

— Il aurait pu être charrié sur la berge par une inondation et demeurer là quand l'eau s'est retirée, dis-je. Et comme personne n'a eu l'idée de venir chercher une embarcation par ici, il est resté coincé dans les broussailles et a été lentement recouvert par les feuilles mortes et le limon.

— Ou alors, on n'a là qu'un bout d'hélice et un tas de terre, observa Paco. Mais une chose est sûre : il y a une barque là-dessous, alors on ne va pas discuter pendant cent sept ans !

Tout le monde s'empara d'une pelle et on se mit à creuser avec une fébrilité d'asticots sur un cadavre. Howard, Paco et Leonard d'un côté, Chub et moi de l'autre, tandis que Trudy jouait de la truelle autour de l'hélice. Chub était tellement surexcité qu'il faillit m'assommer avec le manche de sa pelle, puis il m'érafla la cheville avec sa lame. Je dus le menacer de lui éclater la gueule pour qu'il se décide à faire un peu plus attention. Mais on était tous frénétiques et, quand Trudy mit au jour un gros morceau de moteur de hors-bord, on péta les plombs. On creusa et on creusa encore comme des dingues tandis que le soleil se couchait et que la température chutait, mais je ne m'en rendis compte que lorsque je me reposai un instant et que je sentis la sueur givrer sur mon visage. L'air glacial mordait mes narines, me déchirait la gorge et sifflait dans mes poumons qui m'élançaient comme une vilaine blessure.

N'empêche que je continuai à jouer de la pelle avec les autres.

Howard tourna la dépanneuse dans notre direction et alluma ses feux de route pour qu'on voie ce qu'on fabriquait. On augmenta la cadence et, quand on tomba sur un enchevêtrement de racines, Leonard se le fit à la Paul Bunyan[1]. Il les trancha en quelques coups de hache puissants et précis, et on recommença à bosser. Finalement, la pelle de Howard frappa quelque chose qui ne sonnait pas comme une racine ou un rocher. Il laissa tomber son outil, fouilla la terre à mains nues et mit au jour le couvercle tordu d'une bouteille thermos en aluminium.

Tout le monde s'immobilisa pour contempler cette trouvaille. Là, dans la lumière des phares et les éclaboussures du clair de lune, ce bout de métal nous paraissait aussi majestueux qu'un bouclier en argent massif.

— Ça se pourrait, ça se pourrait…, dit Howard.

On recommença à fouiller avec toute notre énergie. La population des taupes du monde entier n'aurait pas été plus efficace. On tomba sur des débris de

1. Bûcheron mythique du folklore des États-Unis.

bois qui auraient pu être des bouts de cette foutue barque. Ils étaient aussi friables que les bûches artificielles d'une cheminée à gaz.

Puis la pelle de Howard mit au jour un long récipient en aluminium, fendu en son milieu. On se figea et on le regarda en silence. J'eus soudain l'impression que de la lave en fusion venait de faire fondre la glace qui paralysait mon âme depuis si longtemps. Des années perdues étaient sur le point d'être récupérées. Des tas de possibilités me traversèrent l'esprit, se multipliant comme les têtes de l'Hydre de Lerne. Que ce fric puisse être en partie à moi et qu'il s'agisse d'argent volé et illégal me remplissaient simultanément d'extase et de culpabilité, un peu comme si ma mère m'avait chopé en train de me branler devant la photo d'une copine.

Howard essaya de débloquer le couvercle — en vain. Il se résolut finalement à casser en deux le récipient en le tordant à l'endroit où il était fendu. Lorsqu'il y parvint, quelque chose de noirâtre en coula. Trudy s'approcha avec une lampe torche et Howard en ramassa un peu ; il le froissa entre ses doigts en jurant.

Moi aussi, j'en pris un bout. C'était probablement l'argent en question. C'était noir et ça avait la texture d'un papier toilette mouillé. Encore un ou deux ans, et on aurait eu un bon compost de jardin.

— Il y avait plusieurs conteneurs, déclara Trudy. Ils ne peuvent pas tous être cassés.

— Bien sûr que si, répliqua Leonard.

Ses paroles nous firent l'effet d'une enclume nous tombant sur la tronche. J'étais un peu étourdi avec un creux dans le ventre, comme si j'avais la dalle — sauf qu'aucune nourriture n'aurait été en mesure de me rassasier. Les morceaux de barque et le conteneur nous avaient offert un moment de rêve, et voilà que ces putains de rêves menaçaient d'ouvrir leurs ailes et de s'envoler vers le sud pour s'en aller mourir parmi les carcasses de nos autres chimères…

Bien sûr, cet argent nous aurait permis d'oublier un paquet d'ambitions ratées, mais surtout, sans lui, on n'était qu'une triste compagnie de losers, gelés, cons et bredouilles sur la berge boueuse d'un ruisseau qui n'avait même pas de nom.

On recommença à creuser et à passer au crible des branchages et des débris de bois, de métal, de plastique et même de verre. Finalement, on tomba sur un second conteneur.

Celui-là était intact. Les mains tremblantes, Howard força le couvercle avec un tournevis et une clé à molette, et il s'ouvrit avec un bruit mat.

À l'intérieur : du pognon ! Il était protégé, dans un sac plastique, bien rangé en liasses et il paraissait en bon état. Howard déchira l'emballage et les liasses s'éparpillèrent autour de lui. Trudy les ramassa et, à genoux, commença à compter les billets.

J'entendais tout le monde respirer fort. On crachait de petits nuages blancs, on ahanait comme des trains grimpant une putain de dernière colline abrupte.

Il fallut plus de temps pour compter que je n'aurais imaginé. On était tous là, immobiles, à regarder les billets passer entre les doigts de Trudy. Au bout d'une éternité pendant laquelle des continents eurent le temps d'être engloutis puis de resurgir du fond des océans sur les épaules d'une éruption volcanique tandis que de nouvelles formes de vie émergeaient… Trudy finit par annoncer :

— Cent mille dollars.

La voix aiguisée par la cupidité, Howard ajouta :

— Il devrait y en avoir plus !

On se remit à creuser et, rapidement, on découvrit un autre conteneur. À nouveau, on compta le pognon. Cette fois, chacun en récupéra une partie et fit ses propres petits tas. On arriva pour celui-là à un peu moins de deux cent mille dollars. Tous les billets étaient en bon état. On mit au jour deux conteneurs supplémentaires bourrés de biftons. Dans l'un, il y en avait quelques-uns d'abîmés sur le dessus, mais le reste ne posait pas de problème.

On finit par raser le monticule, mais on ne trouva rien de plus.

On recompta l'ensemble de notre butin et on en fit le total : on avait un peu plus de quatre cent mille dollars ! Trudy prit les billets, en fit de petits rouleaux serrés et les remit dans les sacs qu'elle enveloppa solidement avec du ruban adhésif. Finalement, elle plaça le tout dans les deux conteneurs les moins endommagés.

— C'est beaucoup moins que le million prévu, déclara Howard.

S'il semblait que mon rêve serait un peu plus étriqué que je n'espérais, j'étais quand même content d'avoir quelque chose. En fait, j'avais un peu le vertige. Je regardai Leonard. Il hocha la tête.

— Putain, c'est déjà bien, net d'impôt, lançai-je.

Peut-être qu'il y a un ou deux conteneurs de plus dans la rivière, mais moi, j'en ai ma claque. Le butin n'a peut-être jamais été plus important. Parler d'argent, c'est comme parler de ses prises de pêche. Ça grossit dans la mémoire des gens, après coup.

— Hap et moi, on embarque notre part tout de suite, annonça Leonard. Je veux retrouver mes chiens et Hap est pressé de se tirer au Mexique.

Howard regarda Paco, puis Chub et Trudy.

— Tout de suite, hein ? répéta-t-il.

— C'est ça, confirmai-je.

— Eh bien, reprit Howard, donnez-moi une minute…

Il fit un pas en arrière et ouvrit son manteau, dont il sortit quelque chose. Il était dos aux phares et la lune n'éclairait pas grand-chose, mais j'y voyais suffisamment pour deviner ce qu'il tenait à la main.

Un petit automatique plat.

19

En fait, ils avaient chacun un flingue. Quand Howard avait sorti le sien, les autres l'avaient imité. C'était assez déconcertant, tous ces gens qui nous entouraient en pointant sur nous des pétards bon marché.

Howard prit le volant de la dépanneuse et Trudy celui du minibus. Chub conduisait la voiture de Leonard. Paco, assis sur le siège du passager, à l'avant, pointait sur nous son .32. À l'extérieur, les marécages défilaient le long de la route — une succession de bandes noires, de chênes aux doigts crochus et de sapins aux formes de bonnets d'âne. La lune se faufilait entre ces silhouettes sombres et jouait à cache-cache avec les nuages noirs qui roulaient dans le ciel.

Je ne regardais pas Leonard, car je sentais bien qu'il n'attendait que ça. Ça lui aurait permis de me lancer son célèbre coup d'œil qui disait : « Bien fait pour ta gueule, je t'avais prévenu. »

— Z'êtes une sacrée bande de rigolos, les mecs, dis-je à Paco. Je pensais que tes copains avaient besoin de ce fric pour financer leur cause, et que toi, tu le voulais juste pour toi. Au final, vous êtes tous dans le même sac, il n'y a que le pognon qui vous intéresse…

— Non, c'est pas vrai ! s'exclama Chub. On a un but. Le problème, c'est qu'il nous faut la totalité de cet argent. On pensait qu'il y en aurait plus et qu'on pourrait vous en laisser une part. Mais vu qu'il n'y en a pas autant que prévu, impossible de partager. On avait conclu un pacte entre nous : s'il n'y en avait pas assez, on garderait votre part.

— Il nous le faut pour un investissement, lâcha Paco.

— De la drogue ? demandai-je.

— Des flingues, dit Chub.

— J'imagine que vous allez les refiler à des révolutionnaires d'Amérique du Sud pour qu'ils luttent contre leurs oppresseurs capitalistes ? ricanai-je. Ou un truc du genre ?

— Ouais, un truc du genre, dit Chub. Sauf qu'on ne les refilera à personne. Les révolutionnaires, c'est nous.

— Oh merde ! fis-je.

— Super, déclara Leonard. Bozo le clown et ses potes lâchés dans la nature avec des pétards… Peut-être qu'ils auront même des munitions.

— Si on a besoin de tout ce fric, reprit Chub, c'est parce que les armes qu'on achète, c'est le top du top. Pas vrai, Paco ?

— Sûr.

— Paco nous a promis que, si on avait assez d'argent, il nous procurerait des armes tout de suite grâce à ses contacts. Des gens avec qui il a déjà bossé. Hein, Paco ?

— Vrai.

— Il est resté en rapport avec eux pendant tout ce temps, pour le cas où on trouverait ce magot, vous voyez ? Il a négocié les prix pour nous. On a décidé qu'il nous fallait un certain nombre de revolvers et beaucoup de munitions. Et des liquidités pour quand on passera à la clandestinité — pour louer des planques, acheter de la bouffe, se payer des équipements, tout ça. Assez pour s'organiser, avant de commencer à attaquer les banques.

— Les banques ? répéta Leonard. Vous allez braquer des banques ?

— Pas pour le fric. Bien sûr, on en gardera une partie pour financer nos opérations. Mais on donnera le reste aux mouvements qui soutiennent des causes politiquement correctes.

— *Des causes politiquement correctes !* répéta Leonard. Aarrgh, j'adore !

— On n'avait vraiment pas l'intention de vous baiser, les gars, poursuivit Chub, mais vu le peu d'argent qu'on a repêché et vu l'ampleur de nos projets, on n'a pas le choix. C'est ni par méchanceté ni par animosité personnelle, c'est juste une question de priorités…

— Ah, fit Leonard, ça me rassure. Un moment, j'ai cru que vous étiez simplement en train de nous le mettre bien profond…

— On va devoir vous garder avec nous jusqu'à ce qu'on ait acheté ces armes et qu'on soit passés à la clandestinité. Si on vous laissait filer maintenant, vous risqueriez de vendre la mèche. On ne veut pas qu'on entende parler de nous pour l'instant. Mais bientôt tout le monde nous connaîtra et ça ne nous dérangera plus, au contraire.

— Pour ma part, je te promets que j'en soufflerai mot à personne, assura Leonard. Tu crois vraiment que j'ai envie de crier sur les toits que je me suis fait niquer par des clowns dans votre genre ? Vous êtes des révolutionnaires d'opérette ! Vous ne seriez même pas foutus de trouver votre braguette, même en y mettant les deux mains.

— Paco a déjà fait ce genre de truc, assura Chub.

— Ouais, ricana Leonard, et tout ce qu'il y a gagné, c'est une tronche carbonisée.

— On vous a eus, hein ? dit Paco.

— J'ai bien peur que oui, reconnus-je.

— On ne pouvait plus rester les bras croisés, poursuivit Chub. Ce pays glisse vers le fascisme. Impossible de laisser mourir l'esprit des années soixante...

— Merde, grommela Paco, je te jure que je vais rejoindre tes putains de capitalistes si tu ne fermes pas ta gueule.

20

Une autre nuit froide, mais en moins pire qu'au Nid à Hippies… Ici, le chauffage fonctionnait correctement et il y avait un radiateur dans toutes les pièces — qui étaient plus spacieuses, nettement mieux décorées et beaucoup moins déprimantes. Des bûches brûlaient gentiment en craquant dans la cheminée du salon. Malgré tout, pourtant, ce n'était pas très confortable. On avait dormi dans des fauteuils et, pour ajouter l'insulte à l'injure, on était chez Leonard ! Howard et Trudy avaient passé la nuit dans le lit de mon pote, sauf quand ils avaient pris leur tour de garde, sur le canapé, armes au poing, en nous considérant comme s'ils craignaient qu'un violent échange de coups de feu ne soit inévitable.

Ils nous avaient surveillés ensemble, vers minuit. Je voyais l'horloge, sur le rebord de la cheminée, j'entendais cette saleté égrener les minutes, comme autant de gouttes d'eau me martelant le crâne. Paco pionçait quelque part dans la cuisine et Chub dormait par terre, devant le feu, enroulé dans des couvertures.

Pour des amants, Trudy et Howard n'avaient pas l'air de s'intéresser beaucoup l'un à l'autre. Ils se tenaient chacun à une extrémité du canapé. Il ne semblait guère y avoir d'électricité amoureuse entre eux. Au cours de ces vingt-quatre dernières heures, ils s'étaient persuadés dans leurs petites têtes qu'ils étaient devenus des professionnels endurcis.

Nos associés avaient changé. En nous retenant prisonniers, ils avaient adopté inconsciemment une attitude fanfaronne. Au départ, ils n'avaient peut-être pas voulu que les choses se passent ainsi, vu qu'on ne faisait pas partie de leurs plans, mais maintenant que c'était fait, ils avaient l'air d'aimer ça, les cons. Ça leur donnait une occasion de brandir leurs flingues. C'était une sorte de préliminaires révolutionnaires. Ils voyaient déjà arriver l'orgasme...

Je piquais du nez par moments, tout en regardant Trudy et Howard qui nous zieutaient, Leonard et moi. Étant suffisamment reposé, j'avais retrouvé mes esprits quand j'entendis Chub grommeler. Trudy le poussait du bout du pied pour le réveiller.

— C'est ton tour, lui dit-elle. Il y a du café. Ne te rendors pas.

— Ne me parle pas comme à un enfant, protesta-t-il.

Pris au saut du lit, il semblait avoir momentanément oublié les leçons de son analyse, selon lesquelles rien n'aurait dû l'affecter.

— Ils n'ont aucun respect pour toi parce que t'es qu'un gros tas, se moqua Leonard.

J'observai mon ami. Je n'avais pas remarqué qu'il avait ouvert les yeux. Comme d'habitude, il avait le réveil grognon et sarcastique. Pas étonnant qu'il n'arrive pas à vivre avec un mec. Qui aurait voulu se retrouver à côté de Groucho Marx tous les matins ?

— Dès que tu forcis un peu, poursuivit-il, tout le monde te traite comme si t'étais qu'une côte de porc sur pattes.

— T'arriveras pas à me vexer, répliqua Chub.

J'avais des doutes à ce sujet. Un peu plus tôt, avant qu'il aille se coucher, quand je somnolais sur mon fauteuil, je l'avais surpris à contempler son reflet dans la fenêtre du salon. Et à la façon dont ses épaules étaient retombées, j'en avais conclu que ce spectacle ne lui convenait pas vraiment.

Il se leva et alla se passer de l'eau sur le visage à l'évier de la cuisine. Puis il but une tasse de café, prit son arme sous son oreiller et posa son cul sur le canapé.

— On va faire un tour, annonça Trudy.

— Dehors ? demanda Chub.

— Non, répondit Howard. On s'était dit qu'on pourrait se promener autour de ce putain de canapé…

— Hé, c'était juste une question. Ça caille, à l'extérieur.

— Tu crois ? fit Howard.

— Qu'est-ce que vous avez tous à être à cran ? protesta Chub. On est dans la même galère, non ?

Son visage prit cet air peiné qu'il avait sur la photo avec ses parents, quand il était gosse. Il voulait tellement qu'on le traite d'égal à égal qu'il ne pouvait pas s'empêcher de se poser en victime.

Howard inspira profondément.

— Ouais, écoute-moi bien : quand on revient, on t'aidera à les emmener aux toilettes pour la pause pipi.

— J'ai une queue énorme, dit Leonard, mais je n'ai besoin de personne pour me la tenir quand je pisse.

— On ne voudrait pas que tu te sentes trop seul aux chiottes, répliqua Howard.

— Et si j'avais envie de pisser maintenant ? demanda Leonard.

— Faudra te retenir, mon gars, déclara Howard.

— Et si je te disais que je veux faire un gros caca, ça changerait quelque chose ?

— Faudra te retenir pareil.

Leonard me regarda.

— Putain, c'est un vrai dur, ce mec ! Quand il me parle comme ça, ça me donne des frissons dans l'entrejambe, pas toi ?

Au cours de cet échange, Trudy avait disparu dans la chambre à coucher de Leonard. Quand elle réapparut, elle portait plusieurs couches de fringues sous son manteau de bûcheronne du Grand Nord.

— Mets-toi un truc épais, lança-t-elle à Howard.

Il fila dans la chambre à son tour et en revint quelques minutes plus tard, vêtu tout aussi chaudement qu'elle. Ils sortirent. Je fermai les yeux et me rendormis.

Le bruit de la porte de derrière s'ouvrant et se refermant me réveilla en sursaut.

Trudy et Howard entrèrent par la cuisine, le visage rougi par le froid. Le bas du pantalon de Howard et les pointes de ses bottes étaient éclaboussés de boue. Trudy, elle, était toujours aussi immaculée et désirable, même accoutrée comme une oursonne en hiver.

Je regardai la pendule malgré moi. 2 h 48. Quand on s'envoie en l'air, on ne voit pas le temps passer.

Howard sortit son mignon petit automatique et emmena Leonard aux toilettes. Puis ce fut mon tour. Ensuite, je me rassis dans mon fauteuil.

Maintenant, il était 3 heures du matin.

Les choses suivaient leur cours.

Leonard repionça illico. Il commença même à ronfler. Moi, je m'assoupis juste une fois ou deux. À un moment donné, je vis que Chub était retourné à ses couvertures par terre et que Paco l'avait remplacé sur le canapé, son flingue sur les genoux. Il avait une soucoupe remplie de mégots à côté de lui et il fumait. Un petit nuage de tabac planait au-dessus de sa tête. Il paraissait assez crispé. C'était la première fois que je le voyais ainsi. Des gouttes de sueur constellaient son visage ravagé et il avait perdu cette distance moqueuse qu'il affichait généralement. Quand il vit que j'étais réveillé, il récupéra un peu de son air goguenard, me sourit et me salua d'une main tout en récupérant son arme de l'autre.

Je me demandai si je n'allais pas lui sauter sur le râble, mais je décidai que j'avais de fortes chances de me faire flinguer. Si Leonard avait été réveillé, je lui aurai envoyé un signal pour qu'on se jette ensemble sur ce connard. Il n'aurait pas eu le temps de nous descendre tous les deux.

Ou peut-être que si. Et s'il ne flinguait que l'un de nous deux, je n'avais aucune envie que ce soit moi, et je supposai que Leonard pensait la même chose à son sujet. Et même si on arrivait à le maîtriser, ce serait probablement très bruyant et ça attirerait les autres — or ils avaient tous des pétards.

Je lançai à Paco le regard le plus noir dont j'étais capable et me pelotonnai dans mon fauteuil. J'étais sur le point de fermer les yeux quand Trudy sortit de la chambre. Elle tenait une lampe de poche et elle portait toujours son manteau de bûcheronne, mais cette fois avec moins d'épaisseurs de vêtements en dessous.

Paco l'observa d'un air interrogateur.

— Impossible de dormir. Je vais faire un tour.

Il acquiesça d'un signe de tête.

Elle fila par la cuisine. Bon sang, cette gonzesse avait la bougeotte, cette nuit ! Moi, je repartis dans les bras de Morphée. Je me réveillai au retour de mon ex. Elle ne faisait pas beaucoup de bruit, mais je n'étais pas profondément endormi non plus. Son visage était à nouveau rougi par le froid ; elle ôta ses gants marron en coton. Elle s'approcha du canapé, considéra Paco, puis m'observa avec méchanceté pendant un long moment. Je lui rendis son regard. Le bas de son pantalon et l'extrémité de ses bottes étaient couverts de boue, avec quelques morceaux de gravier incrustés sur le devant, comme des gemmes de supermarché sur du velours rouge. Le grand Sherlock Hap Holmes en déduisit qu'elle avait dû aller au bord de la rivière, là où, Leonard et moi, on avait tenté de lutter contre l'érosion en consolidant les rives avec des tonnes de gravier.

Finalement, elle en eut marre d'attendre que je

baisse les yeux — et c'était une bonne chose vu que j'allais céder. Elle fit le tour du canapé et repartit dans la chambre de Leonard, refermant la porte derrière elle.

— Elle a encore salement le béguin pour toi, dit Paco.

— Me fais pas chier, grognai-je.

L'horloge indiquait qu'il était 5 heures passées.

Je ne me rendormis pas. Howard et Trudy se levèrent vers 6 heures. Trudy s'était douchée et portait une de mes chemises et un jean propre. Les autres avaient gardé leurs vêtements de la veille. Howard prit son tour de garde. Ses potes fouillèrent la cuisine pour le petit déjeuner. Leonard se réveilla à temps pour les voir consommer son café, son pain, son beurre et, surtout, ses biscuits à la vanille. Et ça, ça le fit vraiment chier. Vu qu'il était raide dingue de ces saloperies, qu'il les planquait et ne les partageait même pas avec moi. Paco les avait trouvés par hasard et il les avait mis sur la table pour accompagner le café. Et même s'il nous en avait proposé, il était clair que Leonard n'appréciait pas du tout de se voir offrir ses propres biscuits par une bande de connards.

J'avais réuni des bribes d'informations en les écoutant discuter au Nid à Hippies et puis ici, chez Leonard. Du coup, j'avais une assez bonne vue d'ensemble de leurs projets, même si je n'en connaissais pas les détails. À l'exception de Paco, toujours peu loquace et renfermé, ils ne faisaient pas mystère de leurs intentions, du moins dans leurs grandes lignes. Ils nous avaient ramenés ici car la transaction sur les armes devait avoir lieu quelque part dans les faubourgs de LaBorde, justement pas très loin de la maison de Leonard. Et, selon Trudy, Paco avait des contacts dans LaBorde qui les aideraient à passer ensuite à la clandestinité. Pas d'anciens militants, mais des dealers. De toute façon, les méthodes pour disparaître des radars étaient toujours les mêmes, quel que soit l'objectif poursuivi. Après tout, Paco avait joué à ça pendant des années. Il leur suffisait de suivre ses conseils.

Personnellement, j'espérais qu'ils réussiraient leur opération, puis qu'ils nous relâcheraient. Je n'avais aucune envie de dormir une nuit de plus dans un fauteuil. Les champs de roses me paraissaient aujourd'hui un choix de carrière nettement plus prometteur que hier… Je voulais sortir de ce tableau et balancer son cadre le plus loin possible. Je voulais même démolir le mur auquel il avait été accroché.

Mais une fois libre, je ne savais pas ce que je ferais. Si j'allais chez les flics, je serais obligé de leur raconter l'histoire de ce fric que j'avais cherché dans les marécages… Bien sûr, je pourrais toujours inventer une connerie pour me justifier, le temps de me tirer d'affaire. Mais si l'un ou l'autre de la bande se faisait choper, la vérité finirait par éclater et je risquais de regarder à nouveau le monde depuis une cellule de prison. Peut-être qu'ils m'enverraient à Huntsville, cette fois. Mais un zonzon reste un zonzon, où qu'il soit. Les différences de leurs aménagements sportifs ne suffiraient pas à rendre intéressant un séjour dans l'une ou l'autre de ces taules. Et même si je ne parlais pas de Leonard, un de ces révolutionnaires ratés risquait de le faire. Leonard n'apprécierait pas plus que moi d'être enfermé. D'un autre côté, si je me taisais, des innocents risquaient d'y rester au cours d'un de leurs braquages — et j'aurais beau rationaliser ça un max, leur sang retomberait sur ma tête.

La matinée ne fut pas d'un grand intérêt. Paco utilisa deux fois le téléphone de Leonard pour discuter avec quelqu'un, et à part Howard qui nous gardait, assis sur le canapé avec son arme, tout le monde nous ignora plus ou moins.

Trudy finit par s'installer à côté de nous. Passant la main sous sa (ma) chemise, elle prit son flingue glissé dans la ceinture de son pantalon et indiqua à Howard qu'elle allait nous surveiller un moment.

Howard rejoignit la table du petit déj', posa son pétard à côté de lui puis se jeta sur le sac de biscuits. Je vis Leonard sursauter. Mon pote en était fou, vraiment, de ses biscuits à la vanille.

Je souris à Trudy. Et ce n'était pas un sourire sympa.

— Vous êtes une bande de crétins, lançai-je.

Elle me rendit mon sourire. Et ce n'était pas un sourire sympa non plus.

— Pense ce que tu veux, Hap, mais il n'y a plus aucun lien entre toi et moi. Plus rien. Ce que tu racontes ne me concerne plus. Si vous ne faites pas ce qu'on vous dit, si vous essayez de vous tirer avant qu'on vous relâche, si vous tentez quoi que ce soit pour tout faire foirer, on vous butera. Si c'est possible, on se contentera de vous tirer dans les jambes. Mais s'il le faut, on vous tuera. Et ne va pas croire que notre passé commun m'en empêchera. Compris ?

— Reçu cinq sur cinq.

— Vous allez faire quoi de nous ? Et quand ? demanda Leonard.

— Paco doit passer un autre appel, ensuite on saura quand voir nos contacts et on avisera.

— Pourquoi vous ne les inviteriez pas chez moi ? proposa Leonard. Comme ça, on pourrait faire une fête ? Et ils finiraient mes biscuits à la vanille.

— J'ai mieux, dis-je. Laissez-nous ici. Coupez les lignes téléphoniques ou un truc comme ça, dégonflez les pneus de la voiture de Leonard. Et puis mettez les voiles et lâchez-nous la grappe.

— On le ferait si on était certains que tout se passe bien, dit Trudy. Mais je préfère vous garder avec nous jusqu'à ce qu'on ait récupéré les armes et qu'on disparaisse. S'il y avait un retard pour une raison ou une autre et que vous deux vous soyez déjà libres, vous risqueriez de prévenir quelqu'un et on se ferait choper avant d'être en mesure d'agir. Et si notre projet foire, si quelque chose ne se passe pas comme prévu pour notre achat d'armes, on a toujours une planque ici pendant quelques jours jusqu'à ce qu'on trouve une solution alternative. Je veux qu'on soit prêts en cas d'urgence. Mais, quand tout se sera déroulé comme prévu, on vous laissera filer quelque part où vous ne pourrez pas téléphoner trop rapidement. Et on ne vous abandonnera pas dans un coin isolé où vous risqueriez de mourir de froid.

— C'est trop aimable à vous, on ne voudrait surtout pas vous déranger, minauda Leonard.

— Ensuite, Paco nous fait rencontrer notre contact. On a de nouveaux moyens de transport. On abandonne la camionnette et…

— … le reste appartient à l'Histoire, la coupai-je.

— Ouais, on tentera de faire bouger les choses, assura-t-elle.

— Dans ce cas, file le pognon à tes putains de baleines ! Votre projet, c'est de la couille en barre. Tu te vois, toi, avec un flingue ? Non mais, t'y as pensé ?

— Oui, j'y ai pensé. J'ai milité toute ma vie pour l'interdiction des armes et aujourd'hui me voici avec un flingue à la main. Et bientôt j'en aurai des tas d'autres. J'ai cotisé pour les baleines et j'ai déjà donné de mon temps et tout le pognon que j'ai pu rassembler à presque toutes les bonnes causes. Mais, cette fois, je vais me donner moi-même et ça va tout changer.

— Hap m'a parlé du piaf que t'as noyé, intervint Leonard. Je crois que ça fait de toi une tueuse au cœur de pierre, prête à tout.

— Oh, ferme-la, Leonard !

— Je ne déconne pas, là, poursuivit Leonard. Vous pourriez vous appeler les « Oiseaux de Glace ». Tu sais, comme les Weathermen ou les Mécanos… Vous, vous seriez les Oiseaux de Glace, vu que t'es une tueuse à sang froid suffisamment impitoyable pour noyer un moineau… Oh, putain, je veux en être ! Je conduis la bagnole et tu lâches des rafales par la fenêtre !

— C'est juste une vaste blague pour vous. Vous vivez au jour le jour, vous prenez soin de vous, l'un de l'autre, et c'est tout. Vous ne contribuez à rien au-delà de l'instant présent. Si ça ne vous affecte pas immédiatement, ça n'a aucune importance pour vous.

— C'est à peu près ça, reconnut Leonard.

Trudy se laissa aller dans le canapé et posa son pistolet sur ses genoux.

— C'est sans espoir avec vous, dit-elle.

— Peut-être, dit Leonard. Mais là, je voudrais appeler mon pote qui était chargé de nourrir mes chiens et lui dire que je suis rentré, que ce n'est pas la peine qu'il se dérange. J'ai pas envie que vous, les Oiseaux de Glace…

— Ne nous appelle pas comme ça !

— … J'ai pas envie que vous, les Oiseaux de Glace, vous vous mettiez à paniquer et que vous butiez un vieux parce que vous l'aurez pris pour l'un de ces gros porcs de bureaucrates capitalistes qui mènent le monde… Et je voudrais aller donner à manger à mes animaux. Si un d'entre vous essaie de le faire, Switch lui arrachera la tête. Si tu veux, tu peux m'accompagner avec ton pétard pour t'assurer que je ne vous fausserai pas compagnie.

— Téléphone à ton copain, intervint Howard.

Il avait écouté cet échange. Il agita son pistolet pour signifier à Leonard de se lever.

— Mais attention, prévint-il, si tu nous fais un coup fourré, vous le regretterez tous les deux…

Leonard passa donc son coup de fil. Ce fut rapide, simple et convivial. Aucun code secret ne fut échangé. Puis il sortit et alla nourrir ses cabots, sous la surveillance de Paco.

La matinée s'écoula lentement, comme une tortue éviscérée. Vers midi, Paco téléphona de nouveau. Quand il eut fini de marmonner dans son combiné, il annonça :

— J'ai l'heure et l'endroit du rendez-vous. Ça m'a l'air réglo. Je pense qu'on peut en finir assez vite. On prend l'argent et on règle ça.

21

On embarqua dans le minibus. Chub conduisait. Paco était assis à côté de lui. Trudy et Howard étaient installés sur le siège du milieu, le dos à la route, et leurs armes, cachées sous des serviettes, étaient pointées sur nous qui étions sur la banquette arrière. Le temps avait viré à la pluie mêlée de neige et les essuie-glaces s'épuisaient dans des va-et-vient désespérés comme un fou s'essayant à marcher sur l'eau.

— On s'arrête en route pour se bouffer quelques hamburgers ? demanda Leonard.

Pas de réponse.

On prit la rocade contournant LaBorde, puis on quitta la ville pour entrer dans la zone industrielle envahie de constructions métalliques tout en longueur qui se terminait par un ancien cinéma en plein air, l'Apache Drive-In.

Il était fermé depuis belle lurette et, un jour, il céderait probablement la place à d'autres bâtiments rectangulaires en alu de la taille de hangars à avions. Avant que la télévision ne lui décoche un méchant crochet du gauche et que, des années plus tard, les cassettes vidéo ne l'achèvent d'un violent coup au plexus, c'était le rendez-vous branché de la ville. Mais, aujourd'hui, ce n'était plus qu'une ruine en attente des démolisseurs.

La grosse tête du vieil Apache qui couronnait la façade avait disparu — probablement volée —, mais l'enseigne était toujours là, perchée sur ses hauts piliers métalliques. Elle était criblée de trous et les rares lettres rouges survivantes qui annonçaient l'ultime film à l'affiche formaient un message mystérieux : ED N HE ST.

On passa devant l'enseigne, les guichets et ce qui était jadis l'entrée du cinéma. Aujourd'hui, elle était condamnée par une palissade en contreplaqué sur laquelle étaient bombés des graffitis et des images représentant les vagins poilus, les bites et les couilles habituels. La plupart des allusions sexuelles étaient mal orthographiées. Nous, au moins, quand on était gamins et qu'on s'adonnait à ce genre de vandalisme, on savait écrire correctement et on n'oubliait pas le *c* de *fuck*.

— Klaxonne ! ordonna soudain Paco.

— Quoi ? fit Chub.

— Ils nous ont dit de klaxonner, putain !

Chub appuya sur l'avertisseur et ne le lâcha plus.

— Un seul coup suffit, merde ! s'exclama Paco.

Le contreplaqué bougea. Quand il fut ouvert à moitié, une femme surgit et l'écarta encore plus.

Lorsqu'on passa devant elle, je vis qu'elle allait sur la trentaine, qu'elle était grande — plus d'un mètre quatre-vingts — et qu'elle avait des cheveux noirs. Jolie gonzesse, en plus. Vêtue d'un survêtement et d'une veste en jean qui ne dissimulaient pas qu'on avait affaire à une adepte de la gonflette. À la voir, elle ne devait pas dépasser les soixante-dix kilos, sans un gramme de graisse, et, quand elle bougeait, ses muscles sautillaient comme des lièvres sous sa peau.

Je me retournai pour l'observer. Elle refermait le portail derrière nous.

Je jetai un coup d'œil à Leonard, qui se contenta de hausser les sourcils.

Je pris une profonde inspiration. Je sentais mes mains tressauter sur mes genoux. La pomme d'Adam de Howard montait et descendait frénétiquement et Trudy me fixait d'un regard tendu en respirant comme une baleine.

— Gare-toi par ici, dit Paco à Chub, en lui indiquant l'ancienne buvette d'un geste de la main.

On descendit du minibus. Howard et Trudy sortirent leurs armes de dessous leurs serviettes. Ça faisait plus pro comme ça… La pluie glacée tambourina sur nos têtes et nous trempa jusqu'aux os. Je me surpris à regarder l'échafaudage où se trouvait jadis l'écran du drive-in. J'aurais aimé me retrouver dix ans en arrière et être juste venu ici pour me payer une toile sympa.

Paco entra tout seul dans la buvette et en ressortit une minute plus tard.

— Allez, avancez, nous ordonna-t-il.

On le suivit. À l'intérieur, c'était sec, mais d'un froid sibérien. Des tas de détritus jonchaient le sol :

des canettes de bière, des préservatifs, de vieux sacs de pop-corn, des emballages de bonbons et des merdes d'origine humaine ou animale.

On dépassa le comptoir et on pénétra dans une pièce où une pancarte jaunie, sur la porte, indiquait : SECRÉTARIAT. À l'intérieur, il y avait un vieux bureau bon marché en bois compressé — en fait, guère plus que du carton renforcé — où trônaient un Borsalino noir cabossé et un parapluie fatigué. Derrière, un homme était assis sur une caisse de sodas. On voyait ses pieds et ses jambes qui dépassaient de sous le bureau. Il était grand et maigre, avec un pantalon noir et des tennis montantes de même couleur. Chemise à carreaux rouges et noirs sous un coupe-vent couleur vanille. Malgré cette tenue légère, il n'avait pas l'air de cailler. Au contraire, même. Ses cheveux noirs étaient coupés court, gominés et coiffés en arrière. Il portait des lunettes aux verres épais et à monture carrée, dont la barre de nez et la branche gauche étaient entourées de chatterton blanc. Derrière, ses yeux paraissaient énormes, aussi noirs que ses cheveux et à peine moins huileux. Quand il nous sourit, on constata qu'il lui manquait quelques dents du côté droit. Son visage était un peu rouge et en sueur. Peut-être qu'il couvait la crève ?

On s'entassa dans la petite pièce et la nénette bodybuildée entra derrière nous en secouant comme un chien ses cheveux mouillés. Elle se posta dans un coin, une main dans la poche de son manteau, et leva une jambe pour poser son pied à plat contre le mur. Son visage était aussi inexpressif que celui d'un mannequin de cire.

— Mais voilà nos révolutionnaires ! s'exclama le type derrière le bureau. *Qué pasa ?* Comment vous allez, bande d'enfoirés ?

— On va bien, répondit Howard.

— Heureux de l'apprendre.

— On aimerait régler cette affaire rapidement, ajouta Howard.

— Sûr. Mais permettez-moi de me présenter... Ah, merde ! Les femmes d'abord, dit-il en indiquant l'Amazone d'un signe de tête. Ce magnifique morceau de bidoche, c'est Angel. Moi, je suis Soldier. Je veux que vous vous en souveniez pour que vous sachiez avec qui vous traitez. Comme ça, si ça ne se passe pas comme vous le souhaitez, vous viendrez me voir et vous me direz : « Soldier, les choses ne se sont passées comme nous le souhaitions. » Et moi je pourrai vous répondre : « Allez vous faire foutre. »

Je jetai un coup d'œil à Leonard. Il semblait aussi mal à l'aise que moi. Howard et Trudy avaient toujours leurs armes, mais ils ne les pointaient plus sur nous — ils les tenaient à bout de bras, le long de leurs jambes.

— Est-ce que vous comprenez ce que je vous dis, là ? insista Soldier.

Quand Howard regarda Trudy, je vis que sa joue gauche tressautait. Les lèvres de Trudy n'étaient plus qu'une fine ligne blanche. Chub alla se placer contre le mur, juste à côté d'Angel, et se retrouva entre elle et le bureau. Paco vint se poster à la droite de Soldier. Il gardait les mains dans les poches de son manteau et regardait le sol — qui était sale et jonché de vieux papiers.

— Personne ne pige ce que je raconte ? demanda Soldier.

— Non, répliqua Trudy. On est venus traiter avec toi pour les flingues. C'est tout ce qu'on veut. Tu nous donnes les armes et on te paie. Mais on voit d'abord les armes en question.

— Vous voyez d'abord, hein ? T'entends ça ? dit-il en se tournant vers Paco. Ils exigent de voir les flingues !

— J'ai entendu, répondit Paco.

— Vous êtes enfouraillés, les gars..., reprit Soldier. Vous avez tous une arme, sauf celui-là, fit-il en me montrant du doigt, et l'autre négro. C'est bien ça, hein ? Ce sont deux pauvres crétins qui vous ont aidés à trouver le fric, hein ? demanda-t-il à Paco. Je ne me trompe pas ? Je suis certain de ne pas me planter en ce qui concerne le nègre. C'est le seul chocolat de votre groupe. Vous m'aviez parlé d'un « homme de couleur ». Couleur ? Mon cul ! Je sais à quoi ça ressemble, un négro.

— Ouais, dit Paco. C'est eux.

— Mes vieux m'ont amené dans cette ville quand j'avais quinze ans. On a quitté le New Jersey pour venir ici, parce que ici les bamboulas étaient censés rester à leur place. Et au final, c'est encore pire. Tout est devenu si foutrement... C'est quoi le mot déjà, Angel ?

— ... homogène, proposa Angel.

— C'est ça, tout est si homogène, putain ! Aujourd'hui, les meilleurs éléments du Ku Klux

Klan sont dans le Nord. Les Sudistes en sont venus à penser que les négros étaient des gens comme vous et moi. Ça me donne envie de vomir.

— Haïr quelqu'un en raison de sa couleur de peau ne résout rien, déclara Chub.

— Ta gueule, Chub ! cracha Paco.

Soldier considéra Chub d'un air surpris. C'était comme s'il venait d'assister à un miracle.

— Putain, mec, qui t'a donné l'autorisation de parler ? fit-il.

— Tout le monde ne voit pas les choses comme toi, insista Chub.

— C'est pas le moment, Chub, gronda Paco.

— Et toi aussi, Paco, tu la fermes ! lança Soldier, en pointant un doigt sur lui, puis vers Chub. Angel, bouge de là ! ajouta-t-il.

Elle s'avança vers moi et je la vis sortir un .38 à canon très court de la poche de son manteau. Je jetai un coup d'œil à Soldier. Il se redressa, souleva le Borsalino posé sur son bureau et s'empara du .45 planqué dessous, puis il le pointa sur Chub et appuya immédiatement sur la détente. L'arrière du crâne de Chub vola à côté de moi dans une éclaboussure de gris et de rouge et alla frapper le mur à l'endroit où Angel s'était trouvée juste avant. Chub plia lentement les genoux, s'affaissa puis tomba en arrière en fixant le plafond. Le reste de sa cervelle coula comme une fuite d'égout.

Le coup de feu résonna dans la pièce et Soldier, son .45 toujours pointé là où Chub s'était tenu, annonça :

— Le premier qui fait mine de se servir de son

flingue, je le zigouille aussi. Et si c'est pas moi, ce sera Angel. Et si c'est pas Angel, ce sera Paco.

On fixa tous Paco.

— C'est comme ça, dit simplement celui-ci.

22

— Ouais, répéta Soldier. C'est comme ça. Maintenant, essayez d'être vraiment malins, arrêtez vos sermons sur les négros et laissez Angel récupérer vos armes. Et je vous le demande gentiment.

Angel saisit leurs revolvers par le canon, l'un après l'autre, et s'en empara en les tirant doucement. Trudy et Howard étaient tellement sonnés qu'ils les lâchèrent sans même s'en rendre compte. Angel balança les pétards sur le bureau, puis s'approcha du cadavre de Chub, ouvrit son manteau et retira celui qu'il avait passé dans sa ceinture. Je ne pus m'empêcher de regarder ses yeux exorbités, le petit trou sur son front, la flaque de sang sous sa nuque. Il n'aurait plus jamais besoin de psychanalyste. Ni de flipper parce qu'il était le petit gros mal intégré. J'espérai soudain qu'à un moment ou un autre je lui avais dit quelque chose de gentil, plus pour le salut de mon âme que pour la sienne.

Angel jeta le flingue de Chub sur la table avec les autres.

Soldier les considéra en agitant la tête.

— C'est de la merde, tout ça. Vous êtes tellement nuls que vous n'auriez pas été foutus de reconnaître de vraies armes, même si j'en avais eu. Quand je m'en irai, je vous laisserai ces saletés… Vous voyez, y a jamais eu de pétards ni de putain de réseau clandestin. Juste Paco qui est venu me voir parce qu'il me connaît ; il sait que j'ai mes contacts dans quelques deals et il a envie de gagner un gros paquet. Il en a marre des petits boulots payés trois francs six sous. Il veut se refaire en beauté, ce genre de trucs. Et en plus, qui à part moi embaucherait un fils de pute avec une gueule pareille pour monter un coup, hein ? Sans vouloir te vexer, hein, Paco. Voilà ce qui arrive quand on joue avec les allumettes. On finit par ressembler à une boule chiffonnée de… C'est quoi déjà, le nom de ce papier d'emballage, Angel ? Ils en mettent autour des barres chocolatées.

— Cellophane, répondit Angel.

— Ouais. C'est à ça que ressemble ton visage, Paco.

Soldier se tourna vers nous et se gratta le menton avec le viseur de son .45. Nos yeux firent l'aller et retour entre son arme et ce malheureux Chub. Un flingue et un cadavre, ça a tendance à vous hypnotiser, surtout quand vos oreilles résonnent encore de l'écho du coup de feu et que vos narines sont assaillies par l'odeur cuivrée du sang et la puanteur de la merde.

— Vous faites une de ces têtes ! lança Soldier, tout sourire, à Trudy et Howard. Ça vous en a bouché un coin, hein ? Vous vous êtes pointés ici pour une affaire, en traînant des otages avec vous comme si vous étiez des durs à cuire, et voilà que maintenant c'est vous qui vous retrouvez prisonniers ! Et j'ai même pas l'ombre d'un flingue à vous vendre. Non que je ne sois pas en mesure de m'en procurer. Je peux. Je pourrais. Mais c'est plus trop mon truc de dealer des armes. Marchandise chiante. Trop facile de se faire choper avec. La drogue, c'est plus simple. Et puis Paco vient me voir, il me dit qu'il a un plan encore plus cool pour se faire du blé, une bande de débiles tellement cons que je n'aurais même pas besoin de leur refiler quoi que ce soit. Il me suffira de venir ici et de leur piquer leur fric. Et le mieux pour vous, c'est qu'on passe tout de suite à cette phase-là, parce que je n'aime pas qu'on me contredise. Je suis comme mon paternel. Lui aussi, il détestait ça. Si sa vieille lui parlait mal, *pan !* (Il mima le geste d'une claque.) Si nous, les gosses, on ne se tenait pas correctement, *pan !* Hé, vous avez vu cette oreille ? (Il se tourna pour nous présenter le côté gauche de son visage.) Elle ressemble un peu à un chou-fleur, non ? Rien de vraiment dégueulasse, cela dit. C'est pas comme la gueule de notre ami Paco, ici présent. Mais elle est quand même un peu de traviole, z'avez remarqué ? C'est un souvenir de papa. Il m'a battu comme plâtre et j'ai failli y passer. Bien fait pour moi. Je lui avais manqué de respect... Bon, assez causé, je vais prendre cet argent maintenant. Lequel d'entre vous le transporte ?

J'observai Trudy. Ses yeux fixaient le vide. Howard la regarda aussi, puis il se tourna à nouveau vers Soldier. Personne ne moufta.

— Bon, on ne veut pas me répondre ? constata

Soldier. Pourtant, il vaudrait mieux qu'on me dise quelque chose, et assez vite ou je vais devoir m'occuper de quelqu'un. Je vais commencer par le négro, puis je passerai au copain du négro. Paco, comment il s'appelle ?

— Hap, fit Paco.

— Hap. Un bon petit gars qui est toujours *Hap… py*. Alors, qui crache le morceau ? De toute façon, je récupérerai ce pognon. Je peux aussi vous buter tous et vous fouiller après. Mais bon, je suis un brave mec. Je préférerais que vous me montriez un peu de respect et que vous me le donniez de vous-mêmes. C'est important pour moi, le respect. Vous voyez ce que je veux dire ?

— On veut les armes, déclara Trudy d'une voix étonnamment ferme.

Soldier sourit.

— T'as dit quoi, là ? Vous voulez les armes ?… Elle veut les armes ! dit-il en regardant Paco, avant de se tourner à nouveau vers Trudy. Salope, je te l'ai déjà expliqué, il n'y en a pas ! Pas de boum-boum pour vous ! Même pas de munitions que vous pourriez lancer à la main sur les méchants. Je vais te dire comment ça se passe. Tu me donnes l'argent et je ne fais pas sauter la cervelle à tout le monde. Voilà le deal, tu vois, et il n'y en aura pas d'autre.

Il leva son automatique et le pointa sur Leonard.

— On va commencer par le bamboula, dit-il, c'est lui qu'on regrettera le moins. Après, on remontera la chaîne jusqu'à toi, la nana.

— On n'a pas apporté le fric avec nous, lâcha Howard.

— Quoi ? s'exclama Soldier. Qu'est-ce que tu nous racontes là ? Vous étiez tellement pressés que vous êtes sortis de chez vous en oubliant la monnaie ? C'est bien ça ? C'est ce qui s'est passé ? Hé ! tu ferais mieux de me répondre, connard.

La pomme d'Adam de Howard semblait jouer des castagnettes sur ses cordes vocales.

— On n'a pas apporté le fric avec nous, répéta-t-il simplement.

Soldier posa son automatique sur le bureau et considéra Paco.

— C'est quoi, cette histoire ? Ils ont du fric ou pas ?

— Ils l'ont. Je l'ai vu.

— Tu ne te foutrais pas de la gueule de ton vieux Soldier, hein ?

— Je l'ai vu, je te dis. Et je leur ai demandé de l'apporter.

— Tu le leur as demandé. Mais tu n'es pas sûr qu'ils l'ont pris, c'est ça ?

— Exact. Mais ce fric existe. Dans les quatre cent mille dollars.

— D'accord. Toi, là… C'est quoi ton nom, déjà ?

— Howard.

— Bien. Howard. Il est où, ce fric que vous n'avez pas avec vous ?

— Nous, euh… Trudy et moi… on s'est dit qu'il valait mieux ne pas le prendre. On s'est imaginé que les choses pourraient ne pas se passer comme prévu… Qu'on aurait peut-être à marchander. Ou que les armes risquaient de ne pas être bonnes, et si on n'avait pas l'argent sur nous, eh bien, on…

Soldier pointa un doigt sur Howard.

— Vous auriez un moyen de négocier. J'ai raison sur ce point ? Réponds-moi !

— C'est ça, déclara Howard.

— Et dans ce cas, poursuivit Soldier en récupérant son automatique devant lui, tu pourrais te foutre de la gueule de ce bon vieux Soldier et il ne lui resterait plus qu'à dire : « Oh mon Dieu, ce deal ne te convient pas ? Eh bien alors on va changer la donne. Pour que vous soyez satisfaits. » Putain, mec, tu dois être tombé… C'est quoi déjà ce truc d'où tombent les bébés, Angel ?

— La table à langer, répondit Angel.

— C'est ça ! T'as dû tomber de ta table à langer quand t'étais petit, mon cher Howard. Parce que tu vois, je n'ai pas besoin de faire de deal avec vous.

— J'ai apporté cinq mille dollars, poursuivit Howard. On a pensé que ça pourrait être une sorte d'acompte si ça ne se passait pas correctement. On voulait être prudents. C'est seulement la nuit dernière qu'on a eu cette idée.

Soldier se tourna vers Paco.

— Ils ont eu l'idée la nuit dernière, répéta-t-il. Et ils ne t'ont pas prévenu ? Je veux dire, t'es censé faire partie de leur équipe et ils ne t'ont pas prévenu ?

Paco secoua la tête.

— C'était juste une mesure de précaution, c'est tout, continua Howard. Au cas… au cas où on se ferait doubler.

— Se faire doubler ! Hé, je n'aime pas quand on n'a pas confiance en moi, tu vois ? C'est un manque de respect.

— On pensait que tu vendais des armes. Mais qu'il pouvait y avoir des problèmes sur la quantité et la qualité de la marchandise. On a déjà lu des trucs sur ce genre de situations.

Soldier hocha la tête.

— Vous avez lu des trucs, ah ah ! Bon, combien t'as apporté, tu dis ?

— Cinq mille.

— Ça ne vaut même pas un pet de cacahouète, Howard. Dis-le-lui, Angel.

— Ça ne vaut pas un pet de cacahouète, Howard, répéta Angel.

— Faudrait me payer plus cher que ça pour que je baise ta sœur, même si elle a des jambes de deux mètres et une chatte de velours. Cinq mille, c'est de la pisse de chat. C'est ce que je gagne en une journée, monsieur Howard. T'es en train de me faire perdre mon temps. Donne-moi ça.

Howard farfouilla dans sa veste, s'avança et tendit les billets à Soldier, puis il revint à côté de Trudy. Soldier reposa son automatique sur le bureau et compta l'argent avec son pouce.

— Il y a cinq mille, en effet. Je vais les garder, comme une avance sur ma part. Vous êtes d'accord avec ça ? Paco ? Angel ?

Ni l'un ni l'autre ne répondirent. D'ailleurs, ce n'était pas vraiment une question.

— Maintenant, voilà ce qu'on va faire, poursuivit Soldier. Tu me dis où est l'argent, monsieur Howard.

— Chez Leonard, fit Howard. On l'a enterré là-bas.

— Je vois, vous l'avez enterré. Maintenant, je devrais tous vous buter, sauf Howard. Lui et moi on ira ensuite déterrer ce fric.

— Ce serait moins compliqué d'aller le chercher en embarquant tout le monde, intervint Paco.

— Tu dis quoi, mec ?

— Je dis que je n'ai pas envie de tuer qui que ce soit, sauf si j'y suis obligé. Je l'ai déjà fait, mais seulement quand j'avais pas le choix.

— Et moi, là, je t'assure que t'as pas le choix, Paco, t'as pas le choix. Tu penses que je n'aurais pas dû flinguer ce connard tout à l'heure ? C'est ça que tu penses ? Qu'on aurait pu éviter de verser un peu de sang ? Écoute-moi : ce connard-là, il n'avait aucun respect. Voilà la différence entre toi et moi, Paco. J'exige du respect.

Soldier s'assit sur la caisse de sodas et nous considéra.

— Et toi, fillette, qu'est-ce que t'en dis ? demanda-t-il à Trudy. Qu'est-ce que tu dis de tout ça ?

— Je ne te donnerai pas ce fric, cracha Trudy.

— Je vois, dit Soldier. T'as du cran. Pas beaucoup de respect, mais du cran. Ça revient au même. Je me sens aussi généreux que Jésus, là. Donc, on va faire comme a dit Paco. On file chez Leonard… Leonard, c'est le négro, c'est ça ?

— C'est ça, déclara Paco.

— Bon, on va chez votre chimpanzé, on récupère les dollars et puis on se tire en vous laissant dans votre coin à vous gratter le cul. Ça vous va, comme plan ? Ça te va, Howard ? Ça te dit de creuser un peu ?

Des larmes coulaient sur les joues de Howard.

— Oui, répondit-il.

— Très bien, conclut Soldier. Te savoir heureux suffit à mon bonheur.

23

Soldier fouilla dans les poches de Chub, le soulagea de son argent et des clés du minibus. Puis il se coiffa de son Borsalino et prit son parapluie. On laissa Chub là où il gisait et on sortit sous la pluie.

Soldier et Angel avaient garé leur vieille Lincoln blanche cabossée de l'autre côté de la buvette du ciné. On les accompagna et on poireauta sous la flotte glaciale tandis que Soldier nous refaisait un petit discours sur le respect. Paco se glissa au volant. Angel s'assit à l'avant et se tourna pour surveiller Howard et Trudy sur la banquette arrière.

Ils partirent les premiers.

Soldier m'ordonna de conduire le minibus. Il fit monter Leonard à côté de moi et lui, il s'installa derrière.

— Ne roule pas trop vite, commanda-t-il, et ne pense même pas à faire une connerie du genre planter la bagnole… Je suis parfaitement capable de vous faire sauter la cervelle à tous les deux avant même qu'on se viande contre un poteau téléphonique.

Je ne savais pas ce qui était préférable : un poteau téléphonique ou une balle dans la tête ? Aucune des deux options ne me convenait.

Je passai la première et démarrai. Une fois sur la nationale, Soldier me tapota l'épaule avec son automatique et demanda :

— Angel. T'en penses quoi ? Physiquement, je veux dire.

— Elle est pas mal, répondis-je. Mais le flingue enlève un peu de son charme.

— Et ses muscles, ils te dérangent ?

— Non.

— Ouais. Eh bien laisse-moi te dire que grimper une nana comme ça, c'est comme escalader une falaise. Tu risques de te faire des bleus. Tu fourres ta bite là-dedans et t'es même pas sûr de la récupérer. Sa chatte est comme un piège à ours. On envisage de se marier. Qu'est-ce que t'en penses ?

— Vous êtes faits l'un pour l'autre devant tous les saints du paradis.

— Ouais, peut-être. Mais je ne sais pas si c'est convenable qu'un homme épouse une nénette capable d'aligner plus de pompes que lui, tu vois ce que je veux dire ? C'est encore loin jusqu'à la bicoque du négro ?

— Assez, dis-je.

— Ouais, bon, roule prudemment. J'ai déjà vu de sales accidents, par un temps pareil.

Quand on arriva, la météo avait vraiment viré au très mauvais. La neige se mélangeait à la pluie battante et au vent glacial, et le ciel était sombre comme à la tombée du jour. Je n'avais pas mangé depuis le matin et j'étais si affamé que je commençais à avoir des vertiges.

En partant d'ici, on n'avait pas verrouillé la porte. On entra et on trouva Angel, debout près du canapé, revolver à la main. Paco, l'automatique passé dans sa ceinture, était en train d'empiler du petit bois dans la cheminée. Trudy et Howard étaient assis sur le canapé, côte à côte, les mains posées sur les genoux. Ils levèrent les yeux à notre arrivée, puis détournèrent le regard.

Soldier secoua son parapluie et le referma si brutalement que tout le monde sursauta. Ça lui tira un sourire. Il posa son pépin contre le cadre de la porte.

D'un signe, Angel nous indiqua, à Leonard et à moi, de nous installer à côté de Trudy et de Howard. On était serrés comme des sardines — les quatre trouducs de service.

Angel s'appuya contre le mur, près de la cheminée, l'arme contre sa cuisse, et nous surveilla. Ses yeux étaient noirs et inexpressifs.

— Va vérifier un peu les alentours, lui demanda Soldier avant d'ajouter : Paco, tu les gardes. Moi, je vais aux chiottes.

Il partit à la recherche de la salle de bains et Angel disparut par la porte de derrière.

Paco sortit son automatique de son pantalon, comme s'il était fatigué de jouer au gros dur, puis il se posta non loin de nous, sans pratiquement nous regarder.

— C'est sans doute ce que tu voulais dire quand tu parlais d'un camion dévalant une pente avec les freins qui ont lâché, lui murmurai-je.

— Ouais, sans doute.

— T'aurais mieux fait de leur piquer l'argent toi-même à ces sauveurs de la planète, lança Leonard. Et notre bouboule serait encore de ce monde.

— Je ne voulais pas que ça se passe comme ça. Mais ce qui est fait est fait. Soldier a des opportunités à me proposer. Je suis prêt à miser gros pour rafler encore plus gros. Si je m'étais contenté de voler le fric de ces imbéciles, j'aurais eu le fric et c'est tout.

— T'aurais pas pu te les dégoter par toi-même, tes opportunités ? suggérai-je.

— Soldier a de meilleurs contacts que moi. Il a déjà fait quelques très jolis coups.

— Drogue ? demanda Leonard.

— Drogue, confirma Paco.

— Mais ce mec est cinglé, repris-je. Peut-être qu'il a des connexions, mais il lui manque un paquet de cases ! Il se prend pour une espèce de gangster.

— C'est vraiment un gangster. Et c'est vrai qu'il est complètement dingo. Je ne l'aime pas non plus, mais j'ai vu la quantité de fric qu'il arrive à gratter. Si j'investis ma part dans son business, je récupère des millions de dollars et je me sors de la merde une fois pour toutes. Je m'achète une nouvelle gueule et une autre vie.

— T'es pas obligé de faire ça, dis-je.

— Tu crois que je ne le sais pas ? Mais si je passe de votre côté, qu'est-ce que j'y gagne ? Votre gratitude ? Je me paie que dalle avec ça. Un mec comme moi, vu mon dossier judiciaire et vu ma tronche…

C'est le bout du chemin et je vais lancer les dés une dernière fois pour emporter le gros lot.

Soldier revint.

— Elle est faiblarde ta chasse d'eau, négro, lança-t-il. T'as pas beaucoup de pression dans tes tuyaux.

Angel réapparut à son tour.

— Comment ça se passe ? lui demanda Soldier.

D'un hochement de tête, elle indiqua que tout était parfait.

Paco glissa son automatique dans la ceinture de son pantalon, plaça deux bûches sur le petit bois et alluma le tout avec une longue allumette à cheminée. Au début, ça fuma un peu et puis le feu prit.

— Je vais ouvrir les radiateurs, dit-il.

Il parcourut la maison pour s'en occuper. Quand il revint, il mit une autre bûche.

Soldier le regarda faire, repoussa son galurin en arrière sur sa tête et posa la main sur la poignée de son automatique à sa ceinture. Son visage luisait toujours d'une espèce de sueur malsaine. Il promena sa langue sous sa lèvre inférieure, puis ricana :

— Et maintenant, tu vas nous faire des sandwiches, Paco ? On se met à l'aise ; peut-être même qu'on s'offre un petit pique-nique ?

Paco se retourna et lança :

— Écoute, Soldier, ne me prends pas la tête, tu veux ? J'en ai marre de me cailler le cul. Et, en effet, j'avalerais volontiers un truc. On en aurait tous besoin. Personne n'a encore bouffé.

— Faut prendre ses précautions, mon gars. Angel et moi, on a l'estomac plein, n'est-ce pas, Angel ?

Elle acquiesça d'un signe de tête.

— C'était quand déjà ? poursuivit Soldier. Ah oui, pile à midi, l'heure à laquelle mangent les gens normaux. On s'est offert quelques sandwiches. C'était à quoi, Angel ?

— À la saucisse.

— Ah ouais, à la saucisse. Bon, écoute, dès qu'on a fini avec cette petite histoire, je t'offre un steak. Tu sais quoi, j'en paie même un à toute cette bande de tarés. D'accord ? Hé, toi, tête de nœud, c'est quoi déjà ton nom ? Harry ?

— Howard, dit Angel.

— Allez viens, Howard, on va creuser un peu, ordonna Soldier. Et puis merde, vous venez tous. Si je dois me les geler dehors, y a pas de raisons que vous n'en profitiez pas aussi. On a besoin d'une pelle pour ce boulot ?

— Oui, déclara Howard. C'est dans la grange.

— Peut-être même que la fillette et toi, vous nous avez dessiné une jolie petite carte au trésor ? Tu sais, un de ces trucs avec un X. Qui dit : « Creusez ici. » Vous avez fait ça, Howard ? Vous avez dessiné une carte au trésor ?

— Si on déterre le fric, vous nous laisserez partir ? s'enquit Howard.

Soldier écarta les mains.

— Hé, si vous ne me montrez pas cet argent, alors vous n'avez aucune chance. Mais si je le vois, il se pourrait bien que ça me mette de bonne humeur. Des trucs sympas pourraient se produire. Allez, on se grouille !

On marcha jusqu'à la grange. Les chiens se mirent à aboyer quand on longea leurs chenils.

— Faites-les taire ! ordonna Soldier, ou je leur explose leurs putains de gueules ! Je déteste les clébards.

— Couché ! cria Leonard. La ferme, mes petits gars !

Ils se calmèrent aussitôt. On pénétra dans la grange par la porte latérale. Il faisait à peine un peu moins froid à l'intérieur. Soldier s'appuya contre la Volkswagen de Trudy et ses lèvres laissèrent échapper un nuage de vapeur.

— Au moins, là-haut, dans le Nord, ils chauffent les granges. OK, toi dont je ne me souviens plus du nom, dis-nous où t'as planqué ce putain de fric.

— On l'a enterré ici, répondit Howard.

Soldier replia son parapluie avec soin et le posa sur le toit de la voiture de Trudy.

— Vous ne vouliez pas vous geler les miches pendant que vous creusiez, c'est ça ? dit-il. Va chercher la pelle.

— Ça ne servira à rien, grommela Trudy.

— Ouais, fit Soldier. Tu sais quoi, connasse ? Tu fermes ta gueule ! Angel, si elle dit encore un seul mot, tu lui arranges le portrait.

Angel hocha la tête.

Howard s'empara de la pelle et se mit au travail devant la Coccinelle.

— Dans le Nord, les granges ont aussi des planchers, renifla Soldier. Ça serait bien si vous, les négros et les petits Blancs, vous appreniez à faire les choses correctement. Et je ne vous parle même pas des murs.

Howard abandonna la pelle, tomba à genoux et

se mit à fouiller la terre avec ses mains. Finalement, il leva les yeux vers Soldier et déclara :

— Il... il n'est plus là !

Je pensai immédiatement à la nuit précédente et à la seconde sortie nocturne de Trudy, à l'argile et au gravier que j'avais vus sur son pantalon et ses bottes. Elle était retournée à la grange et avait récupéré l'argent pour le planquer quelque part près du ruisseau. Elle avait peut-être gagné en volonté, mais sa confiance dans les hommes ne s'était pas améliorée. Et c'était toujours elle qui menait le jeu.

Je l'observai. Elle regardait droit devant elle. Howard la regardait avec un air de chien battu. Elle s'était foutue de lui, une fois de plus.

— Je vois, fit Soldier, avant de s'adresser à Angel. Le fric a disparu, ma chérie, qu'est-ce que t'en penses ?

Angel se contenta de hausser les épaules.

Soldier tira son automatique de sa ceinture, puis l'y remit. Il ôta son chapeau, passa la main dans ses cheveux, replaça son chapeau sur sa tête, prit un petit paquet de Kleenex dans la poche avant de sa veste, l'ouvrit avec soin et en sortit un. Il rangea le paquet et il essuya les verres de ses lunettes avec son mouchoir en papier, avant de s'en tapoter le visage.

— OK. L'argent n'est pas là, dit-il en jetant son Kleenex par terre. Howard, donne-moi cette pelle.

Howard, toujours accroupi au bord du trou, tentait de comprendre ce qui s'était passé. Il s'appuya sur la pelle pour se relever, puis il la tendit à Soldier.

— Merci, Howard. Tu veux bien te placer ici, s'il te plaît ? Ouais, à peu près là, c'est parfait.

Il considéra le trou, puis son interlocuteur et il ajouta :

— Tu es sûr que tu as creusé assez profond ?

Howard fit oui de la tête.

Soldier assura sa prise en haut du manche, puis il balança avec souplesse un grand coup qui cueillit Howard au-dessus de l'oreille du dos de la pelle. La tête de Howard résonna comme si elle était creuse. Il s'écroula et ne bougea plus. Soldier plaça alors le tranchant de son outil sur le cou de Howard et leva le manche pour le lui enfoncer dans la gorge.

— Laisse-le ! hurla Trudy. C'est moi qui ai pris ce pognon et qui l'ai planqué ailleurs, pauvre crétin. Fils de pute pourri ! Fous-lui la paix !

24

Sur ces mots, Soldier éloigna la pelle de la gorge de Howard et s'en débarrassa en la balançant sur sa droite.

Elle passa à moins de dix centimètres de ma tronche.

— Bon sang, Paco ! s'exclama-t-il. À t'écouter, ce devait être un coup facile. On n'avait qu'à enfiler nos justaucorps, se pointer en dansant et prendre le fric. Mais ce n'est pas facile du tout ! C'est chiant, ton truc ! C'est carrément des conneries !

— Trudy, intervint Paco. Donne-nous cet argent. On vous laissera partir si tu nous dis où il est. C'est la seule issue pour vous.

— T'es qu'un salopard de menteur et de traître ! hurla-t-elle.

— Oui, c'est tout à fait moi, ça, admit Paco. Maintenant, tu nous le files. Sinon, ça va devenir extrêmement désagréable pour toi…

— Compte là-dessus, ajouta Soldier.

— C'est moi qui parle, là ! cracha Paco. T'es pas le seul à avoir buté quelqu'un, tu sais.

— Oh, dit Soldier, écoutez-moi ça ! La créature vomie des enfers qui croit avoir le droit de donner des ordres… Ne l'oublie jamais, espèce de monstre de foire, je suis le seul qui commande, ici.

Ils se fusillèrent du regard un long moment, la tension à son comble. Paco avait son automatique à la main, tandis que celui de Soldier était encore dans sa ceinture — mais ses doigts caressaient sa crosse.

— Ça, c'est pas banal, mon Paco, déclara Soldier. Toi et moi en train de s'affronter ! On est partenaires. Hein ? D'accord ? OK ?

— Mouais, plus ou moins, répondit Paco.

Sa voix était ferme, mais je voyais ses jambes qui tremblaient légèrement.

— Alors évitons de nous balancer des trucs qu'on risquerait de regretter plus tard, dit Soldier. Retournons à la piaule et parlons un peu. Notre Trudy, ici, va certainement reprendre ses esprits. N'est-ce pas, Trudy ?

— Je ne vous dirai jamais où est planqué le fric, promit-elle.

— Très bien, renifla Soldier. Tu ne nous le dis pas. Pas maintenant. Les choses peuvent changer, cependant. Toi, le mec Happy. Et ton négro de copain. Embarquez-moi l'autre gus, là, comment déjà ?… Howie, Howard, je m'en branle. Et ramenez-le à la maison.

On allongea Howard sur le canapé, Trudy et Paco posèrent leur cul sur des chaises tandis que Leonard et moi on s'installa sur le foyer en brique de la cheminée. Angel se posta devant nous avec son flingue. Elle semblait faire partie du mobilier.

Soldier s'assit à la table de la cuisine et annonça :

— Peut-être que Paco avait raison. On va tous se casser une petite graine et on se sentira mieux après. Plus coopératifs, vous voyez. Il est réveillé, l'autre abruti ?

Angel s'approcha du canapé et fit tourner la tête de Howard. Une bosse de la taille d'une orange à l'avant de son oreille était ouverte en son milieu, suintant du sang.

— Toujours pas ? fit Soldier. Eh bien, on lui garde un petit quelque chose pour plus tard. Paco, que dirais-tu de nous faire des sandwiches ? Je suis encore en train de te donner des ordres, hein ?

— Pas de problème, déclara Paco.

On eut donc droit à des sandwiches avec des restes de pain de viande. Je ne me souvenais pas en avoir mangé récemment (ce qui n'est pas une grande perte quand on connaît le pain de viande de Leonard), mais j'avais besoin d'avaler quelque chose. Je sentis revenir un peu de mes forces.

— Tout le monde a bouffé ? demanda Soldier un moment plus tard. Parfait. Voilà donc une bonne chose de faite. On se sent tout de suite moins grincheux, non ? Doody, approche-toi.

— C'est Trudy, précisa Angel.

— Trudy, Doody, peu importe. Viens par ici.

— Je ne te dirai pas où est l'argent, connard.

— Viens ici quand même. Angel, aide-la.

Angel attrapa Trudy par le bras, la força à se

lever et la poussa vers la table de la cuisine. Trudy s'écroula sur la chaise qui faisait face à Soldier.

Soldier lui sourit et demanda :

— Tu n'as plus faim ? Tu veux un verre d'eau ? Non ? Super. Maintenant, écoute-moi bien, ma fille. On a ici un problème simple, mais t'es en train de le transformer en un de ces… comment déjà… Angel, donne-moi un coup de main…

— Dilemmes.

— Ouais. Un de ces trucs. Pourtant, c'est vraiment très facile. Tu nous donnes ce fric et on se casse. Tu ne nous le donnes pas et je te bute. Toi et tes copains. Ainsi que le négro et ton monsieur Happy. Vous finirez tous comme le petit gros, là-bas, au ciné Apache. Avec votre cervelle sur les murs. C'est pas une bonne option, Trudy.

— De toute façon, tu nous tueras, siffla Trudy.

— Non. Non. Je vous laisserai partir. Je prends le fric, je me casse loin d'ici, et hop ! dès demain vous retournez à vos petites occupations à la con d'avant notre rencontre…

— Si je t'indique où est l'argent, tu nous flingues. Et comme tu le feras de toute façon, je n'ai aucune intention de te dire où il est. Si je dois mourir, je préfère encore que ce soit en sachant que tu ne l'auras jamais.

— C'est vache, Trudy. T'es une petite salope de dure à cuire, je dois te reconnaître ça. Tu viens de voir un mec se faire exploser la tronche et un autre se prendre une pelle dans la gueule, et voilà que tu continues à me parler comme si on était encore en train de négocier, ici. La dernière fois, toi et… c'est comment déjà son nom, Howie, Henry…

— Howard, dit Angel.

— Ouais, lui. Vous deux, vous ne vous en êtes pas trop bien sortis, tu sais ? Je veux dire, vous n'avez pas eu les flingues. Vous n'avez eu que dalle, en fait.

— Et toi, tu n'as pas l'argent non plus, riposta Trudy. Ce pognon était destiné à servir une idée, une cause importante…

Soldier fit un mouvement de moulinet avec son bras gauche et sa main droite. Les coins de ses lèvres retombèrent et il prit un air pincé.

— … et toi, tout ce que tu veux faire, c'est le claquer ! poursuivit Trudy.

— Tu crois ça ? N'importe quel crétin peut dépenser du fric. Acheter un bidon de lait, un demi-kilo de beurre, une nouvelle voiture économique… Un séjour au lac Tahoe. Ce genre de conneries. Mais il y a claquer et claquer. En ce qui me concerne, je suis un putain de conné… Comment on dit ça déjà, Angel ?

— Connaisseur.

— C'est ça. Un connaisseur. Tu vois, bébé, j'ai déjà gagné plus de fric en une seule journée que ce que t'as planqué là-dehors. Ton petit magot de merde, tes, genre, quatre cent mille dollars, c'est du pipi de chat pour moi. Mais c'était censé être un coup facile, et toi, tu compliques tout ; alors voilà, je m'obstine et, à présent, j'en fais une question de principe. À ton avis, quelle opinion j'aurais de moi-même si je laissais tomber maintenant ? J'ai décidé que j'allais mettre la main sur ce fric et je vais le faire. Si ça doit prendre un peu plus de temps, eh bien qu'il en soit ainsi. Mais alors, je vais m'assurer que ce temps te semble foutrement plus long à toi qu'à moi, Doody. Tu entends ? Et à la fin, quoi qu'il arrive, je l'aurai.

— Pas si je ne te dis pas où il est, rétorqua Trudy.

— Oh, tu finiras bien par cracher le morceau… Regarde, voilà ce que je vais faire. Pour te prouver que je ne suis pas un type si méchant.

Il sortit les cinq mille dollars que Howard lui avait donnés et il les posa sur la table.

— Je te les rends, dit-il. Ils sont à toi. Tu ne les partages avec personne. Ils sont tout à toi ! Tu t'achèteras quelque chose de joli, une nouvelle robe. Tu iras chez le coiffeur. Peu importe. C'est ton fric. Tout ce que t'as à faire, c'est me dire où le reste du magot est planqué. Tu me donnes le gros tas de fric et je vous laisse vous tirer. Même le négro. Et toi, tu y gagnes un peu d'argent de poche. Et laisse-moi te dire que si je suis de bonne humeur quand je récupère ce pognon, alors je balancerai peut-être un petit bonus pour tout le monde. Qu'est-ce t'en dis ? On a un deal ?

— Va te faire foutre.

Le visage en sueur de Soldier vira au rouge.

— C'est comme tu veux.

Il se leva, fit le tour de la table et mit ses mains sur le dossier de la chaise de Trudy, puis il se pencha jusqu'à ce que son menton se pose sur le haut de sa tête.

Je sentis les muscles de mon dos se nouer.

— Tu es sûre ? murmura Soldier.

— Je n'ai jamais été aussi sûre de moi, répliqua Trudy.

Soldier se redressa et regarda autour de lui. Il se dirigea vers le placard que Leonard construisait et il prit le marteau et un des longs clous dans un sac en papier. Puis il dit :

— Angel. Tu peux venir un moment ? Je vais avoir besoin de ton aide.

— Soldier..., dit Paco. Ne fais pas ça.

— Paco, tu me casses les couilles depuis un bout de temps et je ne dis rien. Mais ne pense pas que ma mansuétude durera éternellement. Il y a du fric ici, et je le veux. Toi aussi, n'est-ce pas ? Tu veux avoir ce que je peux faire pour toi, non ?

Paco se figea.

— Eh bien ? insista Soldier.

— Oui, répondit finalement Paco, d'une voix à peine audible.

— Alors, fit Soldier, que le spectacle commence !

Il ôta son chapeau et l'envoya balader dans un coin.

— Angel, prends-lui la main gauche.

25

Je m'étais déjà jugé impuissant, dans ma vie, mais c'était que dalle par rapport à cet instant.

Je savais exactement ce qui allait arriver ; je voulais l'empêcher et faire un truc héroïque — par exemple bondir par-dessus le canapé, sauter sur Soldier et lui briser la nuque. J'en aurais été tout à fait capable, sauf que je ne pensais pas avoir le temps de l'atteindre. Paco n'appréciait peut-être pas la manière dont les choses se passaient, mais il avait choisi son camp, et il me buterait avant même que j'aie franchi les deux mètres qui nous séparaient. Et s'il ne le faisait pas, il y avait Angel. Son pistolet était passé dans la ceinture de son pantalon de jogging, mais elle était suffisamment loin pour avoir le temps de dégainer et de tirer. Et puis, il y avait Soldier.

Si je me faisais descendre, il ne restait plus que Leonard, Howard et Trudy contre ces trois connards. Trudy ne serait plus d'une grande utilité dans un instant et Howard était hors service pour le moment. J'étais donc forcé d'attendre.

J'aurais pu leur dire que je savais que l'argent était planqué près du ruisseau, mais je ne savais pas exactement à quel endroit. Je n'aurais pas pu les mener directement à la nouvelle cache, ni compter sur ma bonne étoile pour la trouver. Et même s'ils récupéraient ce fric, Trudy avait raison : Soldier allait nous tuer.

— Ouvre ta main et pose-la sur la table, ordonna Soldier à Trudy.

Trudy ne bougea pas. Elle était assise, les mains sur les genoux, et regardait droit devant elle.

Angel attrapa une des mains de Trudy. Trudy ferma son poing. Angel la gifla. Trudy cria. Angel réussit à ouvrir la main de Trudy en se servant des deux siennes et elle la plaqua de force sur la table, paume vers le bas, puis elle la tint fermement par le poignet.

— Fais-le, sale porc, cracha Trudy. Fais-le donc !

Soldier plaça le clou sur le dos de la main de Trudy. Le marteau retomba brutalement et le clou transperça la chair. Trudy hurla et la table bougea. Ses doigts se débattaient comme des chenilles balancées sur une plaque chauffante.

Angel lâcha Trudy et recula. Elle se retourna pour regarder par la fenêtre, comme si elle venait d'être distraite par un oiseau.

— Maintenant, dit Soldier, tu me dis où est l'argent. Sinon, je vais te clouer l'autre main.

Trudy ouvrit la bouche, mais aucun son n'en sortit.

— C'est bon, ajouta Soldier. Repose-toi un instant. Ta voix va revenir. Mais si tu ne me réponds pas, c'est ton autre main qui y passe. Et si ça ne suffit pas, alors je m'occuperai de tes nichons…

Je m'étais levé quand le marteau avait frappé, mais je n'avais nulle part où aller et tout ce que j'aurais pu tenter m'aurait coûté la vie.

— Assieds-toi ! m'ordonna Paco.

J'obéis. Je me sentais à l'étroit dans mes fringues. Je voyais le visage de Trudy de profil. Sa paupière battait la chamade.

— À ta place, je pense que je me serais évanoui, ajouta Soldier. T'as une sacré paire de couilles, frangine. Je te l'accorde. Mais bon, c'était prévu pour faire mal. J'ai raison ? Alors mettons fin à ce désagrément, s'il te plaît. Je veux que tu arrêtes d'être récla… Comment on dit déjà, Angel ?

— Récalcitrante.

— C'est ça. Récalcitrante. Où est le fric ?

La voix de Trudy était râpeuse, mais ses mots étaient clairs.

— Mange ta merde !

Soldier se pencha par-dessus la table et la gifla. Elle tomba de sa chaise, la table se renversa sur elle et un de ses coins se planta dans son cou. La chute tendit sa main à la limite de ce que permettait le clou. Elle resta allongée là en sanglotant, tandis que les cinq mille dollars voletaient autour d'elle comme des feuilles de salade.

À cet instant, j'aurais tout donné pour qu'elle dise enfin ce qu'elle savait. Qu'on leur refile cet argent et qu'ils nous flinguent. Qu'on en finisse. Mais, au même moment, mon instinct de survie se réveilla et je compris que j'avais peut-être une carte dans la manche et que je devais la jouer maintenant — ou alors autant me coucher et nous sortir tous de la partie en cours.

— Je sais où est le fric, annonçai-je.

— Comment ? fit Soldier. Toi, le mec Happy ? C'est quoi cette histoire ?

— Je sais où est le fric, répétai-je.

— Il ment, intervint Paco. Il n'a pas bougé d'ici. Il ne peut pas savoir où elle l'a enterré. Et si c'était le cas, il ne l'aurait pas laissée souffrir comme ça. Il bluffe.

Leonard observait Paco comme un chien surveille son os préféré. D'accord, Paco était pour lui. Je pouvais compter là-dessus.

Ça me laissait Angel et Soldier.

— Je viens juste de comprendre où il est, expliquai-je. Je me souviens de ce qu'elle avait sur ses chaussures quand elle est rentrée cette nuit de sa petite balade.

— Sur ses chaussures ? répéta Soldier. On cause godasses maintenant ? Moi je te parle de fric, monsieur Happy, pas de grolles. Tu vois, dollars, biftons, flouze...

— Je sais où est l'argent grâce à ses chaussures.

— Je comprends, dit Soldier. C'est une espèce d'indice, hein ?

— Un truc comme ça. Donnez-moi une pelle et je vous rapporte le pognon.

— Eh bien, on y arrive, dit Soldier. Angel. Il va nous ramener l'argent. Tu entends ça ?

Angel acquiesça.

— T'es OK comme mec, Happy. Tu pourrais même commencer à me plaire.

— Je n'ai aucune envie de te plaire, répliquai-je. Je veux en finir avec tout ça. Je te retrouve le magot et tu nous lâches la grappe.

— Ai-je jamais dit autre chose ? minauda Soldier. Putain, c'est le deal que je vous propose depuis ce matin ! Je prends l'argent et je vous libère. C'est ce que j'ai toujours proposé, non ? C'est vrai, hein, Angel ?

— Oui, assura Angel.

— Allons-y, Happy, dit Soldier. Toi et moi.

— Nous tous, fis-je.

— *Nous tous ?* répéta Soldier. Mon gars, tu es en train de me dire : *nous tous* ? Bon sang, tout le monde se prend pour le patron, ici ! C'est moi qui suis censé être le boss et on me donne des ordres ?

— Il faut soigner Trudy, ajoutai-je. Et je veux qu'elle vienne avec nous. Aucune envie de l'abandonner à Angel. Ta nénette prend trop de plaisir à ce qu'elle fait.

— On la laisse avec Paco.

— Non.

— Et voilà que toi aussi tu tentes de marchander avec moi ! Mais regarde où ça mène. Un clou dans la main. Une pauvre fille allongée par terre.

— Si on le fait à ma façon, d'ici vingt ou trente minutes, tu auras l'argent, assurai-je. Avec ta méthode, ça risque de durer la journée.

— Si t'es aussi solide qu'elle, répliqua Soldier.

— Je ne pense pas l'être, reconnus-je. Mais peut-être que je le suis assez pour tenir un certain temps. En tout cas, plus longtemps qu'une demi-heure.

La sueur sur le visage de Soldier ressemblait maintenant à une épaisse couche de vaseline. Il fronça les sourcils et hocha la tête.

— Tu n'as pas tort au sujet du temps que ça prendra, monsieur Happy. Tu n'as pas vraiment raison non plus, mais c'est à considérer. En plus, j'en ai ma claque de traîner ici. Je veux… Comment on dit quand on veut aller plus vite, Angel ?

— Accélérer.

— Accélérer. Ouais. Ça devrait marcher. Donc, on est d'accord.

Soldier s'accroupit derrière la table renversée, ramassa le marteau et frappa la pointe du clou qui dépassait. Trudy hurla. Elle se plia en deux et s'assit presque avant de retomber en arrière.

La tête du gros clou dépassait maintenant du dos de sa main, mais celui-ci était encore en partie planté dans la table.

Angel tira d'un coup sec le poignet de Trudy. Le clou se détacha de la table. Angel le saisit alors par en dessous et le poussa à travers la main de Trudy, puis elle attrapa sa tête avec deux doigts, l'arracha de la plaie et le jeta par terre. Elle releva la chaise renversée et obligea Trudy à s'y asseoir. Mon ex était blanche comme du plâtre.

— Allez chercher du mercurochrome, enveloppez-lui la main avec un chiffon, ou ce que vous voulez, ordonna Soldier. Mais qu'on en finisse, putain !

26

Angel trouva de l'alcool à 90° dans l'armoire à pharmacie de Leonard et nous l'apporta. Elle déchira une taie d'oreiller et me laissa bander la main de Trudy au-dessus de l'évier de la cuisine. Trudy était toujours pâlichonne et tremblotante et elle sursauta quand je versai l'alcool sur la blessure — mais à peine. Après avoir été clouée à une table, cette brûlure, en comparaison, c'était une partie de plaisir.

— Je suis désolé, lui soufflai-je.

— J'ai fait mon choix, murmura-t-elle. Tu ne sais pas où est l'argent, n'est-ce pas, Hap ?

Je ne répondis pas.

— Si tu le sais, ne leur dis pas. Ils vont nous flinguer de toute façon. Ne leur donnons pas le plaisir de le récupérer. Ces salopards s'en serviront pour acheter de la came et la revendre à des gamins, si ça leur permet de se faire des bénefs.

— Hé ! l'interrompit Soldier. Ça suffit, les beaux discours ! Monsieur Happy va nous retrouver ce magot. Et laisse-moi te dire que, vu la situation du monde, c'est pas une mauvaise chose qu'un gosse ou deux puisse se défoncer. Un peu de drogue, c'est toujours mieux que ce qui se passe sur la planète. Allez, on y va.

Je serrai les bandes de la taie d'oreiller autour de la main de Trudy. Le sang se mit presque immédiatement à suinter à travers le pansement, mais je ne pouvais rien faire de plus.

— Tout le monde sort profiter des grands espaces ! ordonna Soldier.

Il s'approcha du canapé et poussa Howard du canon de son automatique, mais Howard ne bougea pas. Alors, il se pencha et posa sa tête sur sa poitrine.

— Celui-là aussi a cassé sa pipe, annonça-t-il. Merde, j'ai déjà frappé des mecs plus violemment que ça et ils ne sont pas morts pour autant !

— Espèce de fils de pute ! cracha Trudy. Saloperie de fils de pute de merde !

— Si t'avais pas changé l'argent de place, ce bon vieux Howard serait encore parmi nous aujourd'hui, répondit Soldier. Mais non, cette sale pute a voulu jouer à la plus maligne avec nous ! Et tout ce que t'y as gagné, c'est un clou dans la main, connasse ! Et pour que dalle, en plus, vu que monsieur Happy ici présent va me conduire jusqu'au trésor de toute façon.

— Il ne sait pas où il est, déclara Trudy.

— Mais oui, je le sais, assurai-je. J'ai compris où tu l'as planqué.

— Il vaudrait mieux pour tout le monde que ce soit vrai, dit Soldier, parce que sinon on va se croire au feu d'artifice du 4 juillet… Allez, on est partis !

Sur ces mots, il récupéra son parapluie et mit son chapeau. Je passai un bras autour de Trudy pour l'aider à marcher et Soldier fit signe à Leonard de nous rejoindre. Puis on sortit tous les trois, avec Paco, Angel et Soldier sur les talons.

Les rafales de pluie et de neige fondue avaient cessé, mais il faisait froid et humide et le tonnerre grondait. Je me penchai sur Trudy et l'embrassai derrière l'oreille en lui murmurant :

— Tu fais juste comme moi, d'ac' ?

— Fermez-la, vous deux ! ordonna Soldier. Si vous commencez vos messes basses, ça va me rendre nerveux. C'est moi qui fais la causette ici. J'aime ça.

Je me rendis directement à la grange. Une fois à l'intérieur, je lâchai Trudy. Elle vacilla, mais Leonard la soutint.

Je récupérai la pelle à l'endroit où Soldier l'avait balancée, puis je filai de nouveau vers la porte.

— Ça se passe pas ici ? protesta Soldier. On est encore obligés de retourner dehors sous cette merde ?

Je ne répondis pas. Je sortis et Leonard me suivit, aidant Trudy à marcher. Le trio armé ne nous quitta pas d'une semelle. J'allai directement au chenil de Switch et, lorsque Leonard comprit ma destination, il accéléra légèrement le pas. Quand je m'arrêtai devant sa cage, Switch sortit de sa niche et vint vers moi d'un air méfiant.

— T'es capable de tenir debout toute seule ? demanda Leonard à Trudy.

— Oui, ça va.

Alors il la lâcha, puis il s'approcha du chenil.

— Switch, mon pote ! lança-t-il à son cabot préféré.

Switch vint vers lui et Leonard me regarda du coin de l'œil. Il avait pigé mes intentions.

— Pourquoi s'arrête-t-on pour caresser ce clébard ? protesta Soldier. Vous vous croyez en vacances ?

— L'argent est ici, affirmai-je. Dans un de ces chenils. Je ne sais pas lequel, mais il est ici. Quand Trudy est rentrée cette nuit-là, la deuxième fois, elle avait de la crotte de chien sur ses chaussures. Je ne vois pas où elle aurait pu se saloper de merde ailleurs qu'ici. Je pense qu'elle a enterré le pognon dans une de ces putains de cage.

— Tu *penses* ? répéta Soldier.

— Tu peux même quasiment en être sûr, dis-je.

— Il me faut du cent pour cent, répliqua Soldier. Paco, qu'est-ce que t'en dis ?

— Ça se pourrait, grommela Paco. C'est même probable.

— Angel ? demanda Soldier.

Angel haussa les épaules.

— Pourquoi je te pose cette question, d'ailleurs ? reprit Soldier. À toi, il suffit d'avoir trois tapis de sol, un milk-shake protéiné et quelques haltères, et alors t'es heureuse, hein ?

L'expression d'Angel ne changea pas.

— Tu pourrais être un de ces trucs, là… C'est quoi le mot déjà, Angel ? Un de ces machins qui sont comme des robots…

— Un androïde, répondit-elle.

— Ouais, un de ces androïdes. Tu sais, parfois tu me fous les chocottes.

J'ouvris la porte du chenil et j'attrapai le collier de Switch en lui murmurant :

— Viens, mon gros toutou…

Puis je l'entraînai à l'extérieur. Je sentis ses muscles se tendre avec tous ces inconnus autour de lui.

— Tu fais quoi, là ? demanda Soldier.

— Je le sors de son enclos pour pouvoir creuser. Leonard, tu peux le tenir ?

Leonard le prit par le collier. Puis il fit un pas en arrière en l'entraînant avec lui et, au passage, il effleura l'épaule de Soldier de la main en lâchant :

— Ouille !

C'était ce que Switch attendait, persuadé qu'on attaquait son maître. Il se débattit, Leonard le lâcha, et il se jeta directement sur Soldier qui laissa tomber son parapluie et se protégea en levant un bras. Le chien le percuta comme une massue, crocs dehors.

Pendant ce temps, je fonçai vers leur petit groupe, ma pelle levée. Quand Switch chopa Soldier et que celui-ci hurla, Angel et Paco se retournèrent. J'en profitai pour frapper Angel de toutes mes forces du tranchant de la pelle, la cueillant au cou. Ce fut comme si j'avais cogné un pilier en béton. Elle tomba sur un genou et le bras qui tenait son arme suivit sa chute. Son cou s'ouvrit et un jet de sang jaillit dans l'air froid et la pluie.

Leonard passa derrière Soldier toujours coincé par le chien, il pivota sur son pied gauche et fit un moulinet rapide de la jambe droite. Au même moment, Paco leva son arme et le visa, mais le talon de Leonard l'atteignit à la nuque et Paco tomba en avant. Le coup de feu partit, mais ne toucha personne. Un instant plus tard, Paco était allongé, le visage dans la boue. Ses fesses faisaient une bosse comme s'il s'était métamorphosé en un ver qui tentait de ramper jusqu'au centre de la Terre.

Le coup de Leonard lui avait brisé la nuque.

Pendant ce temps, Switch avait renversé Soldier et, maintenant, il lui dévorait le bras. Il le traînait sur le sol tandis que ses dents tailladaient sa veste, sa chemise et sa chair.

Je fis voltiger ma pelle et frappai une nouvelle fois Angel sur le haut du crâne. Elle lâcha son flingue et tomba sur les mains, comme pour se lancer dans une série de pompes. Je me précipitai pour récupérer son arme, mais, juste à ce moment-là, Soldier réussit à pointer son automatique sur la tête de Switch et à appuyer sur la détente. Switch eut un sursaut et s'écrasa sur le sol avec quelques convulsions. Soldier se remit debout aussitôt en prenant appui sur un genou. Son chapeau avait disparu et ses lunettes se balançaient à l'une de ses oreilles.

Il serra les dents, leva son .45 et le pointa sur Trudy.

Pendant tout ce temps, elle n'avait pas bougé. Je bondis, l'attrapai par la taille, la tirai sur le côté et la balle nous manqua. En me tournant, je vis Leonard qui sprintait derrière les chenils en direction du ruisseau et Angel qui plongeait pour récupérer son arme. Je soulevai Trudy comme un vulgaire sac de patates et je me mis, moi aussi, à courir en zigzaguant vers le ruisseau.

Mais Trudy était trop lourde pour moi et je fus obligé de la lâcher.

Soudain, je ressentis un choc au côté droit — comme si on venait de m'enfoncer le bout d'un poteau de clôture dans la couenne. Je tombai à genoux et hurlai à Trudy :

— Cours !

Je réussis à me relever et vis Trudy qui cavalait de toute la force de ses longues jambes merveilleuses. Elle sauta dans le ruisseau, juste devant moi. Il y eut un autre coup de feu, puis je me retrouvai à mon tour dans la flotte, juste derrière elle, et je courus aussi vite que je pus au milieu des gerbes d'eau. Sur les deux rives, la végétation s'épaississait au fur et à mesure qu'on s'enfonçait plus profondément dans la forêt.

Derrière moi, vers la maison, j'entendis plusieurs coups de feu, la plainte d'un chien et les hurlements de Soldier. Ça m'étonna qu'ils ne se soient pas lancés sur-le-champ à notre poursuite et je me demandai s'ils n'étaient pas partis en chasse de Leonard.

Tandis que j'avançais, je sentis une douleur se glisser en moi à la recherche d'un endroit où s'installer définitivement. J'avais l'impression que mon âme était en train de s'écouler et d'être emportée par le ruisseau.

Mais quand je baissai les yeux, je vis que ce n'était pas mon âme qui se perdait dans l'eau.

C'était mon sang.

27

Mes performances à la course à pied n'étaient pas vraiment au top et Trudy n'avait jamais été très bonne non plus dans cette discipline. J'entendais Angel et Soldier qui pataugeaient dans la flotte derrière nous. Ils étaient encore à une certaine distance, mais ils avaient l'air de gagner rapidement du terrain. Angel avait la constitution d'un cheval et une tête aussi dure qu'une poêle en fonte. Soldier, lui, avait cogné une seule fois ce pauvre Howard avec la pelle et moitié moins fort que je ne l'avais fait avec Angel — et Howard n'avait pas survécu.

Je rattrapai Trudy, la pris par le coude et lui indiquai la berge. On sortit de l'eau et on grimpa sur la rive. Là, on rampa à travers les broussailles jusqu'à un bosquet de sapins et de liquidambars.

Très vite, je dus m'asseoir. J'appuyai mon dos contre un arbre et me laissai glisser sur les fesses. Trudy, haletante, s'accroupit à côté de moi et regarda mon côté. Mon manteau était rougeâtre et je sentais mon sang se refroidir et coller ma chemise contre ma peau.

— Hap ! s'exclama-t-elle.

Je posai un doigt sur mes lèvres. J'entendais Soldier et Angel pas très loin dans le ruisseau. Finalement, ils passèrent devant nous et continuèrent à avancer en soulevant des gerbes d'eau.

Quand j'estimai qu'ils étaient assez loin, je lui murmurai :

— Comment va ta main ?

— Engourdie. C'est surtout le choc, je crois. Mais la douleur est en train de s'estomper. Tout bien considéré, ça va.

— Eh bien, pas moi. Aide-moi à me relever.

Elle glissa sa main indemne sous mon bras et je m'appuyai sur elle un instant pour me remettre debout.

— Il faut qu'on arrive jusqu'à l'arbre de Robin des Bois.

— Quoi ?

— Fais-moi confiance.

Il n'était pas très loin, mais ça me paraissait à des kilomètres. Au début, la moitié de mon torse était simplement ankylosée, mais à présent j'avais l'impression qu'on me plantait dans le corps un cric chauffé à blanc et qu'en prime on le faisait tourner.

On s'enfonça dans la forêt et on arriva à la clairière où se dressait notre arbre.

Leonard était là, adossé au tronc.

Quand on s'approcha, il ouvrit les yeux et nous considéra.

— Si ç'avait été Angel ou l'autre monstre de foire, je serais mort.

— T'es touché ?

— Au bas du dos, à droite. La balle est ressortie par la jambe, ici, indiqua-t-il en effleurant sa cuisse droite. L'os a dû la dévier. C'est sans doute Angel qui m'a touché. Cette salope tire super bien. J'avais pris une bonne avance sur vous, je fonçais dans les bois le long du ruisseau. Je pensais m'en être sorti.

Je m'accroupis à côté de lui. J'essuyai la sueur glacée de son front, puis je frottai ma main sur mon pantalon.

— Ça va aller, Leonard, dis-je.

— Bon sang, tu peux compter là-dessus. J'ai déjà connu pire... Merde, toi aussi, t'es touché, mec.

— En haut sur le côté et le projectile est ressorti sur le devant, ici, expliquai-je. J'ose pas encore regarder à quoi ça ressemble, mais...

— ... t'as déjà connu pire, termina Leonard.

— Exactement.

— Trudy, ajouta-t-il, tu t'es bien amusée à jouer aux révolutionnaires, hein ?

— Je continue à croire en mes valeurs. Rien de tout ça ne change quoi que ce soit pour moi.

— C'est pas terminé, dit Leonard. Mais je dois reconnaître que t'as du cran. Si j'avais été à ta place quand Soldier a sorti son marteau, j'aurais chanté comme un perroquet.

Soudain, une pluie verglaçante arriva sur nous obliquement, à travers les arbres, depuis le nord. Elle atteignit d'abord la clairière, puis le chêne, et nous au bout du compte.

— Si on reste ici, on va mourir gelés, grommelai-je.

— On ne pourrait pas couper à travers la forêt ?

demanda Trudy. Elle doit bien s'arrêter quelque part, non ?

— Elle s'arrête, en effet, répondis-je. À des kilomètres. Mais avec ce froid et la nuit qui va tomber, je ne crois pas que Leonard et moi on pourra aller très loin.

— Trudy réussirait à trouver de l'aide, suggéra Leonard.

— Je ne connais pas ces bois, dit-elle. Je risque de tourner en rond avant même de m'éloigner de cette clairière.

— De toute façon, je doute qu'on puisse survivre jusqu'à ton retour, dis-je. Si Soldier et Angel ne nous remettent pas la main dessus, on mourra d'hypothermie ou de nos blessures. Il vaudrait mieux faire un détour pour rejoindre la route principale ou retourner chez Leonard. Il y a des chances pour qu'ils aient pris le large, à l'heure qu'il est. On récupère une voiture et on s'échappe.

— Je n'ai pas d'autre choix, fit Leonard. Si je dois marcher encore longtemps, où qu'on aille, peut-être même juste pour rentrer chez moi, je boufferai les pissenlits par la racine avant le prochain printemps.

— Si on se planquait en attendant qu'ils se soient tirés ? proposa Trudy.

— On finira en glaçons avant, dit Leonard. Et puis, j'ai un fusil dans le coffre de ma voiture et un pistolet d'entraînement dans la maison. Ça nous donnerait une protection supplémentaire.

— Alors, c'est réglé, dis-je.

— Hap, trouve-moi un gros bâton, demanda Leonard. Je vais avoir besoin d'une béquille.

Je me sentais incapable du moindre effort, mais je réussis quand même à me traîner jusqu'à un liquidambar à l'orée de la clairière ; j'attrapai une de ses branches et tirai dessus. J'eus l'impression qu'on m'arrachait les intestins, mais je tins bon jusqu'à ce que je l'entende craquer. Ensuite, en me balançant, je parvins à l'arracher. Elle avait quelques petites ramures que je virai à coups de pied. Ça ne serait pas une béquille très confortable, mais s'il se la calait au creux de l'aisselle, elle ferait l'affaire. Elle était un peu effilée, à l'endroit de la cassure. Je pensai que ce ne serait pas une mauvaise chose, car ça lui permettrait de l'enfoncer dans le sol pour éviter de glisser…

Trudy m'aida à relever Leonard. Il tenta de marcher avec sa béquille improvisée. Ça avait l'air d'aller.

— Ne m'attendez pas, dit-il. L'un de vous deux doit retourner à la maison, prendre la voiture et aller chercher des secours.

— C'est tout le monde ou personne, décida Trudy.

28

On continua à avancer le long du ruisseau, mais à distance de l'eau, et on finit par émerger de la forêt par une clairière d'où on apercevait la maison de Leonard à travers la pluie de plus en plus violente. Le vent s'était levé et la rabattait contre nous, comme des aiguilles glacées, ce qui n'arrangeait pas notre situation. Je me sentais fiévreux et j'avais l'impression qu'un truc essentiel s'était brisé à l'intérieur de mon corps. Le monde, autour de moi, avait pris un aspect irréel. Je saignais toujours.

Trudy et moi, on soutenait Leonard, chacun d'un côté, pour l'aider à marcher. On aurait dit qu'il n'attendait plus qu'une caisse en sapin et une fosse deux mètres sous terre.

Je repensai à Soldier et à son androïde : s'ils avaient rebroussé chemin en suivant le ruisseau comme nous, ils étaient peut-être déjà chez Leonard, à nous attendre. Mais si on réussissait à rejoindre la voiture et à démarrer… Bon, d'accord, ça, c'était un peu prématuré.

Marcher encore et encore… Un pied devant

l'autre et cette fièvre, c'est juste la chaleur du soleil, et on est à la mi-juillet et les poissons mordent à l'hameçon et l'herbe est en train de jaunir, et les arbres se fanent sous la canicule comme des lavandières épuisées. Non, monsieur, il ne fait pas froid du tout, au contraire, il fait chaud, très chaud ! Pied gauche, pied droit, pied gauche, pied droit, j'avais une belle maison, mais je me suis tiré à pied, pied gauche, pied droit, gauche, gauche… Putain, je n'aurais peut-être pas dû refuser la conscription, vu que je me débrouillais vachement bien pour marcher au pas ! Soudain, je compris que je parlais à voix haute, alors je fermai ma gueule et me dirigeai vers les chenils en essayant de ne plus penser à ces deux salopards qui étaient peut-être tapis quelque part aux environs, à attendre qu'on arrive à leur portée pour redécorer les lieux avec nos cervelles… Mais bon, ce serait plus rapide et ça vaudrait toujours mieux que de crever lentement de froid dans les bois.

Et soudain, je me retrouvai près des chenils et je compris pourquoi on avait pris une telle avance quand on s'était enfuis, pourquoi aussi on avait entendu tous ces coups de feu…

Les chiens de Leonard. Dans sa fureur, Soldier les avait tous abattus.

— Ce fils de pute ! hurla Leonard. Si j'ai la moindre occasion, et même pas la moitié d'une occasion, je te jure que je lui fais la peau, à cet enculé. Je le bute grave !

Paco était là où on l'avait laissé, allongé face contre terre, à genoux, le cul en l'air, la tête pliée à angle droit. Leonard lui avait balancé un satané coup de tatane ! Ses fausses dents avaient giclé dans la boue, juste à côté du parapluie ouvert de Soldier, de son Borsalino écrasé et de la pelle. Trudy le retourna pour voir s'il y avait encore son arme sous lui, mais même si Soldier était très con, il n'était pas con à ce point-là.

— Si je ne clopinais pas sur cette béquille, grogna Leonard, je latterais ce connard jusqu'à ce qu'il revienne à la vie !

— On file à la voiture, dis-je.

Elle était garée sur le côté de la maison, près de la véranda de devant, là où on l'avait laissée quand nos ravisseurs nous avaient ramenés ici.

Leonard farfouilla dans la poche de son pantalon pour sortir ses clés et Trudy ouvrit la portière. Il se glissa derrière le volant et mit le contact.

Que dalle. Même pas un seul clic.

Je soulevai le capot. Ce simple geste me donna l'impression que mes intestins s'échappaient de mon bide. En examinant le moteur, je découvris que notre problème n'avait rien à voir avec la météo. Et je compris encore mieux pourquoi Soldier et sa dulcinée avaient tant tardé à se lancer à notre poursuite. Ils avaient récupéré la tête du distributeur. Je boitai jusqu'au minibus et jetai un coup d'œil à son moteur. Pareil. Et idem pour la Lincoln. Et pour la Volvo. J'envisageai de vérifier la Volkswagen dans la grange, mais ça m'aurait étonné qu'ils ne l'aient pas sabotée aussi, après avoir pris le temps de le faire pour toutes les autres voitures. Et de toute façon, je ne me sentais plus la force de marcher jusqu'à la grange.

— Le fusil, dit Leonard.

Je récupérai ses clés et fis le tour de la voiture en boitant, aidé par Trudy. Au moment où j'allais déverrouiller le coffre, j'entendis une espèce de crépitement et la vitre arrière explosa. Je vis Soldier et Angel qui remontaient le long de la berge. Leurs jambes étaient maculées de boue, et leurs visages rouges égratignés par les ronciers qu'ils avaient dû franchir. Ils n'avaient vraiment pas l'air de joyeux campeurs. Ils étaient encore à bonne distance et n'avançaient pas très vite à cause de la pluie glaciale qui les fouettait en pleine face, mais leurs flingues élargissaient leur champ d'action.

Je me retournai, prêt à m'échapper en courant, mais il y eut un autre coup de feu. Trudy, qui était juste devant moi, leva les mains et tomba en avant, tête la première. Je l'attrapai par le col de son manteau et je hurlai à l'intention de Leonard. Nouveau tir, cette fois d'un plus petit calibre — le .38, pensai-je. Tandis que je traînais Trudy vers la véranda de devant, mes blessures me donnèrent l'impression que tous mes organes se fracassaient contre mes os. Leonard nous suivit en clopinant. Je l'entendis grogner et le vis soudain qui s'affaissait sur un genou. Du sang jaillit de son corps et se répandit sur le sol gelé en une vague sombre. Je constatai aussi que Soldier et Angel se rapprochaient.

Leonard récupéra son bâton à la hâte puis il gueula pour se donner le courage de se relever. Il me cria quelque chose aussi, mais le déluge emporta ses paroles. Au moment où je déposai Trudy, je me pris une balle dans l'épaule. J'ouvris la porte et poussai tant bien que mal mon ex à l'intérieur avant de retourner chercher Leonard.

Il s'écroula sur moi avant même que je descende de la véranda. Il hurla et je sentis comme un coup de poing dans ma poitrine ; je l'attrapai et le balançai dans l'entrée. Il s'écroula sans lâcher son bâton. Je me précipitai pour saisir Trudy et la tirai complètement à l'intérieur. J'eus à peine le temps de verrouiller la porte que Soldier s'écrasait contre elle en gueulant. Je pensai qu'Angel allait s'attaquer à son tour à cette porte et que ce putain de robot réussirait probablement à l'arracher de ses gonds, mais non.

Il y eut un moment de silence qui fut encore plus effrayant que le vacarme précédent. Je filai péniblement dans la cuisine pour fermer la porte de derrière. Au moment où je mis le verrou, la poignée tressauta et j'entendis Soldier jurer. Il tira deux coups de feu en succession rapide à la hauteur de ma tête à travers le battant. Par chance, je venais de m'en écarter et les balles frappèrent le mur derrière moi, où elles firent exploser un vase dont les débris se dispersèrent sur le sol.

Je regagnai le salon en trébuchant ; au moment où je passai devant la fenêtre de la cuisine, deux autres balles fracassèrent la vitre, firent voler les rideaux et finirent leur course dans le mur. Mais j'étais déjà hors de portée.

J'évitai la fenêtre du salon en progressant accroupi et je rejoignis Leonard. Il était allongé par terre. Du sang coulait de sa jambe et de son abdomen. Ce devait être le projectile qui l'avait touché sur la véranda et l'avait traversé avant de m'atteindre aussi, mais moins gravement. C'était lui qui avait encaissé la plus grosse partie du choc. Quant à moi, les deux balles qui avaient pénétré mon flanc droit et mon épaule étaient de vraies salopes. Celle qui était entrée sous ma poitrine n'était qu'une égratignure en comparaison.

Leonard était en train de nouer sa chemise autour de sa jambe pour essayer d'arrêter l'hémorragie. Il avait toujours son bâton avec lui.

Dehors, Soldier s'époumona :

— Sortez maintenant, les gars, c'est terminé... Boum ! Une balle dans la tête ! Mais si vous ne vous montrez pas tout de suite, je vous ferai souffrir plus longtemps !

En rampant, je fis le tour du canapé où reposait le cadavre de ce pauvre Howard et je jetai un coup d'œil à Trudy. Le devant de sa veste, à l'endroit où la balle était ressortie, n'était plus qu'un cratère sombre et humide. On voyait ses viscères à travers ses vêtements déchirés. Leonard comprit la situation à voir mon expression.

— Je suis désolé, murmura-t-il. Tu ne peux plus rien faire.

Je tentai de lui fermer les yeux en lui passant la main sur le visage, mais ses paupières ne voulaient pas bouger. Il me semblait très important que ses yeux soient clos pour que je n'aie pas à les regarder — sauf que ses paupières refusaient obstinément de coopérer.

Deux nouvelles balles sifflèrent à travers la fenêtre du salon, ricochèrent sur le manteau de la cheminée et allèrent s'écraser sur quelque chose que je n'identifiai pas. La pluie glaciale qui entra par la fenêtre me gifla et se mêla à mes larmes.

Cette sensation me parut presque agréable.

— T'es encore avec moi, Hap ? demanda Leonard.

— Ouais, répondis-je.

Mais je n'en étais pas sûr... C'était comme si mon centre de gravité s'était déplacé.

— Un jour, j'ai chopé un négro qui avait essayé de me baiser dans une histoire de drogue ! cria Soldier. Je l'ai emmené dans la forêt, je lui ai cloué les couilles sur une souche et je l'ai abandonné là. Mais je lui ai laissé un couteau aiguisé. T'entends ce que je te dis, le bamboula ?

— Juste deux coups bien sentis avec ça, grommela Leonard en secouant son bâton. C'est tout ce que je demande.

— Le pistolet d'entraînement ? fis-je.

— Dans la table de chevet, à côté du lit. Pas chargé. Les balles sont dans une boîte... Putain, Hap, je suis salement amoché.

— Tiens bon, mon pote.

Dehors, Soldier s'était tu.

Ce n'était pas bon signe.

— OK, Leonard, écoute-moi, maintenant. Je vais chercher ce flingue. T'as déjà connu pire, non ?

— Oh que oui.

Pour rester hors de portée des balles, je passai en rampant derrière le canapé et je progressai ainsi jusqu'à la chambre où je n'arrivai pas — car en cours de route j'entrai en collision avec des chaussures de jogging.

Et les pieds d'Angel à l'intérieur.

29

Je levai les yeux et me retrouvai nez à nez avec son .38 à canon très court. Au-dessus du pétard trônait son visage impassible, avec son front enflé et déformé par mes coups de pelle et un œil presque fermé. Elle ressemblait à une femelle néandertalienne. Derrière elle, la fenêtre coulissante de la chambre était relevée et le vent glacial soulevait les rideaux au-dessus du lit. Des empreintes boueuses salopaient les draps.

Elle appuya sur la détente de son arme.

Le chargeur était vide.

Elle le savait parfaitement.

Salope.

Elle me frappa la tempe de toutes ses forces avec son pétard, puis le lâcha, m'attrapa par le devant de mon manteau et me força à me relever. Un réseau de douleurs parcourut mes multiples blessures et établit de nouvelles connexions entre elles.

Quand je fus debout, elle me planta son genou dans les couilles et elle me repoussa, hurlant, en arrière.

Je fus projeté dans le salon à travers la porte

ouverte et je retombai sur le flanc, derrière le canapé. À l'extérieur, Soldier gueulait :

— Angel ? Angel ?

Je roulai sur moi-même pour tenter de me relever, mais elle me saisit de nouveau par le col, me souleva et m'expédia par-dessus le canapé. Je retombai sur le dos. Elle se pencha, saisit le cadavre de Howard par son manteau et son entrejambe et le jeta sur moi. Il atterrit sur le ventre en travers de mes jambes.

Tandis qu'elle contournait le meuble, je me dégageai de Howard et me redressai en chancelant.

— Fais gaffe à elle, fais gaffe ! cria Leonard, comme s'il suivait un match de catch à la télé.

Il tenta désespérément de se remettre debout et Angel lui décocha un coup de pied oblique qui le toucha à la tête. Mais Leonard n'était pas sa cible principale car il semblait quasiment hors d'état de bouger. En revanche, elle ne nous avait pas oubliés, cette pelle et moi.

Quand elle essaya de me saisir à nouveau, je réussis à la cueillir d'un joli crochet du gauche. Sa tête partit en arrière et je lui cassai le nez. Elle commença à pisser le sang. Je la frappai encore et encore. C'étaient d'excellents crochets, je dirais.

Et pourtant, elle trouva encore la force de me balancer sur le canapé. Là, elle se laissa tomber sur moi, mais je parvins à me dégager et je lui coinçai le bras et la forçai à se retourner sur le dos. Alors, je m'assis à califourchon sur elle et la frappai d'une combinaison de deux crochets gauche droite. Son visage n'était plus qu'une bouillie sanglante.

Elle parvint néanmoins à me planter ses deux avant-bras dans les côtes, ce qui alluma un feu d'artifice de douleur dans tout mon corps. Je retombai par terre. Et voilà qu'elle était sur moi et qu'elle me défonçait la gueule à coups de poing. Je n'arrivais plus à penser, j'étais paumé, j'étais incapable de me défendre...

Soudain, un objet long, noir et pointu entra dans mon champ de vision et repoussa brutalement la tête d'Angel en arrière. Du sang gicla sur mon visage.

Leonard avait rampé jusqu'à nous et il venait d'enfoncer l'extrémité de son bâton dans l'œil droit de cette salope.

Elle se releva, raide comme la mort. Le bâton planté dans son œil dépassait de plus d'un mètre, mais il était solidement logé dans son crâne. Elle ne tenta pas de l'enlever. Elle m'enjamba et fit un pas vers la cheminée, mais elle se prit les pieds dans les jambes de Howard et s'écroula la tête la première. Son corps retomba sur le canapé, mais pas sa tête, et le bâton logé dans son œil vint frapper le sol. Sa tronche fut violemment projetée en arrière et elle ne bougea plus.

C'est alors que la fenêtre du salon explosa.

Soldier se servit de la pelle pour dégager les bouts de verre qui restaient. Et avant même que j'aie le temps de me relever, il défonça le cadre de la fenêtre d'un coup de pied et jaillit dans la pièce, son .45 au poing. Leonard, toujours allongé par terre, l'attrapa par la cheville et Soldier chancela. Mais il réussit à retrouver son équilibre et à dépasser Leonard... pour trébucher sur le bras tendu de Trudy et s'étaler définitivement. Quand il toucha le sol, je roulai sur moi-même et, oubliant la douleur qui explosait dans tout mon corps, je lui écrasai le poignet d'une manchette du tranchant de la main. Ses doigts s'ouvrirent largement, comme une étoile de mer surprise par un prédateur, et lâchèrent son arme. Il tenta de la récupérer, mais je le chopai par le cou. Il se remit à genoux en même temps que moi ; je lui coinçai le cou de mon avant-bras et commençai à l'étrangler. Il sortit un couteau de sa poche, réussit à le déplier d'une seule main et me tailllada au creux du coude, mais je ne lâchai pas prise.

Quand il me frappa à nouveau, j'abandonnai.

Je filai vers la fenêtre à quatre pattes, aussi vite que possible. Leonard était allongé là. Désormais, il avait perdu trop de sang pour faire quoi que ce soit. Je me retournai pour me relever et je me retrouvai devant Soldier qui fendit l'air avec son surin dans l'espoir de m'égorger. J'attrapai son arme à pleine main et la lame m'ouvrit le pouce jusqu'à l'os. Je tentai de me remettre debout, mais quelque chose devait déconner pour de bon à l'intérieur de mon corps car j'en fus incapable.

Soldier récupéra son couteau en tirant dessus et il me blessa à nouveau, mais, cette fois, je ne sentis pas immédiatement la douleur. Je me précipitai en avant et je plantai ma tête entre ses jambes en l'attrapant aux creux poplités, puis je relevai brutalement la nuque pour lui écraser les testicules. Il partit en arrière et son crâne heurta violemment le sol. Je rampai pour monter sur lui et je saisis sa main qui tenait le couteau avec ma main gauche indemne. Je lui tordis le pouce en arrière jusqu'à ce qu'il lâche prise.

Alors je m'emparai du couteau et le plaçai sur son cou. Je n'avais plus qu'à appuyer et à trancher. Après tout, ce putain de trou du cul raciste — et qui n'était même pas du coin — avait voulu me tuer.

Il me regarda à travers ses lunettes ridicules et je me forçai à imaginer, derrière ce connard mal foutu au visage en sueur, l'enfant que son paternel, un jour, avait battu jusqu'à lui faire exploser l'oreille. Le pauvre gamin que son père avait réussi à convaincre qu'il le faisait pour son bien et que, même s'il cognait sa mère, il n'en était pas moins un brave homme qui avait appris à se faire respecter... Et en ce même instant très bref, je me souvins que j'avais refusé de partir à la guerre parce que je ne voulais pas tuer pour une cause à laquelle je ne croyais pas. Et ici et maintenant, il n'y avait même pas de cause. Juste un pauvre con raté, sans le moindre espoir.

Je me dégageai et je lui ordonnai, sans cesser de le menacer de la lame :

— Mets-toi sur le ventre, Soldier, ou je te tranche la gorge.

— Vas-y mollo, souffla-t-il, vu que j'ai été salement mordu par un de ces foutus cabots.

Mais il obéit. Alors, je déchirai son manteau depuis le col jusqu'au milieu du dos et le tirai vers le bas pour que ses manches lui emprisonnent les coudes. Puis je coupai des bandes dans les jambes de son pantalon et m'en servis pour lui attacher les poignets. Ensuite, je sectionnai l'arrière de son falzar pour le lui baisser et lui bloquer les genoux. Je lui ôtai ses tennis et lui ligotai les chevilles avec ses lacets. Et enfin je roulai une de ses chaussettes en boule et je la lui fourrai de force dans la bouche — juste pour le cas où il aurait encore envie de dégoiser. Je l'avais assez entendu, cet enculé.

Leonard tenta de s'asseoir. Je refermai le couteau et le rangeai dans ma poche, puis j'aidai mon pote à s'appuyer contre la porte d'entrée.

— T'aurais dû flinguer ce connard, grommela-t-il.

— Je sais.

— Ça va compliquer les choses.

— Je sais.

— Notre bon vieux Hap ne changera donc jamais.

Je fis un énorme effort pour me relever. Je fus obligé de m'appuyer sur un bras du canapé pour y parvenir. Je ne tombai que deux fois avant d'atteindre l'endroit où était censé se trouver le téléphone. Sauf qu'il avait été arraché de sa prise murale et abandonné par terre près de la table de la cuisine. Soldier ou Angel l'avait débranché, comme ils avaient saboté les voitures. En grognant et en jurant, je réussis à aller jusque là-bas pour le ramasser — et pendant tout ce temps je grimaçai de douleur, le cœur au bord des lèvres, battant la chamade. Je l'examinai. Le connecteur, à l'extrémité du fil, était fendu et le combiné avait été projeté avec assez de force pour que le boîtier soit brisé et crache ses entrailles — mais celles-ci avaient l'air intactes. Ces deux salopards, trop pressés de se lancer à notre poursuite, n'avaient pas pris le temps de faire le boulot correctement. Du moins, je l'espérais.

Je remis donc en place l'intérieur de ce foutu téléphone et rampai jusqu'à la prise murale. Je rebranchai le connecteur et retins ma respiration tandis que je composais le 0. Au bout de trois sonneries, je pus parler à l'opératrice et lui demandai de me passer le bureau du shérif. Je racontai aux flics ce que je pensais qu'ils devaient savoir et je raccrochai. Le combiné était tout gluant du sang qui coulait de ma main tailladée.

Ensuite, je rejoignis Leonard tant bien que mal et me laissai tomber à côté de lui.

— On a intérêt à trouver une bonne histoire pour expliquer tout ça, murmura Leonard.

J'y réfléchis un instant, puis je lui parlai à l'oreille pour que Soldier ne puisse pas m'entendre.

— C'est n'importe quoi, protesta-t-il.

— T'as une meilleure idée, peut-être ?

Il fit non de la tête.

— Hap, tout à l'heure je t'ai dit que j'avais déjà vécu pire, tu t'en souviens ?

— Ouais.

— Eh bien, j'ai menti.

— Moi aussi, répliquai-je.

— Tu penses qu'on va s'en sortir ?

— Moi oui, dis-je.

Leonard tenta de rire, mais il avait trop mal. Il ouvrit la main. Je la pris et la serrai.

30

Je me souviens que je me réveillai dans l'ambulance en route vers l'hôpital et qu'il y avait un type du bureau du shérif avec moi. Il voulait absolument une déclaration de ma part. Je crois me souvenir que j'obtempérai. Après ça, les choses devinrent floues, puis elles virèrent au blanc, et ensuite il y eut cette lumière et des gens penchés sur moi et je sombrai à nouveau dans le néant. Quand je repris conscience, le soleil brillait à travers une fenêtre d'hôpital.

Une infirmière entra, me parla, me donna un peu d'eau et me souleva dans le lit pour que je voie mieux à l'extérieur. Plus tard, elle revint avec un collègue et une chaise roulante ; on me poussa jusqu'à la fenêtre afin que je jouisse pleinement de la vue.

Je restai donc assis là, à contempler la pelouse de l'hôpital. Le mauvais temps avait cédé la place au soleil et les arbres se balançaient doucement dans le vent. Celui-ci était sans doute froid, mais certainement en rien comparable à ce qu'on avait supporté ces jours derniers. Je voulus prendre ça comme une sorte de présage des bonnes choses à venir… Mais, peu de temps après, le médecin se pointa, accompagné de deux gros types, l'un vêtu d'un long manteau noir et l'autre portant un chapeau et des bottes, avec, à la ceinture, l'arme de service que le bureau du shérif remet à ses gars.

Le toubib était un petit homme au visage terne et aux cheveux blonds clairsemés. Il tenait ses mains devant lui, la paume gauche placée sur le dos de la droite. Son attitude me fit penser à un prédicateur. Il était très poli.

— Monsieur Collins, je suis le docteur Dumas. Vous savez, vous êtes resté trois jours dans le coma.

— Trois jours ?

— C'est bien ça. Et je dois vous dire que vous avez beaucoup de chance.

— Je ne me sens pas très chanceux, là, répliquai-je.

Le type du bureau du shérif ôta son chapeau de cow-boy ; son crâne chauve était parcouru de veines. Il s'adossa au mur dans un coin de la pièce. Long Manteau s'empara de l'unique chaise et la retourna pour s'y asseoir à califourchon. Mes deux visiteurs avaient les yeux fixés sur moi.

— N'empêche que vous avez eu beaucoup de veine, poursuivit le docteur. Quelques millimètres plus à gauche ici et quelques millimètres plus à droite là auraient fait une énorme différence. Une balle vous est entrée dans le dos, juste au-dessus des fesses, mais elle a touché la partie molle et ça l'a déviée ; elle est ressortie sur le côté droit juste devant l'os de la hanche. Un autre projectile a pénétré votre épaule, a déchiré un peu le muscle et puis est reparti de l'autre côté. Il y avait une troisième balle sous votre peau, juste en dessous de votre sternum, légèrement sur la droite. Du coup, ça n'a pas été trop compliqué de vous rafistoler.

— Et Leonard ? demandai-je.

— La science médicale a quelque chose à voir dans la survie de M. Pine, mais sa constitution physique est peut-être encore plus étonnante que la vôtre. Cependant, il ne risque pas de sortir de son lit aussi rapidement que vous. Il a un certain nombre de méchantes blessures internes et sa jambe… eh bien, je ne sais pas. Il ne la perdra pas, mais il ne marchera plus très bien avec elle.

— Je vous félicite, docteur Dumas.

— Je n'ai fait que mon travail. Ces messieurs sont ici pour vous poser quelques questions. Je les laisse se présenter.

Sur ces mots, Dumas quitta la chambre.

Long Manteau commença :

— Je m'appelle Jack Divit.

Le type du bureau du shérif ne se présenta pas. Il regardait autour de lui comme s'il s'ennuyait.

— Je suis du FBI, poursuivit Divit. Le shérif a enregistré une déclaration de votre part et, maintenant que vous vous sentez mieux, on aimerait en recueillir une aussi. Ça ne vous dérange pas de revenir ensemble sur ce qui s'est passé, n'est-ce pas ?

Je pris une profonde inspiration et commençai à raconter l'histoire sur laquelle Leonard et moi on s'était mis d'accord.

— Mon ex-femme, Trudy Fawst, est venue me voir pour nous proposer un boulot à Leonard et à moi. Elle souhaitait qu'on récupère un bateau pour elle et ses amis. Ils nous paieraient pour ce job.

— Vous ont-ils dit pourquoi ils voulaient retrouver ce fameux bateau ?

— Non, et on s'en foutait. C'était juste un travail comme un autre. On a repéré l'épave et il y avait beaucoup d'argent à l'intérieur, planqué dans des bidons étanches. Ensuite, ils ont refusé de payer ce qu'ils nous devaient et ils nous ont embarqués avec eux en nous expliquant qu'ils nous relâcheraient plus tard. On a découvert qu'ils comptaient utiliser ce pognon pour acheter des armes afin de monter un groupe révolutionnaire, vous voyez le genre. Une belle connerie. Un des membres de leur groupe, un certain Paco, avait décidé de se la jouer perso : il les avait mis en contact avec un type surnommé Soldier et sa nénette appelée Angel. Mais ces deux-là n'avaient pas d'armes à vendre et Trudy n'avait pas apporté le fric avec elle, à part cinq mille dollars. Elle a prétendu que le reste était planqué chez Leonard et on a fini par tous aller là-bas, mais la monnaie n'y était pas et disons que les choses, alors, se sont envenimées.

— Qu'en est-il exactement de cet argent ? intervint M. Bureau du shérif. Vous dites que vous l'avez vu et ensuite qu'il n'y en avait plus, mis à part les cinq mille dollars…

— Je ne sais pas. Quand on l'a trouvé, ça avait l'air de dépasser les cinq mille dollars. Mais je n'ai pas compté moi-même. S'il y en avait plus, je ne sais pas ce que c'est devenu.

— Ce Soldier, reprit Divit. Il raconte une histoire différente.

— Ah bon ? Comment va-t-il, notre vieux Soldier ?

— Physiquement, plutôt bien. Mais figurez-vous qu'on le recherchait depuis un sacré bout de temps. Il a un gros casier judiciaire.

— J'imagine.

— Des tas de sales affaires. Drogues. Armes. Meurtres. Viols. Il n'a pas perdu son temps. Et cette Angel qui était avec lui n'était pas non plus exactement une enfant de chœur. N'empêche qu'il a une autre version de cette histoire. Il prétend qu'il y avait un gros paquet d'argent. Que c'était le butin d'un braquage dont Howard avait appris l'existence en prison. Et que vous l'avez récupéré à votre compte…

— Je vous ai dit ce dont je suis sûr. Je ne sais pas d'où vient cet argent ni ce qu'ils en ont fait ensuite. Howard a affirmé qu'il l'avait enterré sur le terrain de Leonard, mais Trudy, avant de mourir, m'a dit le contraire.

— Elle vous a indiqué où il était ? demanda Divit.

— Non. Elle a juste assuré qu'il n'était pas chez Leonard. D'après elle, c'était un mensonge pour gagner du temps avec Soldier. Si vous aviez vu ce gars-là en action, vous aussi vous auriez raconté n'importe quelles craques pour sauver votre peau. Ce mec, c'est une vraie bête sauvage. Mais le fin mot de l'histoire, c'est qu'elle m'a dit que l'argent avait disparu pour de bon.

— D'après vous, qu'entendait-elle par là, monsieur Collins ?

— J'ai eu l'impression qu'elle essayait de me dire qu'il avait été détruit. Mais peut-être qu'elle n'avait plus toute sa tête à ce moment-là. On lui avait planté un clou à travers la main, elle était en état de choc, vous savez.

— Ouais, grommela Divit. Ce genre de choc peut vous faire déconner. Pourtant, le témoignage de Soldier recoupe certains faits bien établis. Et ce Paco, il s'avère que c'était un gros bonnet des révolutionnaires, carrément le chef des fameux Mécanos. On pensait qu'il était mort depuis belle lurette.

— Ah oui ?

— Oui. Soldier prétend que, selon Paco, cet argent venait d'une attaque de banque montée des années plus tôt par un certain McCall. Votre Howard était en prison avec ce McCall. Ça fait beaucoup de coïncidences, non ? Ces cinq mille dollars récupérés chez votre ami, c'est de l'argent propre. Ce qui signifie qu'il n'a peut-être pas été volé — ou qu'il a été blanchi et qu'on ne peut pas en retracer l'origine. Paco aurait raconté à Soldier que le butin du casse était en réalité bien supérieur à la somme que la banque a déclarée. Toute cette affaire sent mauvais.

— J'ai comme l'impression que votre Soldier vous mène en bateau, dis-je.

— Moi aussi, reconnut Divit. Mais j'ai eu aussi le sentiment que les cadres de la banque en question n'ont pas été très honnêtes avec moi.

— Un banquier menteur ? ironisais-je.

— Ouais, qui irait imaginer une chose pareille, n'est-ce pas ? Donc, d'après vous, on ne devrait pas croire à l'histoire de Soldier ?

— Pas dans son intégralité, en tout cas. À mon avis, il essaie de nous mouiller, Leonard et moi, pour se venger. Vous n'iriez quand même pas accorder plus de foi à la parole d'une ordure dans son genre qu'à la mienne, non ?

— Vous aussi vous avez un casier judiciaire, intervint Bureau du shérif.

— Oublie ça, fit Divit. C'est pas assez épais pour être considéré comme un casier.

L'autre gars n'eut pas l'air vexé. Il sortit un canif de sa poche et entreprit de se curer les ongles.

Divit se tut et me dévisagea.

— Écoutez, Collins. Votre copain, le vétéran de guerre, M. Pine, nous raconte la même histoire que vous. Je pense que votre récit tient mieux la route que celui de Soldier. Mais si vous remettiez la main sur cet argent, vous me préviendriez, n'est-ce pas ?

— Vous en seriez le premier informé, promis-je. On va passer au tribunal, alors ?

— On ne se retrouve pas au beau milieu d'un carnage comme le vôtre sans avoir des tas d'explications à fournir. Mais vous avez de bonnes chances de vous en tirer en plaidant la légitime défense. Vous devriez bientôt être débarrassé de tout ça. Trouvez-vous un avocat qui sait plaider et vous vous en sortirez sans encombre.

— Merci.

— Ne me remerciez pas, grommela Divit. Vous ne me devez rien.

Quelques jours plus tard, ils me laissèrent boitiller jusqu'à la chambre de Leonard. Mon pote était hérissé de tubes et de fils et entouré de potences métalliques d'où pendaient des poches de liquides divers. On aurait dit des arbres fruitiers en pleine saison de production. Je ne m'attendais pas à le trouver en aussi mauvais état.

Il tourna la tête dans ma direction.

— Salut, murmura-t-il.

— Salut.

— Tu vas bien, Hap ?

— À peu près. Je vais rentrer chez moi assez vite. Je ne sais pas si mon assurance couvrira tout ça.

— Mec, je suis allongé ici et je pense à mes chiens. Et à ce vieux Chub également. J'ai fini par comprendre qu'il s'est fait descendre parce qu'il a pris ma défense. Enfin, peut-être pas la mienne directement, mais la défense d'une idée. Sans doute que s'il avait su que Soldier était taré à ce point, il aurait fermé sa gueule, mais, tu sais, c'était peut-être pas un si mauvais bougre… Hap, ce que je t'ai dit sur le fait que tu n'es pas vraiment mon genre ? Tu t'en souviens ?

— Ouais.

— Eh bien, je voulais juste que tu saches que j'étais sincère.

Je rigolai.

On m'autorisa à rentrer chez moi trois jours plus tard. Je parlai à Divit à nouveau, mais notre conversation ressembla beaucoup à la précédente. Il était certain que Soldier allait se prendre un sacré paquet d'années de prison pour tout ce qu'il avait fait. Du genre trois peines à perpétuité. Il mentionna de nouveau l'argent et répéta qu'il espérait que, s'il refaisait surface, je tiendrais ma promesse et l'en informerais.

Je lui mentis de nouveau.

Je me reposai deux jours chez moi, puis je me rendis en voiture chez Leonard. Calvin avait laissé le double de la clé dans sa cachette, et j'entrai avec. Tout ce qui était en rapport avec la scène du crime avait été embarqué et les flics avaient même fait un peu de ménage.

Calvin avait enterré les chiens et cloué du contreplaqué sur les fenêtres éclatées. J'allai à la grange et regardai autour de moi. La pelle qui avait tué Howard et que j'avais utilisée pour défoncer la gueule d'Angel avait disparu. Peut-être la police l'avait-elle emportée comme indice ? Je trouvai une bêche et boitai jusqu'au ruisseau. Sur le trajet, je remarquai des tas d'endroits où on avait creusé. Les trous avaient été rebouchés avec soin et aplanis, mais c'était évident pour moi. Quand on grandit à la campagne, on s'y connaît question excavations, or je pouvais dire que celles-là étaient récentes. Je me demandai si Divit était venu ici pour superviser les recherches. Avaient-ils trouvé l'argent ? Si c'était le cas, j'aurais encore des conversations avec eux dans les prochains jours et je devrais leur mentir un peu plus.

Mais ils n'avaient probablement rien récupéré. J'avais un avantage sur eux : moi, j'avais ma petite idée de l'endroit où il pouvait être.

Je suivis la rive jusqu'à la partie que Leonard et moi on avait renforcée avec du gravier. J'examinai les lieux, mais je ne vis pas où Trudy aurait pu planquer le magot.

Je restai là deux bonnes heures à chercher et à regarder partout, à sonder ici et là sur la base d'une intuition — mais en vain.

J'essayai de me mettre dans la peau de Trudy, de penser comme elle, cette nuit-là, dans le froid glacial, avec sa lampe de poche et sa pelle, se dépêchant — et surtout se jurant d'être plus maligne que tout le monde. Alors je retournai à la grange, puis j'en repartis en ligne droite depuis la porte de derrière jusqu'au ruisseau, je marchai jusqu'au gravier et, de là, je descendis au bord de l'eau.

Très bien. Ne pense ni au gravier ni à l'argile, sauf comme éléments pour te guider. Elle est venue ici et elle a examiné les alentours avec sa lampe de poche. Peut-être a-t-elle éclairé l'autre rive ? Je jetai un coup d'œil par là-bas, mais n'y vis aucune zone où le sol avait été remué. En revanche, je repérai un terrier de tatou. Les racines des arbres partiellement mises au jour par l'érosion en protégeaient l'entrée.

Je sautai par-dessus le petit ruisseau, m'approchai et regardai ça de plus près. De la terre bouchait le conduit, ce qui signifiait qu'aucun tatou n'y vivait plus. Je grattai la boue et j'examinai l'intérieur.

Bingo ! Il y avait là plusieurs sacs en plastique.

Je plongeai la main dans le terrier et les sortis. Il s'agissait bien de notre pognon. Je les fis disparaître dans les poches de mon manteau, puis je ramenai la bêche à la grange et retournai chez Leonard. Je me sentais totalement décontracté, ce qui me surprit.

Ni le FBI ni les types du bureau du shérif ne m'attendaient dans la cuisine.

Je m'assis à la table et posai les sacs devant moi. Quand je soulevai le premier, mon regard tomba sur le trou laissé dans le bois par le clou que cet enculé de Soldier avait planté dans la main de Trudy. Je plaçai ma propre main juste au dessus.

Pauvre Trudy.

Ensuite, j'ouvris les sacs, je déversai les billets sur la table et les comptai. Il y avait un peu plus de trois cent cinquante mille dollars. Même en enlevant les cinq mille récupérés par la police, il en manquait encore, mais pas beaucoup. Peut-être que Trudy avait compté un peu trop vite cette nuit-là, ou que Paco en avait détourné un peu ? Mais ça n'avait pas grande importance.

Je rangeai cent mille dollars dans l'un des sacs. Je dus tasser les billets pour les faire rentrer en totalité. Puis j'allai chercher un gros sac-poubelle noir sous l'évier de Leonard et je farfouillai dans ses tiroirs jusqu'à ce que je trouve une grande enveloppe en papier kraft, de l'adhésif et des ciseaux. Je retournai m'asseoir. Je remis le reste de l'argent, hormis les cent mille dollars, dans le sac-poubelle que je pliai du mieux possible puis que je plaçai dans l'enveloppe. Ensuite, avec l'adhésif d'emballage et à coups de ciseaux, je fis un joli colis.

Alors, avec un marqueur noir, j'écrivis dessus en grosses lettres : GREENPEACE. Pour l'adresse, j'allais devoir me renseigner, mais le simple fait de voir ce nom devant moi me fit me sentir mieux. Ce n'était pas la destination que Trudy souhaitait pour cet argent, mais, au bout du compte, ce qu'elle avait prévu était une sorte de soutien aux actions menées par des gens comme ceux de Greenpeace. J'espérai qu'elle aurait été fière de moi. Et, compte tenu que Leonard et moi avions maintes fois affirmé que nous n'envisagions pas de donner notre part pour le salut des phoques ou des baleines, ce que je venais de faire ne manquait pas d'ironie.

Les cent mille dollars restants étaient pour Leonard. Il en aurait besoin quand il rentrerait chez lui. Si son assurance santé refusait de prendre en charge ses énormes frais d'hôpital, cela ne lui servirait pas à grand-chose, mais il aurait au moins de quoi voir venir avant de retourner au travail.

Je mis ce fric dans la poche de mon manteau et planquai le colis sous le canapé. Ce n'était pas exactement de super cachettes, mais j'estimai qu'elles devraient suffire jusqu'à ce que je rentre chez moi où j'en trouverais de meilleures. De toute façon, ce pognon avait été blanchi. Qui pourrait affirmer qu'il s'agissait d'argent volé ? Qui serait en mesure de le prouver ? Greenpeace était tout autant en droit de le dépenser que n'importe qui.

Je plaçai *Greatest Hits, Volume 2* de Hank Williams sur la platine et montai le volume. Je pris l'une des quarante pipes de Leonard, je la bourrai avec son tabac qui était sur le rebord de la cheminée, puis je l'allumai. Je sortis son fauteuil à bascule sur la véranda et m'assis là, à tirer sur la pipe jusqu'à ce que je me souvienne pourquoi je ne fumais pas. Je tapai la pipe pour en faire tomber la cendre et je restai là, dans la froideur de cet après-midi, à écouter Hank Williams. Je me levais de temps en temps pour retourner le disque et je sentais le froid me pénétrer peu à peu.

Je compris soudain que Trudy, malgré son idéalisme aveugle, était au moins sur la bonne voie, même si, à un moment, elle avait déraillé.

Moi, en revanche, je n'avais plus de direction du tout. Mon existence était comme Trudy l'avait décrite — je vivais au jour le jour et ça me convenait. Pourtant, elle m'avait rappelé qu'il existait des trucs qui faisaient appel au cœur et à l'âme, et je compris pourquoi je finissais toujours par aimer à nouveau cette femme. Elle croyait vraiment que, malgré tout, on pouvait améliorer les choses. Que la vie n'était pas seulement un jeu avant de passer l'arme à gauche. Moi aussi, j'avais eu cette foi à une époque, mais je l'avais perdue, et c'était pour ça que j'étais toujours heureux de la voir me revenir, même si j'étais certain que j'allais encore souffrir. Elle me faisait croire que les êtres humains pouvaient vraiment changer la vie. À la fin, son comportement était tout aussi mauvais, voire pire, que celui des gens contre lesquels elle luttait, mais son idéalisme était intact.

Avec ce que je savais à présent, je ne pourrais plus jamais revenir à cet ancien mode de pensée hippy. Aujourd'hui, j'avais trop d'expérience et d'esprit pratique pour voir le monde à travers des lunettes roses ou croire qu'on pouvait résoudre les problèmes de la planète sur du papier millimétré avec une règle à calcul.

Mais perdre son idéalisme, cesser de croire en la capacité des êtres humains à s'élever au-dessus de leurs plus bas instincts, cela signifiait devenir vieux et amer ; et ça n'était d'aucune utilité à quiconque, même pas à moi.

L'idéalisme, c'était un peu comme voir Vénus en plein jour. Jadis, j'y parvenais. Mais avec le temps, j'avais eu moins besoin de cette compétence et j'avais abandonné cette responsabilité à d'autres. J'avais donc perdu ma capacité de la voir et de croire que j'en étais capable. Aujourd'hui, je pensais que je pourrais la retrouver à nouveau si je faisais un effort et si je me donnais la peine de bien regarder.

Je remis l'album de Hank Williams pour la énième fois, je montai le volume à fond et ressortis sur la véranda. Je poussai le fauteuil de Leonard au milieu de la cour, m'enveloppai dans mon manteau et examinai le ciel, tentant de repérer Vénus avant que le jour tombe et qu'il commence à faire noir.

DU MÊME AUTEUR

Aux Éditions Gallimard

VANILLA RIDE, 2010, Folio Policier n° 660.

TSUNAMI MEXICAN, 2007, Folio Policier n° 691.

SUR LA LIGNE NOIRE, 2006, Folio Policier n° 507.

TAPE-CUL, 2004, Folio Policier n° 560.

BAD CHILI, 2002, Folio Policier n° 364.

LES MARÉCAGES, 2002, Folio Policier n° 407.

UN FROID D'ENFER, 2001, Folio Policier n° 493.

LE MAMBO DES DEUX OURS, 2000, Folio Policier n° 548.

L'ARBRE À BOUTEILLES, 2000, Folio Policier n° 352.

JUILLET DE SANG, 1996, Folio Policier n° 473.

LE SANG DU BAYOU : Un froid d'enfer — Les marécages — Sur la ligne noire, Folio Policier n° 781.

Aux Éditions Denoël

LES ENFANTS DE L'EAU NOIRE, 2015.

LES MÉCANOS DE VÉNUS, 2014, Folio Policier n° 789.

DIABLE ROUGE, 2013, Folio Policier n° 776.

Aux Éditions du Rocher

VIERGE DE CUIR, 2009, Folio Policier n° 610.

DU SANG DANS LA SCIURE, 2008, Folio Policier n° 572.

COLLECTION FOLIO POLICIER

Dernières parutions

503. Olen Steinhauer	*Niet camarade*
504. Christine Adamo	*Noir austral*
505. Arkadi & Gueorgui Vaïner	*La corde et la pierre*
506. Marcus Malte	*Carnage, constellation*
507. Joe R. Lansdale	*Sur la ligne noire*
508. Matilde Asensi	*Le dernier Caton*
509. Gunnar Staalesen	*Anges déchus*
510. Yasmina Khadra	*Le quatuor algérien*
511. Hervé Claude	*Riches, cruels et fardés*
512. Lalie Walker	*La stratégie du fou*
513. Leif Davidsen	*L'ennemi dans le miroir*
514. James Hadley Chase	*Pochette surprise*
515. Ned Crabb	*La bouffe est chouette à Fatchakulla*
516. Larry Brown	*L'usine à lapins*
517. James Hadley Chase	*Une manche et la belle*
518. Graham Hurley	*Les quais de la blanche*
519. Marcus Malte	*La part des chiens*
520. Abasse Ndione	*Ramata*
521. Chantal Pelletier	*More is less*
522. Carlene Thompson	*Le crime des roses*
523. Ken Bruen	*Le martyre des Magdalènes*
525. James Hadley Chase	*Vipère au sein*
526. James Hadley Chase	*Alerte aux croque-morts*
527. Jo Nesbø	*L'étoile du diable*
528. Thierry Bourcy	*L'arme secrète de Louis Renault*
529. Béatrice Joyaud	*Plaisir en bouche*
531. Patrick Pécherot	*Boulevard des Branques*
532. Larry Brown	*Fay*

533.	Thomas H. Cook	*Les rues de feu*
534.	Carlene Thompson	*Six de Cœur*
535.	Carlene Thompson	*Noir comme le souvenir*
536.	Olen Steinhauer	*36, boulevard Yalta*
537.	Raymond Chandler	*Un tueur sous la pluie*
538.	Charlie Williams	*Les allongés*
539.	DOA	*Citoyens clandestins*
540.	Thierry Bourcy	*Le château d'Amberville*
541.	Jonathan Trigell	*Jeux d'enfants*
542.	Bernhard Schlink	*La fin de Selb*
543.	Jean-Bernard Pouy	*La clef des mensonges*
544.	A. D. G.	*Kangouroad Movie*
545.	Chris Petit	*Le Tueur aux Psaumes*
546.	Keith Ablow	*L'Architecte*
547.	Antoine Chainas	*Versus*
548.	Joe R. Lansdale	*Le mambo des deux ours*
549.	Bernard Mathieu	*Carmelita*
550.	Joe Gores	*Hammett*
551.	Marcus Malte	*Le doigt d'Horace*
552.	Jo Nesbø	*Le sauveur*
553.	Patrick Pécherot	*Soleil noir*
554.	Carlene Thompson	*Perdues de vue*
555.	Harry Crews	*Le Chanteur de Gospel*
556.	Georges Simenon	*La maison du juge*
557.	Georges Simenon	*Cécile est morte*
558.	Georges Simenon	*Le clan des Ostendais*
559.	Georges Simenon	*Monsieur La Souris*
560.	Joe R. Lansdale	*Tape-cul*
561.	William Lashner	*L'homme marqué*
562.	Adrian McKinty	*Le Fils de la Mort*
563.	Ken Bruen	*Le Dramaturge*
564.	Marcus Malte	*Le lac des singes*
565.	Chuck Palahniuk	*Journal intime*
566.	Leif Davidsen	*La photo de Lime*
567.	James Sallis	*Bois mort*
568.	Thomas H. Cook	*Les ombres du passé*

569. Mark Henshaw & John Clanchy	*L'ombre de la chute*
570. Olen Steinhauer	*La variante Istanbul*
571. Thierry Bourcy	*Les traîtres*
572. Joe R. Lansdale	*Du sang dans la sciure*
573. Joachim Sebastiano Valdez	*Puma qui sommeille*
574. Joolz Denby	*Stone Baby*
575. Jo Nesbø	*Le bonhomme de neige*
576. René Reouven	*Histoires secrètes de Sherlock Holmes*
577. Leif Davidsen	*Le dernier espion*
578. Guy-Philippe Goldstein	*Babel Minute Zéro*
579. Nick Stone	*Tonton Clarinette*
580. Thierry Jonquet	*Romans noirs*
581. Patrick Pécherot	*Tranchecaille*
582. Antoine Chainas	*Aime-moi, Casanova*
583. Gabriel Trujillo Muñoz	*Tijuana City Blues*
584. Caryl Férey	*Zulu*
585. James Sallis	*Cripple Creek*
586. Didier Daeninckx	*Éthique en toc*
587. John le Carré	*L'espion qui venait du froid*
588. Jeffrey Ford	*La fille dans le verre*
589. Marcus Malte	*Garden of love*
590. Georges Simenon	*Les caves du Majestic*
591. Georges Simenon	*Signé Picpus*
592. Carlene Thompson	*Mortel secret*
593. Thomas H. Cook	*Les feuilles mortes*
594. Didier Daeninckx	*Mémoire noire*
595. Graham Hurley	*Du sang et du miel*
596. Marek Krajewski	*Les fantômes de Breslau*
597. François Boulay	*Traces*
598. Gunnar Staalesen	*Fleurs amères*
599. James Sallis	*Le faucheux*
600. Nicolas Jaillet	*Sansalina*
601. Jean-Bernard Pouy	*Le rouge et le vert*
602. William Lashner	*Le baiser du tueur*
603. Joseph Bialot	*La nuit du souvenir*
604. Georges Simenon	*L'outlaw*

605.	Kent Harrington	*Le serment*
606.	Thierry Bourcy	*Le gendarme scalpé*
607.	Gunnar Staalesen	*Les chiens enterrés ne mordent pas*
608.	Jo Nesbø	*Chasseurs de têtes*
609.	Dashiell Hammett	*Sang maudit*
610.	Joe R. Lansdale	*Vierge de cuir*
611.	Dominique Manotti	*Bien connu des services de police*
612.	Åsa Larsson	*Horreur boréale*
613.	Saskia Noort	*Petits meurtres entre voisins*
614.	Pavel Kohout	*L'heure étoilée du meurtrier*
615.	Boileau-Narcejac	*La vie en miettes*
616.	Boileau-Narcejac	*Les veufs*
617.	Gabriel Trujillo Muñoz	*Loverboy*
618.	Åntoine Chainas	*Anaisthêsia*
619.	Thomas H. Cook	*Les liens du sang*
620.	Tom Piccirilli	*La rédemption du Marchand de sable*
621.	Francis Zamponi	*Le Boucher de Guelma*
622.	James Sallis	*Papillon de nuit*
623.	Kem Nunn	*Le Sabot du Diable*
624.	Graham Hurley	*Sur la mauvaise pente*
625.	Georges Simenon	*Bergelon*
626.	Georges Simenon	*Félicie est là*
627.	Ken Bruen	*La main droite du diable*
628.	William Muir	*Le Sixième Commandement*
629.	Kirk Mitchell	*Dans la vallée de l'ombre de la mort*
630.	Jean-François Vilar	*Djemila*
631.	Dashiell Hammett	*Moisson rouge*
632.	Will Christopher Baer	*Embrasse-moi, Judas*
633.	Gene Kerrigan	*À la petite semaine*
634.	Caryl Férey	*Saga maorie*
635.	James Sallis	*Le frelon noir*
636.	Gabriel Trujillo Muñoz	*Mexicali City Blues*
637.	Heinrich Steinfest	*Requins d'eau douce*
638.	Simon Lelic	*Rupture*
639.	Jenny Siler	*Flashback*

640.	Joachim Sebastiano Valdez	*Les larmes des innocentes*
641.	Kjell Ola Dahl	*L'homme dans la vitrine*
642.	Ingrid Astier	*Quai des enfers*
643.	Kent Harrington	*Jungle rouge*
644.	Dashiell Hammett	*Le faucon maltais*
645.	Dashiell Hammett	*L'introuvable*
646.	DOA	*Le serpent aux mille coupures*
647.	Larry Beinhart	*L'évangile du billet vert*
648.	William Gay	*La mort au crépuscule*
649.	Gabriel Trujillo Muñoz	*Mezquite Road*
650.	Boileau-Narcejac	*L'âge bête*
651.	Anthony Bourdain	*La surprise du chef*
652.	Stefán Máni	*Noir Océan*
653.	***	*Los Angeles Noir*
654.	***	*Londres Noir*
655.	***	*Paris Noir*
656.	Elsa Marpeau	*Les yeux des morts*
657.	François Boulay	*Suite rouge*
658.	James Sallis	*L'œil du criquet*
659.	Jo Nesbø	*Le léopard*
660.	Joe R. Lansdale	*Vanilla Ride*
661.	Georges Flipo	*La commissaire n'aime point les vers*
662.	Stephen Hunter	*Shooter*
663.	Pierre Magnan	*Élégie pour Laviolette*
664.	James Hadley Chase	*Tu me suivras dans la tombe* et autres romans
665.	Georges Simenon	*Long cours*
666.	Thomas H. Cook	*La preuve de sang*
667.	Gene Kerrigan	*Le chœur des paumés*
668.	Serge Quadruppani	*Saturne*
669.	Gunnar Staalesen	*L'écriture sur le mur*
670.	Georges Simenon	*Chez Krull*
671.	Georges Simenon	*L'inspecteur Cadavre*
672.	Kjetil Try	*Noël sanglant*
673.	Graham Hurley	*L'autre côté de l'ombre*
674.	John Maddox Roberts	*Les fantômes de Saigon*
675.	Marek Krajewski	*La peste à Breslau*
676.	James Sallis	*Bluebottle*

677.	Philipp Meyer	*Un arrière-goût de rouille*
678.	Marcus Malte	*Les harmoniques*
679.	Georges Simenon	*Les nouvelles enquêtes de Maigret*
680.	Dashiell Hammett	*La clé de verre*
681.	Caryl Férey & Sophie Couronne	*D'amour et dope fraîche*
682.	Marin Ledun	*La guerre des vanités*
683.	Nick Stone	*Voodoo Land*
684.	Frederick Busch	*Filles*
685.	Paul Colize	*Back up*
686.	Saskia Noort	*Retour vers la côte*
687.	Attica Locke	*Marée noire*
688.	Manotti – DOA	*L'honorable société*
689.	Carlene Thompson	*Les ombres qui attendent*
690.	Claude d'Abzac	*Opération Cyclope*
691.	Joe R. Lansdale	*Tsunami mexicain*
692.	F. G. Haghenbeck	*Martini Shoot*
693.	***	*Rome Noir*
694.	***	*Mexico Noir*
695	James Preston Girard	*Le Veilleur*
696.	James Sallis	*Bête à bon dieu*
697.	Georges Flipo	*La commissaire n'a point l'esprit club*
698.	Stephen Hunter	*Le 47ᵉ samouraï*
699.	Kent Anderson	*Sympathy for the Devil*
700.	Heinrich Steinfest	*Le grand nez de Lilli Steinbeck*
701.	Serge Quadruppani	*La disparition soudaine des ouvrières*
702.	Anthony Bourdain	*Pizza créole*
703.	Frederick Busch	*Nord*
704.	Gunnar Staalesen	*Comme dans un miroir*
705.	Jack Ketchum	*Une fille comme les autres*
706.	John le Carré	*Chandelles noires*
707.	Jérôme Leroy	*Le Bloc*
708.	Julius Horwitz	*Natural Enemies*
709.	Carlene Thompson	*Ceux qui se cachent*

710. Fredrik Ekelund	*Le garçon dans le chêne*
711. James Sallis	*Salt River*
712. Georges Simenon	*Cour d'assises*
713. Antoine Chainas	*Une histoire d'amour radioactive*
714. Matthew Stokoe	*La belle vie*
715. Frederick Forsyth	*Le dossier Odessa*
716. Caryl Férey	*Mapuche*
717. Frank Bill	*Chiennes de vies*
718. Kjell Ola Dahl	*Faux-semblants*
719. Thierry Bourcy	*Célestin Louise, flic et soldat dans la guerre de 14-18*
720. Doug Allyn	*Cœur de glace*
721. Kent Anderson	*Chiens de la nuit*
722. Raphaël Confiant	*Citoyens au-dessus de tout soupçon...*
723. Serge Quadruppani	*Madame Courage*
724. Boileau-Narcejac	*Les magiciennes*
725. Boileau-Narcejac	*L'ingénieur aimait trop les chiffres*
726. Inger Wolf	*Nid de guêpes*
727. Seishi Yokomizo	*Le village aux Huit Tombes*
728. Paul Colize	*Un long moment de silence*
729. F. G. Haghenbeck	*L'Affaire tequila*
730. Pekka Hiltunen	*Sans visage*
731. Graham Hurley	*Une si jolie mort*
732. Georges Simenon	*Le bilan Malétras*
733. Peter Duncan	*Je suis un sournois*
734. Stephen Hunter	*Le sniper*
735. James Sallis	*La mort aura tes yeux*
736. Elsa Marpeau	*L'expatriée*
737. Jô Soares	*Les yeux plus grand que le ventre*
738. Thierry Bourcy	*Le crime de l'Albatros*
739. Raymond Chandler	*The Long Goodbye*
740. Matthew F. Jones	*Une semaine en enfer*
741. Jo Nesbø	*Fantôme*
742. Alix Deniger	*I cursini*

Composition Nord Compo
Impression Novoprint
á Barcelone, le 10 février 2016
Dépôt légal: février 2016

ISBN 978-2-07-046171-4 / Imprimé en Espagne.

271974